엑스 마키나
나탈리아

『30초 후, 전투가 개
시됩니다.』
『마이스터 도겔이 [애
니메이트 커프스], [로
보틱스]를 발동.』
『엑스 마키나 나탈리
아 (Lv. 105)가 되살아
났습니다………. 일
부 컨트롤에 실패.
엑스 마키나 나탈리아
가 폭주하였습니다.』
『마이스터 도겔이 [자
기 개조]를 발동, 완성
체·마이스터 도겔 (Lv.
100)으로 파워업하였
습니다.』

"이것이,
이것이
나의 힘이다아
아아아아아!
하하, 하
하하하하!!"

마이스터 도겔

가이드 담당
천사를
때려눕혔더니
사령술사가
되었습니다

~비밀 이벤트를 가장 빠르게 발견한 결과,
세계가 종언을 맞이한다네요~

WHEN I BEAT UP THE ANGEL WHO WAS MY GUIDE,
I BECAME A NECROMANCER

02 엘리제
Illustration 가와코

AK
NOVEL

줄거리

사령술사 린네로서
두 시종을
동료로 삼고,

린도 아마네
플레이어 네임 : 린네

바빌론

린도 아마네는
친구의 초대를 받아
VR 온라인 게임
[멜티스 온라인]을 시작한다.

정말 싫어하는 천사를
때려눕혔더니
숨겨진 이벤트
[마신 바빌론 강림]을
발견해 버리는데?!

톱 길드
[화서의 꿈]에
가입.

핫게

낮잠 정말 좋아

[10일째]

이곳이 내 무덤이다, 이런 최후도 나쁘지 않다. 그렇게 받아들인 줄 알았던 죽음은 안타깝게도 나를 이 갑옷으로부터 떼어놓을 수가 없었다.

이제 미련은 전혀 없다. 그렇게 생각했는데, 나를 기다리고 있었던 것은 고독한 시간의 감옥이었다. 죽은 뒤에도 이 갑옷 안에 남겨진 나는 영원히 이어지는 듯한 시간 속에서 몇 번이나 동료들이 죽는 순간을 떠올리며 후회와 원통한 마음만이 커졌고, 과거에 잘못 선택한 것에 대해 괴로워하고 있다. 속죄의 나날은 끝나지 않는다.

[11일째]

생전에 일기 대신 쓰던 수첩도 어디론가 가 버렸다. 아마 배가 침몰했을 때 함께 떠내려가 버렸을 것이다. 그 대신이라고 하기는 좀 그렇지만, 이 동굴의 벽과 지면에 일기라도 새길까 한다. 영체가 된 지금도 손가락 끝에 마력을 담으면 약간은 물체에 간섭할 수 있다. 영체가 되어 활동할 수 있게 된 지 열흘 정도가 지났겠지만, 첫날에 했던 생각도 기록해 두어야지…….

[12일째]

일기를 쓰면서 든 생각이 있다. 갑옷에 마력을 흘려넣으면 마음대로 움직일 수 있을지도 모른다.

아마 내가 죽은 그날 이후로 오랜 세월이 흘렀을 것이다. 고향도 부흥을 마치고 원래대로 아름다운 나라로 돌아갔을지도 모른다. 그렇게 생각하니 어떻게 해서든 잠깐이나마 보고 싶어졌다. 우선은 조금씩이라도 좋으니, 아주 조금씩 움직이는 연습을————————⋯⋯.

[13일째⋯⋯?]

아무래도 갑옷을 움직이려면 막대한 마력이 필요한 모양이다. 마력을 모조리 써버려서 존재가 사라질 뻔하다가 며칠이 지난 뒤에야 겨우 의식을 되찾았다. 시간이 얼마나 지났는지 모르겠지만, 13일째가 아닐까 한다. 아무튼 지금 마력으로 갑옷을 움직이는 건 위험하다. 영체로 마력을 짜내는 방법을 탐구해야겠다.

[알 수 없음]

마력의 안정화와 증폭에 집중했던 탓에 일기를 쓰는 것을 잊고 있었다. 하지만 예전보다 상태가 훨씬 좋아졌고, 아직 몇 미터 정도뿐이지만 갑옷을 움직일 수 있게 되었다. 이대로 단련을 계속해나가면 언젠가 마음대로 돌아다니는 날이 올지도 모른다.

[알 수 없음]

마음에 큰 대미지를 입었다. 이 동굴에 굴러들어왔을 때 먼저 있던 손님, 같은 배를 타고 있던 요호족 여성 검사가 백골 사체가 되어있는 모습을 발견해 버렸다. 내 인생에 종지부를 찍어준 그녀가 틀림없을 것이다. 내 목을 친 그 끔찍한 오라를 뿜어내던 카타나가 시체 옆에 떨어져 있다. 두개골이 갈라진 부분을 보니 나에게 칼을 들고 달려든 탓에 벽이나 지면에……. 젖은 바위인 지면, 어두운 동굴, 불가능한 이야기는 아니다.

불러보았지만, 안타깝게도 대답은 들리지 않았다. 그녀의 혼은 여기에 남아있지 않은 걸까. 나 때문에 그녀가……. 할 수 있다면 사과하고 싶다. 원통한 것이 하나 더 늘었다.

[현재]

오늘 일기를 쓰려 하던 참에 고독한 동굴의 정적을 파괴하는 자가 나타났다. 하지만, 그 모습을 볼 수는 없었다. 생전에 쓰던 무구와 비슷한 힘이 느껴지기는 하지만, 매우 끔찍한 기척도 느껴졌다. 이 감각, 어디선가 느껴본 적이 있다…….

생각을 하고 있자니 신앙 계열 마술이 발동된 것이 느껴졌다. 생전에 서투르나마 신앙 계열 마술을 행사하는 마술사가 있었고, 그때와 같은 힘을 느꼈으니 틀림없다. 아마 소생술, 하지만 저위 술법이다. 소생 계열이라 해도 저위 소생술은 백골 사체 상태에서 되살리는 것은 불가능할 텐데. 예상이 맞았는지, 살짝 혀를 차는 소리가 소생에 실패했다는 사실을 나타내고 있었다.

『촉매가 대량으로 필요하겠네요. 그래, 만에 하나라도 방해를 받지 않게끔 손을 써두어야겠어요…….』

나는 그 시점에서 눈앞에 있는 존재가 누구인지, 확신에 가까운 짐작이 들었다.

이 녀석의 정체는 아마……, 치천사일 것이다. 멜티스 직속의 천사가 얼마나 사악한지, 그것을 이용하려 하는 자들이 얼마나 사악한지도 싫증이 날 만큼 잘 알고 있다.

이런 녀석들이 부활시켜서 이용당하지 않았으면 좋겠다. 게다가 나를 죽이느라 최후의 힘을 쥐어짜낸 탓에 죽어버린 그녀가 이용당하다니, 최악이다. 그녀를 이용하기 위해, 사리사욕을 위해, 가지고 놀 생각으로 되살리려 한다면……. 나는 악마에게 혼을 팔아넘기더라도, 아무리 추한 모습이 되더라도, 혼이 썩어 문드러져 사라질 때까지 온 힘을 다해 저항할 것이다.

다시 검을 들 때가 올지도 모른다. 악마에게 혼을 팔아넘기더라도 전성기의 힘을 되찾지 못할지도 모른다. 그렇더라도 마지막까지 저항할 것이다. 만에 하나를 대비해 동료 마술사가 예전에 가르쳐 주었던 악마 소환 술식을 발동시킬 수 있게끔 준비해야겠다. 영체라도 발동시킬 수 있을지는 불안하지만, 아무것도 하지 않는 것보다는 분명히 나을 것이다. 만약에 이 혼이 영원히 저주를 받는다 하더라도……. 저주를, 받는…….

───────아, 그런가. 이건 저주인가.

어째서 죽었는데도 저 세상에 가지 못하고 이 세상에 머무르고 있었는지, 방금 이해했다. 이건 생전에 그녀로부터 받은 저주다. 멜티스교에 복수하고 원통한 마음을 달래달라는 그녀의 마지막 소원은 아직 이루어지지 않았다.

몸이 만신창이가 된 정도로, 목이 날아간 정도로, 육체를 잃은 정도로……, 나는 편해지려 하고 있었다. 그래, 아직 끝나지 않았어……. 아직 끝나지 않았다고. 원흉을 없앨 때까지 나는 끝날 수 없다.

치천사가 여기에 다시 나타나기 전에 최소한 마음대로 갑옷을 움직일 수 있을 만한 힘이 필요하다. 가능하다면 함께 이 동굴에서 쓰러져 있던 그녀를 치천사의 손이 닿지 않는 곳으로 데리고 가서……. 늦지 않게 그럴 수 있을까. 최선을 다해 볼 수밖에 없다. 이제 두 번 다시 후회하지 않기 위해서라도, 해야 한다.

　점심 시간이 시작되었다는 것을 알리는 종이 울려 버렸다. 오늘은 마유미가 학교에 늦게 온다고 연락했는데, 보아하니 오후에도 오지 못할지도 모른다. 점심 시간까지 못 오는 날은 보통 그대로 하루를 쉬니까, 마유미를 못 만난다고 생각하니……. 에휴, 집에 가고 싶다.

　"허억, 허억……! 휴우~……! 여러분~, 평안하신가요~! 아짱, 오래 기다리셨죠~! 누가 아무 짓도 안 했나요? 괜찮았어요?"

　아, 안 오려나, 그렇게 포기하려던 타이밍에 마유미가 왔네. 후훗, 이제 점심 시간이니까 뛰어올 필요는 없는데. 예전에 괴롭힘 당한 적이 있다고 해도 나를 너무 걱정하잖아.

　"응, 아무 일도 없었어. 마유미의 일은 괜찮아?"

　"네! 어떤 기업에서 콜라보 제안이 들어와서요. 여기서 자세히 말할 수는 없지만, 분명히 좋은 방향으로 진행될 거랍니다!"

　"마유미 생각대로 잘 풀리면 좋겠네."

　"우후후, 분명히 괜찮을 거예요!"

　마유미가 오니까 마음이 편해지네~……. 자연스럽게 숨을 쉴 수 있다고 해야 하나, 진짜 나로 있을 수 있는 것 같은……, 그런 느낌이야.

"그건 그렇고, 장소를 좀 옮길까요? 안뜰에서 점심을 먹고 싶네요. 그리고 거기에서는 신경 쓸 것 없이 이야기를 나눌 수도 있고요."

"아, 응……. 나도 신경 쓰였어. 그쪽으로 가자."

나를 잘 보고 있구나~. 아까부터 이쪽을 힐끔거리고 있는 네 사람, 신경 쓰였단 말이지. 현실에도 돈타가 있다면 '돈타, 해치워버려'라고 보냈을 텐데. 아, 그러면 범죄자가 되어버리려나? 내가 왜 그렇게 무시무시한 생각을……. 아니, 그쪽에서도 일단은 범죄라고 해야 하나, 바람직하지 못한 행동 아닌가……?

"실은, 아짱이 화서의 꿈에 소속되었다는 정보가 이미 퍼져나갔어요. 그것 자체는 딱히 문제가 없지만요……."

"응? 무슨 문제가 있어?"

"화서의 꿈에 질척거리는 민폐 길드가 있어서요. 그 길드가 화서의 꿈의 악평을 날조해서 속기 쉬운 분들을 끌어들인 다음에 집단 PK를 계획 중인 모양이라……."

"어~, 무섭다~……. 다른 사람들에게도 조심하라고 해야겠네."

"저기, 아짱? 이거, 아짱 이야기예요."

"어? 나? 왜?"

"그 왜, 돈짱……, 눈에 잘 띄잖아요? 그래서 돈짱을 해치우고 아짱을 붙잡아서 어떻게 테이밍했는지 캐낸 다음, 하는 김에 화서의 꿈 녀석들에게 본보기 삼아 끔찍하게 킬해주마~, 라고 게시판이 떠들썩해졌거든요."

내 살해 계획 같은 걸 세우는구나. 원한을 살 만한 짓을 했을지도 모르니까, 반대로 내가 당하더라도 이상할 건 없지만 말이지. 뭐,

그렇다고 해서 '네, 알겠습니다. 자, 죽여주세요'라고 할 순 없고, 튄 불똥은 털어내야 하니까. 상대방도 그건 각오하고 있을 테고.

"호오~, 그렇구나. 그 플레이어들은 무리지어 덤벼드는 위험징어보다 더 강해?"

"네……? 아뇨, 글쎄요……? 어, 설마……?"

"두 번 다시 그런 생각을 하지 못하게끔 철저하게 해치워줄까 해서."

"역시 해치울 셈이었군요?!"

그야 그렇잖아. 살의를 품고 덤벼든다면 오히려 당하더라도 불평하진 못하겠지? 테러는 준비하기만 해도 죄가 되니까, 보복하기 위해서 모여있는 것도 죄야. 해치워 버리자?

"그건 그렇고, 점심 아직 안 먹었지? 마유미 몫까지 도시락을 싸왔어."

"네?! 식당이나 매점에서 점심을 먹을 생각이었는데, 기쁘답니다!"

"그렇게 기뻐? 기대하게 만들어서 좀 그렇긴 하지만, 남은 반찬이나 냉동 반찬뿐인데? 보면 실망할지도 몰라."

"아짱이 싸준 도시락이라는 점이 중요하답니다!!"

"그, 그렇구나? 그렇게 흥분할 것까지야……."

"어머나, 저도 참, 창피하네요. 너무 기뻐서, 저도 모르게!"

그 이후에 마유미와 안뜰에서 점심 식사를 하기 시작했는데, 마유미가 매운 것을 잘 못 먹는다는 사실을 깜빡 잊고 있어서 일부 반찬은 울상을 지으며 먹었다. 미안해, 다음부터는 조심할 테니까……

[사립 로쿠메이지 학원]

린도 아마네와 나나세 마유미가 다니는 학교이며, 매우 유복한 자들이 다니는 학교로 유명하다. VR 등교나 VR 출근이 당연해진 시대에도 도보로 통학하는 학교지만, 그것은 오히려 권력자나 일류 기업의 자제들이 도보로 안전하게 다닐 수 있다는 사실을 어필하고 있어 그것만으로도 이 지역이 안전하다는 사실을 나타내고 있다.

건전한 정신은 건전한 육체에 깃든다는 모토로 학문뿐만이 아니라 스포츠에도 주력하고 있다. 필수 과목에 복싱이 존재하는데, 그 이유는 학원장이 전 복싱 세계 첨피언이었기 때문이다. 학생들에게도 복싱이 얼마나 멋진지 알리고 싶다는 마음으로 인해 필수 과목으로 지정되었지만, 슬프게도 인기는 별로 없다.

마유미가 학교에 온 뒤에는 시간이 눈 깜짝할 새에 지나가 버렸다. 어떤 기업과 콜라보를 한다는 이야기는 나나세 리조트의 리뉴얼 오픈 분위기를 띄우기 위해 사회 현상까지 된 것과의 콜라보 상품이나 콜라보 시설을 개발한다고 했지만, 더 이상 자세한 이야기는 해주지 않았다. 그래도 때가 되면 제일 먼저 안내해준다고 한다. 기대되네.

"음, 교복은 클리닝 머신에 넣고……."

자, 집에 왔으니 항상 하던 의식을……. 교복을 클리닝 머신에 넣고, 나머지는 세탁, 건조기에 넣고, 나는 목욕을 하고……. 흐아아아암…….

『──────휴식 중에 죄송합니다, 아마네 님. 손님이 오셨습니다.』

와아~, 깜짝 놀랐네. 목욕탕에도 AI 집사인 메에 씨가 있구나. 하지만 지금은 말이지, 목욕을 하고 있으니까 안 돼. 나가기도 귀찮고~, ……아! 목욕탕 콘솔로도 택배를 받을 수 있을지 모르겠네. 어디, 받아보자.

『택배입니다~. 나나세 마유미 님께서 린도 아마네 님께, 음~? 액정 태블릿 한 세트라고 하네요~.』

"아~……! 두고 가, 주시, 면, 감사하, 겠, 습니다……."

『저, 저기, 사인만 좀 해주셨으면 하는데요.』

"지금은 좀 바빠서……."

『――――――아마네 님, 디지털 사인을 이용하시는 것은 어떨까요?』

"디지털 사인으로, 부탁드릴게요……."

『어, 아……. 곤란하네……. 아, 알겠습니다! 죄송합니다, 바쁘실 텐데 방해했네요~. 디지털 사인으로 부탁드립니다~.』

그러고 보니 어제 집에 오던 길에 마유미가 액정 태블릿을 선물로 준다고 했었지. 목욕탕에서 나가면 가져오는 걸 잊지 않게끔 메에 씨에게 알려달라고 설정해둘까……?

그건 그렇고, 우리 생활에서 AI가 사라져 버리면 어떻게 될까. 지금처럼 어떻게 해야 할지 몰라서 허둥댈 때도 해결 방법이 바로 나오는 것도 아닐 테고, 두고 간 택배를 가져오는 걸 잊고 있어도 가르쳐주지 않을 테고, VR 다이브 시스템의 조작 방법 중에 모르는 게 있을 때도 곧바로 가르쳐주지 않을 테니까…….

『네, 확인했습니다. 감사합니다~.』

"네에~……."

음~……. 왠지 아파트 1층 보관함에 짐이 떡하니 놓여있을 거라 생각하니 느긋하게 목욕을 하고 있을 수가 없을 것 같네. 안절부절못하게 된다고! 어쩔 수 없지, 아직 아쉽긴 하지만, 나가야겠다.

그러고 보니 몸을 전자동으로 씻어주는 인간 세탁기도 있어서 마유미네 저택에 하룻밤 묵었을 때 써봤는데, 그건 왠지 불쾌한 느낌이 엄청 들었단 말이지……. 역시 목욕은 예전 방식, 느긋하게 몸을 담그고 자기가 직접 씻는 게 낫다고.

뭐, 우선 머리카락을 말리고, VR 다이브용으로 편한 옷을 갈아입고~……. 아, 맞다! 액정 태블릿을 놓을 곳을 정리하고…….

『─────아마네 님, 택배를 잊지 말고 챙기실 수 있게끔 주의하시길 바랍니다.』

"아……, 응…….."

내가 알림을 설정해놓고 이런 말을 하긴 좀 그렇지만, 뭐라고 해야 하나, 지금 그러려고 정리하려던 거였는데 말이죠……. 가져와서 하라고? 그러게요, 네. 가지러 갈게요…….

아파트 입구 보관함에~, ……아, 있다, 있어. 나에게 온 택배가 틀림없다고. 다른 사람 짐을 가져가 버리면 큰일이 날 테니까, 이런 건 실수하지 않게끔 조심해야 해.

그건 그렇고, 보관함을 이용하는 사람이 꽤 많네~……. 나도 앞으로는 보관함을 써볼까? 받으면 알림이 뜨니까 가지러 가면 되고, 음식이나 상하는 것 말고는 괜찮겠지.

"다음에 부탁해서 설정해달라고 해야지……. 응? 뭔가 떨어졌나? 이게 뭐지, 골판지에 붙어 있었나……? 보관함에 두어야겠네."

뭔가 자그마한 캔뱃지 같은 게 붙어 있었는데. 다른 사람 짐이나 떨어뜨린 물건이 붙어 있었나? 뭐, 상관없어! 아무튼 방으로 가서 얼른 설치해야지!

여전히 포장이 엄중하게 되어있네~. 완충재도 잔뜩 들어 있고……, 우와!! 최신 모델 액정 태블릿이다~! 신경 쓰이긴 했는데, 손을 댈 수 없는 가격이라고, 이거, 마유미, 고마워~! 정말~, 감사 감사~! 정말 좋아!

자, 이건 나중에 시간이 있을 때 제대로 만져보기로 하고, 오늘도 멜티스 온라인을 할까 합니다! 이번에는 바다의 동굴 안쪽까지 가보고 싶은데~.

『멜티스 온라인에 오신 것을 환영합니다―――――, 어서 와~♡ 사랑스러운 바빌론이 날마다 주는 선·물·이·야♡』

『바빌론이 주는! 데일리 로그인 보너스 2일차 [열악한 철제 팔찌]』

으응?! 행복도가 높을 때 추격타로 바빌론 님의 목소리가 뇌에 스며들었어!! 방금 말이지, 살짝 의식을 잃을 뻔했다고…….

저, 저기……? 오늘 받은 건 팔찌, 능력은 VIT+1뿐. 이건 애니메이트 페티슈로 주물화하라는 건가? 그런데 시체 안치소에 있는 건 그 ☆2 위험징어하고 대왕 위험징어하고 살육 범고래뿐이란 말이지. 희귀한 시체뿐인데, 어떻게 할까~?

"아, 린네 왔구나! 안녕~. 저기, 저기, 게시판에서 봤는데, 린네를 노리고 있는 모양이더라? 바깥으로 나가는 건 위험할지도 몰라~."

"여어!"

『아후!』

"언니, 어서 오세요!"

"아아, 안녕하세요……. 방해꾼은, 제, 제거할 생각, 인데요……."

"나도 도와줄까?"

"아, 아뇨, 제 일이니까, 제가 해결할게요……."

"위험해지면 바로 길드 하우스로 도망쳐라. 이유나 선언도 없이 공인 길드 하우스를 습격하는 건 규모에 따라 그에 맞는 페널티가 발생하니까. 길드 하우스 안까지 습격하지 않는 건 그런 이유 때문이고."

"그, 그렇군요……!"

그렇게 생각하고 있자니 낮잠 씨와 핫게 씨━━━그리고 핫게 씨의 머리 위에 있는 위험징어━━━와 돈타, 오렐리아가 맞이해 주었다. 그리고 곧바로 길드 하우스 밖에서 방해꾼들도 모여서 나를 맞이해준 모양이었다. 어차피 입만 살았고 실행에 옮기지 않을 녀석들인 줄 알았는데, 의외로 의욕이 넘치는 모양이다. 그렇다면 원하는대로 맞서 싸워줘야지.

"그리고, 이거, 어제 준 요리책을 다 읽었는데, 요리로 얻을 수 있는 버프 효과가 강화되었어. 시험삼아 먹어줘."

"어, 아, 그럼, 잘 먹겠습니다……?"

어제 핫게 씨에게 선물했던 것들 중에 오징어가 아닌 쪽, 제목이 해산물 요리책 같던 책을 벌써 다 읽었구나! 생긴 걸 보니 일반적인 피시버거 그 자체인데, 먹기만 해도 버프 효과가 발생하다니……, 어떤 성능일까? 아, 버프 같은 거하고 상관없이 맛있네! 생선살이 담백하긴 하지만, 간도 잘 되어 있고, 두터워서 식감이 좋고, 정말 맛있어!!

『튼튼한 상어 버거를 먹었습니다. 120분 동안 [최대 HP +100%』가 부여됩니다.

"잘 먹었습니다……! 맛있네요. 그리고, 효과가 대단해요!"

"맛있었다고? 그거 다행이군!"

"맛있지~, 그거. 던전 공략 진도가 잘 나가겠다고 다들 기뻐하더라~."

역시 핫게 씨에게 요리책을 선물하길 잘했네. 앞으로도 요리책이 나오면 선물해야지. 아, 맞다, 책이라고 하니 나도 어제 반지를 각성시켰을 때 마술서를 받았잖아. 이걸 읽고 나서 방해꾼들을 해치울까.

"아……. 맞다, 책……! 이걸 읽고 나서 갈게요."

"응? 마술서……?"

"아, 네……."

"호오~. 멜티스 교회에서는 본 적이 없는 책이네, 새까만 마술서……."

어제 바빌론 님에게 받은 마술서, 사령술과 암마술 안내서 2권! 물리 공격을 한 번 무효화시켜주는 본 실드와 선택한 대상을 부활시키는 반혼의 의식을 습득한 지 얼마 안 되었지만, 그래도 페르짱하고 비교하면 아직 스킬이 더 적으니까. 패는 많을 수록 좋잖아! 조금 긴 초반의 스토리 부분은 생략하고!

[사령술의 안내서 2권]
─────중략.

사령술사는 본체가 허약하지만, 보조나 방해 마술을 잘 다루면 그 약점을 보완할 수 있다. 어떻게 자신에게 공격이 닿지 않게끔 할 것인지, 얼마나 자신에게 유리한 상황을 만들어낼 것인가에 따라 살아남을 수 있을지 여부가 좌우된다.

여기에 금기의 사령술을 하나 기재한다. 살아있는 인간을 강제로 언데드화시키는 사령술, [좀비 파우더]이다. 기동 워드는 [살아있는 시체가 되어라]. 주위에 좀비화하는 입자를 흩뿌리는 마술이며, 자신도 영향을 받아버리기 때문에 비장의 수로만 사용할 수 있다. 반드시 사용해야만 한다면 자신도 좀비가 되어버릴 각오를 하도록.

[암마술 안내서 2권]

─────중략.

성속성 마술의 이미지라고 하면 회복, 정화를 떠올리는 경우가 많다. 암속성 마술 등은 그 반대로 공격적인 마술이 많을 거라 생각하곤 하지만, 사실은 성속성과 성질이 비슷하며, 회복이나 강화 등이 가능하다.

암속성 마술로도 회복이 가능하다는 사실이 세상에 널리 알려지면 성속성의 마술로 사람들을 치유하고 대가를 받는 멜티스교에게는 매우 불리하기에 목숨이 위험해질 것이다. 그럼에도 불구하고 이 마술을 행사할 용기가 있다면 [자애의 어둠이여]라고 외치며 [다크니스 에너지]를 사용하도록. 자신 또는 선택한 대상의 상처를 회복하고 육체를 강화시킬 수 있을 것이다. 나는 이미 이단으로서 녀석들이 생명을 위협하고 있다. 나는 그저 괴로운 사람들을 구하고 싶었을 뿐─────(다음 부분은 핏자국이 번져 있어 읽을 수가 없다).

『사령술 [좀비 파우더]를 획득하였습니다.』

『암마술 [다크니스 에너지]를 획득하였습니다.』

왠지 드디어 돌이킬 수 없을 것 같은 곳까지 도달한 느낌이 드네. 우선 이걸 획득하자마자 멜티스교의 이단심문관이 감지하고 덤벼들지는 않는 것 같으니 당장은 괜찮을 것 같아.

"──────그렇구나, 혹시……! 시험해 볼 가치는 있을 것 같아……."

"응? 낮잠, 무슨 일이야?"

"어? 아, 아니. 아무것도 아니야~. 나는 급한 볼일이 있으니까 뒷문으로 나가서 교회에 다녀올게~."

"교회? 그래, 뭐, 조심히 가라고."

어라, 뒷문 같은 것도 있구나. 어쩌지, 나도 그쪽으로 나갈까……. 아니, 나는 정면으로 나가야지! 나를 방해하려고 하니까, 작살을 내주겠어.

"오, 린네도 가려고? 조심해."

"네, 다녀오겠습니다……. 돈타? 바깥에 있는 녀석들 말이지, 무기를 겨누거나 공격하면 모두 죽여도 돼. 아, 화서의 꿈 사람은 안된다?"

『크아아아아아아아아아!! (알았어! 해치워버리자~!!)』

"리아짱은 여기 있을래?"

"아뇨, 언니의 적이라면 죽이겠어요."

"어?"

"어?"

"…………위험할 것 같으면 도망쳐야 한다?"

"네!"

돈타는 그렇다 치고, 뜻밖에도 리아짱이 대인전에 엄청나게 호전적이었네. 무리하는 것 같지도 않고, 이번 일을 계기로 잔혹한 행동에 맛을 들이지는 않았으면 좋겠는데.

"우선, 물리 공격을 한 번 무효화해주는 본 실드. 네거티브 오라로 스테이터스를 강화하고, 다크니스 에너지는 돈타에게 써볼까? 자애의 어둠이여, 다크니스 에너지."

『[다크니스 에너지]를 발동, 돈타의 HP가 완전히 회복되었습니다. 5분 동안, 기초 공격력과 기초 방어력이 약간 상승합니다.』

오오~. 기초 공격력하고 방어력이 올라가는구나. 네거티브 오라는 기본 스테이터스만 강화해주니까, 간섭해서 둘 중 하나가 사라지지도 않는 것 같고, 좋은데!

본 실드도 제대로 발동되었고, 네거티브 오라로 강화되었고, 튼튼한 상어 버거로 HP 상승 효과도 있고……. 이제 준비가 다 되었구나. 자, 방해꾼들을 해치우러 가볼까요~!

[암속성 마술은 금기이다]

여신 멜티스는 빛의 여신, 성스러운 빛의 힘을 관장하며, 재생과 부활, 정화와 저주 해제 등의 청정한 힘을 지니고 있다고 한다.

그렇기에 암속성으로 똑같은 것을 할 수 있다면 난처해진다. 멜티스교 신자들에게 있어서 암속성은 사악한 것, 공격적이고 해로운 것이라며 꺼려하고 있었다.

지금, 그 은폐가 깨지려 하고 있다.

게시판 정보가 사실이었다. 지금 여기 모인 건 게시판에서도 이른바 과격파 녀석들인 것 같다. 레벨은 평균이 40 이상인 것 같고, 상위직이 되기 직전인 사람들도 몇 명 보인다. 모두 합쳐 24명. 이렇게 많은 사람들이 잠복하고 있다가 놓치지 않게끔 밀어붙이면 어떤 정보든 알아낼 수 있을 것이다. 아, 나? 나는 존스와 미카, 메리안느와 함께 이곳 로레이로 왔고, 지금은……, 구경꾼이라고 해야 하나. 나도 운 좋게 정보를 알아내면 좋은 거고.

"왔다."

"아직 길드 하우스로 도망칠 가능성이 있으니까, 끌어들여."

"큰데. 저 울프가 마구 PK를 하고 다닌 녀석이지?"

"저 녀석을 제일 먼저 죽여."

비스트 테이머와 거대 울프가 나왔다. 역시 어제 타러시에서 만난 그 애야! 그런데, 뒤에 있는 금발 여자애는 누구지? 플레이어 정보에 접속……. 어라? 정보가 안 떠……? 혹시, 플레이어가 아닌가?

"아직 기다려, 아직……, 지금이다!!"

"저 늑대부터 죽여!"

"돈타."

『크아아아!!』

"어, 으아아악?!"

"이런……!"

『주위에서 플레이어 [샤오 (Lv. 46)]가 킬 당했습니다.』

『주위에서 플레이어 [송이버섯 (Lv. 47)]이 킬 당했습니다.』

어……? 레벨이 40이 넘는 플레이어는 상위직 직전인 상위 플레이어 아니야?! 다들 일제히 나갔는데, 벌써 두 명이나 당했다고⋯⋯? 이봐, 이봐, 괜찮은 거냐고————.

"미쳐 날뛰는 얼음의 송곳니여, 나의 곁에 모여 얼음덩이가 되고, 부서져 터져라! 블리자드 크래커——————!!!"

『아우우우우우우우우우우우우우우우우우————!!』

『돈타에게 [초포효]를 당한 당신은 [기절]하였습니다.』

『존스 (Lv. 16)가 [기절] 상태가 되었습니다.』

『미카 (Lv. 15)가 [기절] 상태가 되었습니다.』

『메리안느 (Lv. 15)가 [기절] 상태가 되었습니다.』

『주위에서 플레이어 [호오 (Lv. 46)]가 킬 당했습니다.』

『주위에서 플레이어 [슈퍼 머신 (Lv. 44)]이 킬 당했습니다.』

『주위에서 플레이어 [모짜렐란 (Lv. 45)]이 킬 당했습니다.』

『주위에서————.』

『주위에서————.』

무슨 일이 일어난 거지?! 시야가 새까매졌고, 유일하게 보이는 전투 로그에 사망 통지가 빠르게 뜨고 있어!! 대체, 무슨 일이⋯⋯!

『[기절] 상태에서 회복되었습니다.』

『크르르르르르르르르룽!!!!』

어, 말도 안 돼. 어째서, 나까지⋯⋯?!

『돈타에게서 [참멸]을 맞고 합계 대미지를 8410 입었습니다.』

『당신은 사망하였습니다. 그레이트 소드를 잃었습니다.』

『존스 (Lv. 16)가 사망하였습니다.』

『미카 (Lv. 15)가 사망하였습니다.』

『메리안느 (Lv. 15)가 사망하였습니다.』

　말도, 안 돼……. 빌린 지 얼마 안 된 장비……. 어……. 말도 안 된다고오오……! 이럴 줄 알았다면, 구경 같은 걸 하지도 않았을 텐데. 보러가고 싶다고 하지 말걸 그랬어……. 이봐, 이봐이봐이 봐이봐……. 거짓말이라고 해줘…….

◆ 멜티스 종합 게시판 [Part 4429] ◆

150 무명의 모험자
　집단 PK 실패하고 있네ㅋㅋㅋㅋㅋㅋㅋㅋㅋ허접ㅋㅋㅋㅋㅋㅋ ㅋㅋㅋ

151 무명의 모험자
　시끄러…….

152 무명의 모험자
　아니, 아니, 아니, 아니, 화서의 꿈 모두가 나왔을 텐데? 그럼 힘들지.

153 무명의 모험자
　한 명에게 24명이나 당하다니, 페르세우스 이후로 처음이잖아, 이런 대패배ㅋㅋㅋㅋㅋㅋㅋ

154 무명의 모험자

페르세우스의 친구가 약할 리가 없을 거라고 계속 말했는데도 덤빈 멍청이들 잘못이지. 진짜 머리가 너무 안 좋아.

155 무명의 모험자
무기를 겨눴더니 곧바로 살해당했네ㅋㅋ

156 무명의 모험자
지 옥 ☆ 등 장

157 무명의 모험자
＞＞153 아니, 24명이 아니라 주위에 있던 구경꾼 20명도 모두 죽였으니까 44명 PK했어.

158 무명의 모험자
44명ㅋㅋㅋㅋㅋㅋㅋ

159 무명의 모험자
으아아아아……, 으아아아아아………….

160 무명의 모험자
한 명이라고 하던데, 뒤에 로리가 있다고.
[참살 현장 1.jpg] [참살 현장 2.jpg]

161 무명의 모험자

게임 밸런스가 어떻게 된 거야…….

162 무명의 모험자
용의주도하게 버프도 잔뜩 걸고 준비했는데, 왜 다들 진 건가요
ㅋㅋㅋㅋ

163 무명의 모험자
허접허접허접허접ㅋㅋㅋㅋㅋㅋ
다들 허접이라 웃기네ㅋㅋㅋㅋㅋㅋㅋㅋㅋㅋ

164 무명의 모험자
패배한 허접 스샷을 올려야지ㅋㅋㅋㅋㅋ
[패배한 허접 1.jpg]
[허접 2.jpg]
[허접 3.jpg]

165 무명의 모험자
당하기 직전까지 이 녀석들, '우리가 모이면 화서의 꿈 중 누가
나오더라도 패배하지 않는다고(처억)'같은 말을 했다니까요ㅋㅋ
ㅋㅋㅋㅋㅋㅋㅋ

166 무명의 모험자
ㅋㅋㅋㅋㅋㅋㅋㅋㅋㅋㅋㅋㅋ웃기네!!ㅋㅋㅋㅋㅋㅋㅋㅋㅋㅋㅋㅋ
ㅋㅋㅋㅋㅋㅋㅋㅋㅋ

167 무명의 모험자

앞뒤로 ㅋㅋㅋ 붙이지 말라고…………ㅋㅋㅋㅋㅋㅋㅋㅋㅋ

168 무명의 모험자

이제 웃음밖에 안 나오는데요.

169 무명의 모험자

>>160 이거 얼굴이 교묘하게 안 찍혔고, 미묘하게 가려져 있어서 디지털 사인 요구를 피한 거야? 실력 좋다, 너……, 그래도 역시 얼굴을 제대로 보고 싶은데.

170 무명의 모험자

>>160 꼬마 마녀, 귀엽기만 한데! 누구야? 플레이어지?

171 무명의 모험자

>>170 플레이어는 아닌 것 같던데. 참고로 대량 PK의 원인은 이 꼬마 마녀고.

172 무명의 모험자

>>170 이 꼬마 마녀, 엄청나게 큰 소리를 울리는 마술로 수십 명이나 섬멸했다고요……. 믿기지 않을 정도로 위력이 강해서 웃음만 나왔다니까요…….

173 무명의 모험자

>>170 블리자드 크래커라는 마술이었어. 제대로 맞고 9K 정도 대미지를 입어서 곧바로 죽었고.

174 무명의 모험자
역시 VIT 올인이야! 체력이 모든 걸 해결해 줄 거라고!

175 무명의 모험자
울프가 살짝 할퀴기만 했는데 8 ~ 9K, 타격음이 섬뜩한 멍멍이 펀치로 최악의 경우에는 20K가 넘는 대미지를 연달아 날린다고. 쾌━━━━━, 위쪽에 있는 글 안 보셨나?

176 무명의 모험자
>>164 허접들 영원히 박제시켜 놓아도 되겠는데, 이거ㅋㅋ

177 무명의 모험자
대부분 레벨 40이 넘은 상급 플레이어(웃음).
절대로 질 리가 없다(웃음).
정보를 전부 알아내 주겠어(웃음).

178 무명의 모험자
페르세우스까지 온다면 절대로 못 이길 거 아냐. 이제 포기해.

179 무명의 모험자
정기적으로 올라오는 질문에 대한 대답.

Q1. 숫자 뒤에 붙는 K는 뭐야?

A. 킬로라는 뜻. 1K라면 1000이라는 뜻. 마찬가지로 M이라면 메가, G라면 기가.

Q2. PK는 무슨 단어의 약자야?

A. 플레이어 킬러, 플레이어 킬, 다시 말해 사람들을 공격하는 사람이라는 뜻.

180 무명의 모험자

정보를 밝히지 않는 화서의 꿈에 문제가 있지.

181 무명의 모험자

＞＞180 패배한 허접 씨, 안녕하심까──────ㅋㅋㅋㅋ

182 무명의 모험자

분하겠지…….

183 무명의 모험자

이거 방송한 사람은 없어?

184 무명의 모험자

스트리머가 제일 먼저 죽었고, 그뿐만이 아니라 여기에 폭언하고 분노의 스샷을 연달아 올리다가 로그인 1달 정지 먹었다고 트위터에서 난리치고 있던데ㅋㅋ

185 무명의 모험자
쓰레기의 모범 사례라서 웃기네ㅋㅋ

186 무명의 모험자
방금 왔음. 무슨 상황?

187 무명의 모험자
＞＞186 PK 집단 전멸.
비스트 테이머가 압승.
일부 폭언맨이 정지 먹음.

188 무명의 모험자
PK 당한 사람 44명 중에서 구경하러 온 녀석들에게는 장비 돌려줬으면 좋겠는데.

189 무명의 모험자
＞＞187 감사. 너무 웃기네.

190 무명의 모험자
＞＞188 구경만 하고 도와주려 하지 않은 녀석들도 공범이잖아ㅋㅋ 게다가 '이곳은 지금부터 전장이 될 테니까 죽고 싶지 않은 녀석들은 떠나라. 콩고물이라도 얻어먹고 싶은 녀석들은 남고'라고 했는데도 남았으니까.

191 무명의 모험자

집단 PK가 있다는 걸 알고도 왔으니까 덤으로 죽더라도 불평할
순 없지.

192 무명의 모험자

이거 아무래도 이용 규약 같은 걸 위반했을 텐데, 비스트 테이
머. 너희들도 신고해.

193 무명의 모험자

>>192 패배 허접 씨, 네가 허접인 걸 상대방의 규약 위반으로
몰아가려 하지 말라고ㅋㅋ

실력 차이로 패배해놓고 대책이 부족했다고 변명하지 말고ㅋㅋ

194 무명의 모험자

>>192 신고했어. 너 를 말 이 야!!

195 무명의 모험자

게시판에 자리잡고 있던 암덩어리들이 일제히 죽어서 기분 좋
네—————ㅋㅋㅋㅋ

196 무명의 모험자

송이버섯ㅋㅋㅋㅋㅋㅋ

트위터까지 정지 먹어서 웃기네ㅋㅋㅋㅋㅋㅋㅋㅋㅋㅋㅋㅋ
ㅋㅋㅋㅋ

197 무명의 모험자
ㅋㅋㅋㅋㅋㅋㅋㅋㅋㅋㅋㅋㅋㅋㅋㅋㅋ

198 무명의 모험자
>>196 ㅋㅋㅋㅋ 버섯이 죽어버렸어ㅋㅋㅋㅋㅋㅋ

199 무명의 모험자
아~, 이 녀석들, 진짜 최고네. 자기들이 이용 규약 중에서 [금지───────, 집단으로 개인을 일방적으로 공격하거나 조장하는 행위]를 어겨놓고 상대방 탓으로 돌리려고 필사적이잖아ㅋㅋㅋㅋㅋㅋㅋㅋ

200 무명의 모험자
이걸 감싸주려 하는 신봉자들도 있는 게 진짜 웃기다.

201 무명의 모험자
그건 그렇고, 강하네. 이런 걸 이길 수 있는 플레이어가 있긴 한가?

202 무명의 모험자
다음 주에 PvP 대회가 세 부문으로 개최되는데…….

203 무명의 모험자
비스트 테이머도 나가려나?

204 무명의 모험자
1대1, 2대2, 4대4, 이렇게 세 부문이었던가?

205 무명의 모험자
　만약에 나오면 나는 1대1에 나가야지……. 이런 녀석하고 싸우고 싶진 않아.

206 무명의 모험자
＞＞205 1대1은 페르세우스가 나올 가능성이 큰데 말이지…….

207 무명의 모험자
＞＞205 낮잠 "안녕", 레이지 "여어!", 페르세우스 "평안하신가요!"

208 무명의 모험자
＞＞207 PvP 상위 올스타잖아, 1대1. (찌릿)

209 무명의 모험자
아~, 정말 기대되네~. (피 토함)

　뭐야~. 위험징어보다 강한 녀석은 없었잖아. 왠지 긴장해서 손해 본 듯한 기분인데. 진화한 돈타와 가혹한 바다의 동굴에서 경험을 쌓은 리아짱의 적이 되진 못했다고. 조금 강해 보이던 녀석은 기절시키고 돌진해서 끝. 살아남은 녀석들은 블리자드 크래커로 일망타진. 간단히 이겼다니까.

"돈타, 리아짱, 잘 했어! 기특해!"

"어차피 오합지졸, 이었네요!"

"그러게. 그냥 돌격해 오기만 했고."

『아우아우! (약했어!)』

어? 나? 한 발짝도 움직이지도 않았는데 전투가 끝났거든요? 아니, 돈타하고 리아짱이 팍팍 섬멸했으니까. 내가 나설 필요도 없잖아? 나는 미리 버프를 걸어주었으니 그걸로도 충분하다고. 일단 이쪽으로 달려드는 녀석이 있으면 좀 전에 익힌 좀비 파우더를 쓸까 생각도 했는데, 애초에 아무도 다가오질 못했어.

"전리품으로 인벤토리가 가득 찼네~."

"뭔가 좋은 거 있나요?"

"음⋯⋯. 아! 귀걸이를 손에 넣었으니까 주물화 해버릴까~."

"잘 됐네요! 저는 주물화를 본 적이 없으니까, 보고 싶어요!"

"그래, 그래, 길드 하우스로 돌아가서 해볼까?"

『아우아우~ (배고파! 쓰다듬어 줘~)』

"그래, 그래, 돈타도 열심히 했으니까 커다란 육포를 줘야겠네. 또 그 녀석들이 덤비면 망설이지 말고 해치워야 한다?"

『멍! (그 녀석들은 기억해 두었어! 또 해치워 줄 거야!)』

일단, 전리품을 길드 창고에 넣고 주물화도 해야지! [사파이어 이어링]이나 [다이아 이어링] 같은 전리품도 손에 넣었으니까, 모처럼 얻었으니 이걸 주물화해야겠어.

그러다 보면 19시가 되려나? 19시가 되면 페르짱이 오니까. 오늘은 생각난 그것을 해볼까 하거든~, 기대되네~! 아~, 멜티스 온라인, 즐겁다고~~!! 이름이 멜티스 온라인이 아니라 바빌론 온라인이었다면 최고였을 텐데.

"어라, 낮잠 씨……?"

"어서 와~, 린네. 후후후~……."

건방진 사람들의 섬멸을 마치고 일단 길드 하우스로 돌아오니 낮잠 씨가 돌아와 있었다. 그런데 왠지 분위기가 다르네……. 아, 무기를 끼지 않았기 때문이구나, 그렇게 눈치챈 건 '어서 와~'라고 하면서 손을 흔들어주었을 때였다. 무슨 일이지? 무기를 강화하다가 실패해서 부서지기라도 했나?

"무슨 일, 이신가요……?"

"나 말이지~! 방금 환생해 버렸어~."

"어, 환생이라면, 지금 레벨이 1이세요?"

"맞아~, 맞아~! 그리고 모의전에서 경험치를 얻을 수 있는 시스템을 써서 말이야, 레벨을 25까지 올릴까 해서~. 돈짱이 상대해주면 안 될까~, 싶어서 기다리고 있었던 거야~."

보아하니 무기를 끼지 않았던 이유는 환생했기 때문인 모양이다. 환생한 직후에 여기 있는 걸 보니 길드 포탈을 사용한 건가? 환생하기 전에 길드에 소속되어 있으면 이런 지름길을 쓸 수 있구나…….

"…………린네 말이야, 교회에 들어간 적이 없다고 했지?"

"네? 네, 네."

"그렇다면 튜토리얼 퀘스트를 완수하지 않았다는 뜻이겠네. 멜티스의 천사는 타러시로 안내해준 다음에 교회에서 기도하면 그 사람의 직업 적성 진단을 해주고 클래스를 내려줘. 다시 말해서 린네는 그 천사를 거느리지 않았지. 튜토리얼의 존재조차 모르는 것 같았으니 그게 가능한 타이밍이 어디일지 생각하고 있었거든…………, 아바타를 만드는 화면이지."

"히익……?!"

마, 말도 안 돼, 이렇게 쉽사리, 들키다니……?! 사령술사라는 걸, 들키면……!

"너희만 바빌론의 존재를 알고 있다니, 치사해~. 어떻게 그렇게 특수한 클래스로 전직할 수 있는 건지 생각하고 있었거든~? 천사를 죽여버리면 되는 거였구나~? 나도 죽여 버렸어!"

"오오————……!!"

낮잠 씨도 천사를 죽였나요?! 그러니까, 바빌론 님 귀여워 최고 교에 들어오신 거군요!! 신도가 늘었어, 앗싸————!!

"애초에 멜티스교는 말이야, 몬스터는 사악하니까 반드시 토벌해야 하는 방침인 모양이니까 몬스터를 테이밍할 수 있는 클래스가 있을 줄은 몰랐거든. 그래서 멜티스교 말고 있지 않을까, 그렇게 생각한 거야~."

"대단하세요……. 앞으로 날마다 바빌론 님을 함께 숭배하시죠. 우선 바빌론 님의 멋진 점을 100개!"

"100개애?! 잠깐만, 우선 10개만 생각해 볼 테니까."

"노, 농담이에요……. 죄송합니다……."

"그, 그랬구나. 그래도 포용력이 있고 그릇이 큰 여신님이라는 걸 처음 보고 느끼긴 했지~."

"그렇죠!! 바빌론 님은, 아…….."

사실 농담이 아니었고, 이대로 바빌론 님의 좋은 점에 대해 이야기를 나누고 싶긴 하지만, 아무래도 낮잠 씨가 정색할 것 같고, 리아쨩이 주물화를 보고 싶다고 했으니까 참아야지.

"응~? 왜 그래~?"

"저, 기. 무슨 직업이 되었는지, 물어보고 싶어서요. 그런데, 길드 규칙에…….."

"괜찮아, 괜찮아, 가르쳐줄게! 나는 말이지, 디스트로이어(파괴하는 자)야."

"디, 디스트로……?!"

디스트로이어……. 낮잠 씨의 둥실둥실한 분위기를 보면 상상도 안 될 만큼 난폭할 것 같은 직업이네요. 아~, 그래도, 어제 돈타에게 한 번 당하고 나서 분위기가 확 바뀐 걸 보면 역시 싸우는 걸 정말 좋아하는 건가?

"그런데 무기가 말이지~. 클로라는 건 본 적도 없거든."

"……페르쨩이, 이걸 쓸 수 있는 길드 멤버분이 있으면 줘도 된다고 했어요. 받으세요……., 그 대신, 저와 페르쨩의 직업은 비밀이에요."

"어~~~, 교환 조건으로 내걸고 알아내주마~, 라고 생각했는데 ~, ……어? 이거, 클로야?"

"귀엽죠?"

"너무 귀여운데."

"받으세요…….."

"고, 고마워……? 어, 어어어어어어어어어어어어어~~?! 이게 뭐야, 엄청 강하잖아~!! 이 정도면 돈을 줘야지, 이거 장난이 아니라고~!!"

와, 찾았다. [★살육자의 머리], 샤치 장갑인형을 쓸 수 있는 사람! 다행이네, 이제 낮잠 씨답게 느긋하고 둥실둥실한 느낌이 드는 디스트로이어가 되겠어……. 무기의 성능은 전혀 느긋하지도 않고 둥실둥실하지도 않지만.

페르짱은 성능을 밝히고 싶지 않으니까 팔고 싶지 않고, 만약에 쓸 수 있는 길드 멤버가 있으면 줘도 된다고 했으니까, 줘도 괜찮겠지.

"그럼, 그 돈은 돈타의 밥값이나 길드의 가구비 같은 시설비로 써주세요……."

"그, 그래도 돼? 그래도 돼?! 페르짱에게도 나중에 고맙다고 인사해야겠네. 정말 고마워~~!!!"

"아, 아뇨. 그건 그렇고, 길드에서 레벨을 올릴 수 있다는 게, 무슨……."

"아!! 길드에서 훈련장을 보유하고 있으면 말이야, 특전을 얻을 수 있거든! 그러니까————."

그리고, 좀 전에 듣고 신경 쓰이던 내용에 대해, 낮잠 씨에게 길드의 자세한 기능에 대해 뒤늦게나마 배웠다. 길드를 설립할 때는 돈이 많이 필요하고, 공인 길드로 활동하려면 그 도시에서 뭔가 공적을 세워야만 하기에 힘든 모양이지만, 그만큼 다양한 기능을 갖추고 있는 것 같다.

·그 도시를 다스리고 있는 영주에게 허가를 받으면 길드를 설립

할 수 있다. 그러기 위해서는 영주가 납득할 만한 공적이 필요하다.

· 공인 길드가 길드 하우스를 구입하면 그 길드 하우스는 세이프티 에리어로 지정된다. 그곳을 정당한 이유없이 침범해서는 안 된다.

· 길드 멤버는 길드 하우스로 곧바로 귀환할 수 있는 [길드 포탈]을 쓸 수 있게 된다. 외부인은 그 포탈에 들어갈 수 없다.

· 길드 안에 자유롭게 꺼낼 수 있는 창고가 설치된다. 거래 불가 아이템을 제외하면 전부 거기에 수납할 수 있다. 페르짱이 과금해서 최대로 확장했기에 무제한으로 넣을 수 있다.

· 길드 내에서 모의전을 통해 경험치를 획득할 수 있다. 그 모의전으로 레벨을 25까지 올릴 수 있……지만, 돈타는 레벨이 오르지 않은 걸 보니 대상이 아닌가?

· 길드 하우스의 개인실은 프라이빗 에리어로서 문을 잠글 수가 있다.

· 길드 하우스의 기능을 확장하여 장비 강화기, 금속 가공기, 주방, 방직기, 제약기, 연금솥 등을 설치할 수 있지만, 그것들은 이미 전부 설치한 상태이다. 기동시키려면 각각 그 랭크에 맞는 마정석이 필요하다.

"그렇군요, 그걸로 초반 레벨링을 생략할 수 있겠네요."

"그렇지! 뭐, 이 기능이 해방되었을 때는 다들 레벨 25를 넘은 뒤라서, 아무도 이용하질 못하네~라고 했었는데. 환생했으니 모처럼 있는 걸 써보고 싶어서!"

"그럼, 돈타와 모의전을 하시려는 거죠? 돈타, 낮잠 씨가 모의전을 하고 싶대."

『아우! (좋아! 어제처럼 하면 되는 거지?)』

"그래, 그래. 어제처럼."

"도, 돈쨩? 좀 봐줘야 해?"

『아우! (알았어!)』

그럼, 낮잠 씨와 돈타가 지하 훈련장에서 모의전을 하는 동안, 나와 리아쨩은 항상 감정 같은 걸 할 때 쓰는 3호실에서 주물화를 해볼까? 좋아, 그럼 돈타 선생님? 낮잠 씨를 부탁할게?

『아우!! (간다아~!!)』

"어라, 저기? 왠지 의욕이 엄청나게 느껴지는 것 같은데? 나는 레벨이 1이거든? 저기, 린네, 괜찮을까?!"

"아, 아마도요……? 리아쨩, 가자."

『아우!! (해치워버릴 거야~!!)』

"네, 네."

그럼 우리는 주물을 만들어야 하니까요. 이만~……. 느긋하게 하셔요~…….

"괜찮을까요……?"

"응, 죽지는 않는 모양이니까, 아마 괜찮을 것 같아."

"아뇨, 마음이…….."

"그건 낮잠 씨 하기 나름, 돈타의 힘조절 솜씨에 달렸을려나……. 자, 주물화를 하자!"

"네! 보고 싶었거든요. 기대되네요!"

자, 돈타와 낮잠 씨가 우당탕탕 싸우는 동안에 [애니메이트 페티슈를 쓰자. 왼손은 장비에 대고, 시체는 안치소와 함께 불러내고, 저주받은 아이템은 안치소 위에 올려놓고! 그리고 기동 워드인 [바쳐라]를 말하기만 하면 된다. 간단하지! 이번에는 다이아 이어링하고 ☆2 위험징어, 그리고 저주받은 코인을 써야겠다.

"그럼, 간다? 건드리면 안 돼, 거기서 보고 있어……, 바쳐라!"

"와아, 전부 까맣고 찐득찐득하게 변했네요……. 모두 뒤섞여서 터무니없는 저주의 힘이 느껴져요……."

"그렇구나? 아, 변질되기 시작한 것 같아."

『다이아 이어링이 저주받았습니다!』

『다이아 이어링이 변질되었습니다!』

『다이아 징어링이 더욱 변질되었습니다!』

『다이아 징어피어스가 더욱 변질되었습니다!』

『위험징어 피어스가 더욱 변질되어 주물화합니다!』

『★다리피가 완성되었습니다! 축하드립니다!』

뭐…………? 다리피가 뭔데.

"다리피……? 가 완성되었네요."

"다, 다리피가, 뭘까요……?"

"뭘까, 다리피라는 게……!"

예전에는 이렇게 변질되지 않았잖아, 어째서 이렇게……. 아~, 레어 몬스터를 소재로 써서 그런가? 혹시 그런 거야? 그리고 다리피라는 게 대체 뭔데……. 얼른 저주의 진흙이 사라지고 실물이 나와주면 안 되나――――, 아~…….

""다리피………….""

으아아……. 아아아아……. 다리피라는 게, 이런 거였구나. 오징어 다리가 달린 피어스야……. 가까이에서 보면 '다리구나, 이거'라는 느낌인데, 멀리서 보면, 분하지만, 왠지 세련된 것 같아…….

"성능 같은 건 좀 나중에 봐도 될까……?"

"네, 네."

잠깐, 잠깐, 성능은 나중에 보자고. 개그 아이템이잖아, 그렇게 생각하며 실망하고 싶지는 않으니까. 일단 사파이어 이어링을 먼저 주물화하자고.

"이번에는, 저기, 생김새가 괜찮으면, 좋겠네요!"

"그러게요……. 좋아, 간다! 바쳐라!"

자, 살육 범고래와 사파이어 이어링의 상성은 어떨까! 어떨까, 어떨까~!

『사파이어 이어링이 저주받았습니다!』

『사파이어 이어링이 저주를 버티지 못합니다!』

『사파이어 이어링이 소멸하였습니다.』

──────어?

"아! 사라져 버렸네요……."

말도 안 돼…………, 저주도, 살육 범고래도, 이어링도, 전부 사라져 버렸는데? 이거, 설마, 확실하게 성공하는 게……, 아니었어……?

"…………어?"

"저기, 실패한 것, 같네요……."

"오렐리아. 안타깝지만 다리피를 장비해야 할 것 같아."

"네? 아, 네……."

"우선은 성능을 확인해 볼게."

"네……."

실패해서 짜증내는 게 아니거든? 응, 그런 거 아니거든? 내가 차고 싶지 않아서 오렐리아에게 채우려는 것도 절대 아니야. 그 왜, 오렐리아가 뭐라고 해야 할까, 괜찮으려나~, 싶어서. 자, 성능은 어떤 내용일까?

[★다리피] (극상·레전더리·액세서리 기타·카드 슬롯 없음)

·[저주] 물리 공격력 -50%

·[저주] 물리 공격력 -25%

·[저주] 물리 공격력 -15%

·[저주] 물리 공격력 -5%

·[저주] 물리 공격력 -5%

·마술 공격력 +10%

·마술 공격력 +10%

·마술 공격력 +10%

·마술 공격력 +10%

·마술 공격력 +10%

───────다리는 두 개로 줄었지만, 효과는 열 개 분량!

강화 불가·중량 0.1㎏

아~! 오렐리아의 물리 공격 성능이 완전히 죽어버리잖아~……!! 저주 숫자는 왜 이렇게 많은데?! 물리 공격 디버프 계열 저주를 전부 넣은 거야? 전부 넣었냐고?! 말도 안 돼?!

『낮잠 정말 좋아로부터 항복 제안이 들어왔습니다.』

『(돈타, 낮잠 씨가 한계래! 이제 끝!)』

『돈타가 명령을 받아들였습니다.』

낮잠 씨도 잔뜩 당해버리고, 사파이어 이어링도 없어져 버리고, 리아쨩의 물리 공격도 날아가버리고, 으아아아~······.

아니? 애초에 오렐리아는 순수한 마술사니까, 물리 공격력이 괴멸되더라도 문제가 없지 않나? 아니, 그래도, 큭······! 크으윽······!! 엄청 강한 건 틀림없지, 정신 나간 수준으로 강하긴 할 텐데, 생김새······! 으으으음······!!

[애니메이트 페티슈의 성공에 대하여]

장비를 완전히 새로운 저주 장비로 바꾸는 애니메이트 페티슈는 사용한 장비의 희귀도나 몬스터의 시체 회귀도, 보스 플래그 등에 따라 성공 확률이 바뀐다. 린네가 지금 문제 없이 다룰 수 있는 것은 언커먼까지, ☆2 위험징어나 살육 범고래는 희귀도와 보스 플래그로 인해 성공 확률이 매우 낮은 상태였다. 구체적인 수치로 따지면 성공 확률은 60% 정도다.

그리고 강력한 소재를 사용할 경우에는 연속 변질, 이레귤러 반응 등이 일어나 강력한 저주 장비가 생겨날 경우가 있다. 희귀도 레전더리 이상으로 나올 경우 또한 있으며, 매우 심오한 제작 스킬이다.

평소처럼 19시에 로그인해 보니 우선 길드 로비의 소파 위에 만신창이가 된 낮잠 씨가 굴러다니고 있네요. 그 모습을 핫게 씨가 딱딱한 미소로 지켜보고 있고요.

오렐리아는, 왠지 기뻐 보이네요……. 빗자루를 타고 둥실둥실 날아다니고 있어요. 돈짱은, 커다란 육포를 낼름낼름 핥고 있네요. 멈추질 않아요. 이제 멈출 수가 없다는 표정이네요……. 귀여운 멍멍이라니까요…….

그리고 린네 양은, 커다란 살육 범고래 인형을 끌어안은 채 풀죽어 있네요……. 뭔가 저질렀을 때는 보통 이런 느낌이랍니다.

"여, 여러분? 평안하신가요……?"

"어……. 보라고, 모의전에서 30연패한 길드 마스터가 여기 있고, 이쪽에 있는 멍멍이는 30연승해서 신이 났어. 머리 위에서 둥실둥실 떠다니는 게 새로운 이어링의 성능이 강력해서 마음에 든다고 신이 난 꼬마 마녀, 뭔가 망쳐서 축 처진 것을 뛰어넘어 심연까지 가라앉아버릴 것처럼 풀죽은 게 네 파트너야……."

"…………자세히 설명해주셔서 감사하네요."

"그래……."

뭔가, 망쳐버렸군요. 강화려나요……. 강화 보호 티켓 없이 해버린 걸까요……?

"아, 페르짱~……."

"평안하신가요……, 두 분은 평안하지 못하시네요. 무슨 일인가요?"

"살육 범고래의 시체를, 낭비해 버렸어어……."

"아, 안녕……. 지금은, 좀, 일어나고 싶지 않아……, 미안해……."

『아우아우~♡』

"페르세우스 씨, 안녕하세요! 언니에게 엄청 강한 액세서리를 받았어요! 이거예요!"

"어머, 잘 됐네요……, 으엑?!"

장비의 자세한 내용……. 물리 공격력, 합계 마이너스 100%……?! 그런데 마술 쪽은 50% 상승, 끔찍할 만큼 강하네요!! 그런데 만약에 그걸 제가 차면 완전히 쓰레기가 되어버리겠네요……? 이런 장비가 있어도 되는 걸까요?

아뇨, 아뇨, 그런 건 됐고, 살육 범고래의 시체를 낭비했다니, 장비를 주물화할 수 있는 스킬이 있다고 했죠. 혹시 그걸 실패해버린 걸까요? 그래서 풀죽은 거고요…….

"린네 양, 또 사냥하러 가면 손에 넣을 수 있을 테니, 신경 쓰지 마시고……."

"앗!!"

"어이쿠……?"

풀죽은 것도 잠시, 이번에는 활짝 웃으며 밝은 표정을 짓고 있네요. 표정이 금방 바뀌어서 귀여워요. 으헤헤~, 조금 늘어지는 느낌으로 웃을 때 표정이 제일 좋아요. 뽀뽀하고 싶네요. 지금 당장 결혼하죠.

아뇨, 그 말은 아직 마음속에 담아두고, 지금 저는 선량한 린네 양의 친구니까. 실수로 아짱 좋아 좋아 정말 좋아 변태 아가씨 부분이 튀어나오면 미움을 사버릴지도 몰라요.

"시험해 보고 싶은 게 있어!"

"네, 뭐든지 해보죠!"

"그럼, 바다의 동굴 던전, 가자!"

바로 말이죠, 바다의 동굴 던전! 어제는 4계층까지 갔으니 오늘은 거기부터 시작하겠네요.

"조심히 다녀와~……. 에휴~, 아침에 가지 말걸 그랬네~."

"어머, 함께 가지 못해서 아쉽네요."

"그래. 가기 전에 이 튼튼한 상어 버거를 먹고 가라고."

"저는 햄버거를 먹어본 적이 없답니다. 이건 어떻게 먹는 건가요? 잘라서 먹으면 되는 건가요?"

"그야 당연히, 덥썩 베어먹는 거지! 덥썩!"

"네? 그럴 수는, 입을 크게 벌리는 건 부끄럽답니다……. 잠깐 저쪽에서 먹고 올게요."

"묘한 부분에서 곱게 자란 티가 나네……."

다른 사람들 앞에서 덥썩 베어먹다니, 그럴 순 없어요! 저쪽 개인실에서 몰래 먹도록 할게요……. 그건 그렇고, 뭔가 위화감이……. 왠지 뭔가 이상하다~, 그런 느낌이 들었는데, 뭔가…………

『튼튼한 상어 버거를 먹었습니다. 120분 동안 [최대 HP +100%]가 부여됩니다.』

우와, 이거, 엄청난 효과네요! HP가 2배라니, 제 HP가 40K가 되겠는데요?! 강하네요~……. 핫게 씨의 요리 레벨이 급상승했어요~!!

"음……. 정말 잘 먹었답니다. 맛있었어요."

"그래! 입에 안 맞으면 어떻게 해야 하나 싶었던 참이야. 다행이군."

"바깥에 갈 거지? 조심히 다녀와~……. 아까 말이야, 린네가 집단 PK를 44명이나 해치운 것 같으니까, 보복하러 올지도 모르거든~."

"어머! 44명이나 해치워 버렸나요?! 대단하시네요! 집단 PK는 팍팍 사냥해도 좋답니다!"

"에헤헤⋯⋯. 또 있으면, 같이 쓰러뜨리자⋯⋯."

"이번에는 더욱 강력한 마술로 정리해 버릴게요!"

『아우? 멍!』

"그럼, 다녀오겠답니다!"

"다녀와~."

"조심하라고."

"다녀오겠습니다~. 아, 아까 PK를 쓰러뜨리고 얻은 전리품, 딱히 대단한 건 없었으니까 길드 창고에 넣어둘게요~⋯⋯."

"와아~. 벌써 길드를 지원해주다니, 고마워~."

자, 오늘도 해보죠! 우선은 PK를 경계하면서 바다의 동굴 던전으로 가요! 상대해 드리죠. 우선은 바깥으로 나가기 전에 준비부터!

"——————가라앉아라, 네거티브 오라."

『파티 멤버가 3분 동안 모든 스테이터스 강화 상태가 됩니다.』

"가로막아라, 본 실드."

『파티 멤버가 [본 실드] 상태가 되었습니다.』

어느새 본 실드가 한 명씩 걸어주는 스킬에서 파티 멤버 모두에게 거는 스킬로 바뀌었네요⋯⋯. 상위직이 된 영향일까요? 이건 편리하겠어요! 아마 연속으로 쓰진 못하겠죠? 그럴 수 있다면 맛이 간 성능일 테니까요!

"아이기스!"

『[마순 아이기스]를 발동, [페네트레이트 5] 상태가 되었습니다.』

"자, 가시죠~~!!!"

"가자~!"

"가요!"

『아우아우~.』

자, 집단 PK 여러분, 덤빌 테면 덤벼 보세요! 이 페르세우스가 꼴사나운 패배를 선사해 드리지요~!! 오————호호호호호호!!

◆ 멜티스 정보 공유 게시판 Part 404 ◆

1 무명의 모험자

깽판은 기본적으로 무시, 조용히 신고 버튼을 누를 것. 장비의 시세나 아바타 거래 시세는 전용 게시판을 이용해 주세요. 테스트 게시물은 테스트 게시판에서.

[멜티스 업데이트 예고]

공식 홈페이지에 [토벌, 킹 킬러 타이거!], [PvP 대회·3부문]이 올라와 있습니다. 자세한 내용은 공식 홈페이지에 [URL은 여기]

[게시판 확장, 이동 알림]

게시물 숫자가 늘어났기에 Part 400부터 대형 게시판이 되었습니다. 다음부터는 이쪽에 만들어 주세요.

흐름이 매우 빠르기 때문에 다음 게시판은 〉〉9000이 만들 것.

〉〉9000이 만들 것 같지 않을 경우에는 〉〉9200.

〉〉9200이 만들 것 같지 않을 경우에는 누군가가 나서서 만들어 주세요. 만들어지지 않을 경우에는 곧바로 그 내용을 올리거나, 올리는 법을 물어보세요. 게시판을 만들 때 메일 칸에 '#melt'라고 입력하면 됩니다. 도저히 만들 수가 없다, 만들고 싶지 않을

경우에는 절대로 건드리지 말아주세요.

2 무명의 모험자
＞＞1 만드느라 고생했음.

3 무명의 모험자
진짜 안 만들거면 건드리지 말라고. 매번 대리로 만들어 주는 사람에게 고마워하란 말이지.

4 무명의 모험자
＞＞ 고생했음—————, 고마워—————!!

5 무명의 모험자
그래서, 비스트 테이머가 사역하는 울프의 종족은 알아냈어?

6 무명의 모험자
＞＞1 고생했어, 감사~!

7 무명의 모험자
＞＞3 진짜 그렇다니까. 어차피 너도 말만 하고 안 만들겠지, 그렇게 생각하고 있었는데 저번에 게시판 만든 것도 당신이었잖아? 고마워.

8 무명의 모험자

>>5 몰라. 평범한 울프가 아니라는 것만은 분명한데ㅋㅋ

9 무명의 모험자
지금까지 나온 정보 정리
·비스트 테이머 씨는 실제로 존재한다.
·비스트 테이머가 정식 명칭인지는 알 수 없음.
·엄청 커다란 울프를 데리고 다닌다.
·엄청 커다란 울프는 말도 안 되게 강하다.
·일행인지 뭔지, NPC로 보이는 정말 귀여운 꼬마 마녀를 데리고 다닌다.
·첫 번째 습격 때 44명을 컵우동 끓이는 시간보다 더 빠르게 섬멸했다.
·두 번째 습격 때는 32명을 컵라면 끓이는 시간보다 더 빠르게 섬멸했다.
·게다가 양쪽 다 선공을 양보(습격할 때까지 기다린 건가?)했는데도 전멸함.
·꼬마 마녀의 수마술이 9K 이상의 엄청난 대미지, 엄청난 범위.
·울프의 최대 화력은 20K 이상.
·페르세우스에게는 아무도 대미지를 입히지 못했다.

10 무명의 모험자
>>1 게시판 만드느라 고생했어~.

11 무명의 모험자

9 유능하시네, 고마워.

12 무명의 모험자
[속보] 낮잠 정말 좋아, 습격해 온 주범 길드에 보복하러 쳐들어간 모양.

13 무명의 모험자
으하ㅋㅋㅋㅋㅋㅋㅋㅋ

14 무명의 모험자
낮잠 떴다아ㅡㅡㅡㅡㅡ!!

15 무명의 모험자
습격한 녀석들, 길드로 한패였어?ㅋㅋ

16 무명의 모험자
습격범 길드 [황금의 바람]
길드 마스터 [송이버섯(다수의 이용 규약 위반으로 한 달 정지 처분을 받았음)]
서브 마스터 [새·송이버섯(송이버섯의 현실 친구)]
44명 중, 여섯 명이 이 길드 소속이라고 예전 게시판에 글이 올라와 있던데.

17 무명의 모험자

길드 하우스는 세이프티 에리어 아니야?

18 무명의 모험자
길드 하우스에 쳐들어 갈 수도 있어?

19 무명의 모험자
>>17 로레이는 화서의 꿈 말고는 비공식 길드라 세이프티 에리어는 아니야.

20 무명의 모험자
>>17 로레이는 화서의 꿈뿐이구나~. 세이프티 에리어인 곳…….

21 무명의 모험자
다른 도시라면 세이프티 에리어였을 텐데, 일부러 라이벌 의식을 드러내면서 로레이에 길드 하우스를 지어서 그렇게 된 거 아냐ㅋㅋㅋㅋ

22 무명의 모험자
누가 중계 좀!

23 무명의 모험자
로레이 말고도 길드끼리 선전포고를 하면 길드 대항전이 벌어지고, 대항전 시간대에는 세이프티 에리어 판정이 사라져. 게다가 이번에는 화서의 꿈의 길드 하우스 자체에 피해를 입었고, 규약 위반 PK를 반복했으니까 정당한 보복이지.

24 무명의 모험자
흐아—————ㅋㅋㅋㅋㅋㅋㅋㅋㅋㅋㅋㅋㅋㅋㅋㅋㅋㅋㅋㅋ

25 무명의 모험자
말도 안 돼.

26 무명의 모험자
어……? 어……?

27 무명의 모험자
으아, 으아, 으아, 으아.

28 무명의 모험자
날아갔어—————!!

29 무명의 모험자
우와, 장난 아니네. 이거 독 효과가 있냐고. 얼른 멀리 떨어지는 게 좋겠어.

30 무명의 모험자
무슨 일이 일어난 거냐고ㅋㅋㅋ

31 무명의 모험자
중계, 황금의 바람 길드 하우스 앞.
낮잠 "안녕하세요~. 택배입니다~. 받아."
새·송이버섯 "뭐?! 말도 안 돼, 멍청아, 이거."
길드 하우스 "끄엑————————ㅋㅋㅋㅋㅋㅋㅋ"

32 무명의 모험자
뭔데, 뭔데, 뭔데, 뭔데.

33 무명의 모험자
정보를 올려, 정보를! 여기가 어디인지 아냐고!

34 무명의 모험자
[속보] 황금의 바람 길드 하우스, 박살 남.

35 무명의 모험자
독통폭탄ㅋㅋㅋㅋㅋㅋㅋㅋ

36 무명의 모험자
이래도 되는 건가…….

37 무명의 모험자
우와, 우와, 킬 로그 뜨기 시작했다.

38 무명의 모험자

독 위력 자중 좀 하라고, 진짜ㅋㅋㅋㅋㅋㅋㅋ 한순간 범위 안에 들어가기만 했는데 800이나 닳았잖아ㅋㅋㅋㅋㅋㅋ

39 무명의 모험자

무슨 일이 일어났냐면, 낮잠 정말 좋아가 황금의 바람 길드 하우스에 폭탄을 던졌어ㅋㅋㅋ 게다가 폭탄에 독 효과까지 있음ㅋㅋㅋ

40 무명의 모험자

구경하러 갔다가 죽은 내 배틀 로그 올릴게…….

『[독] 상태가 되었습니다. HP가 빠르게 감소합니다.』

『[혼란], [마비], [출혈] 상태가 되었습니다.』

『당신은 사망하였습니다. 아이언 메일을 잃었습니다.』

41 무명의 모험자

으아……, 이게 뭐야…….

42 무명의 모험자

살아있는 녀석은 없겠지?

43 무명의 모험자

새·송이버섯 "이 자식, 까불지 마!! 이런 짓을 해놓고 무사할 거라 생각하지 마라!"

낮잠 "그야 무사하진 않겠지. 우리 귀여운 애들에게 몇 번이나 손을 대고 말이야, 가만히 있을 리가 없잖아? 각오하라고~?"

이 대화 직후에 새·송이버섯이 모래 때문에 앞을 못 보게 되고, 밑에 깔려서 얼굴을 흠씬 두들겨 맞고, 마비 상태가 되었는지 움직이지 못하게 된 상태로 홀까지 머리를 붙잡혀서 끌려갔어.

44 무명의 모험자
[속보] 새·송이버섯을 제외한 전원 사망 확인.

45 무명의 모험자
이제야 독무가 사라졌네.

46 무명의 모험자
저 독, 본인에게는 안 통하는 거냐고…….

47 무명의 모험자
저건 스킬이야? 아이템 제작 계열? 연금술에는 저런 거 없지?

48 무명의 모험자
새·송이버섯의 처형 타임 중계. [URL]

49 무명의 모험자
＞＞48 으아, 으아, 으아…….

50 무명의 모험자

진짜 장난 아니네. 낮잠 빡쳤잖아.

51 무명의 모험자

포션으로 회복되고, 죽기 직전까지 얻어맞고, 포션으로 회복되고, 죽기 직전까지 얻어맞고(생략).

52 무명의 모험자

금방 죽은 플레이어들은 행복했던 거네…….

53 무명의 모험자

PvP 최상위 플레이어를 빡치게 만들면 이렇게 된다는 본보기군요.

54 무명의 모험자

이거, 위반 행위 아니야……?

55 무명의 모험자

>>54 카르마 수치가 엄청 떨어지는 것 말고는 페널티 없을 거야. 그런데 애초에 낮잠은 카르마 수치가 엄청 낮을 테니까. 다시 말해 위험부담은 전혀 없지.

56 무명의 모험자

두 번 다시 그 얼굴을 보이지 마라. (콰직)

57 무명의 모험자

아, 뭉개졌다. 황금의 바람 전멸 로그 떴어…….

58 무명의 모험자

돌아가서 잔다니, 어…….

59 무명의 모험자

돌아갔어, 돌아가 버렸다고…….

60 무명의 모험자

저 길드에는 위험한 녀석들밖에 없어. 진짜로 엮이지 않는 게 좋겠다는 걸 이제 확실히 알겠지.

61 무명의 모험자

『에리어 안내 : 길드 [황금의 바람]이 길드 [화서의 꿈]에 패배하여 소멸하였습니다.』

『로레이 영주가 페널티로 일부 플레이어를 범죄자로 지정하였습니다. 이하, 범죄자 플레이어를 킬할 경우에는 포상금이 지불됩니다.』

『영웅 모독죄. 플레이어 이름 [송이버섯], 500만 실버. 시세에 따라 증액도 가능. 이하도 같은 죄, 증액 가능성이 있습니다.』

『플레이어 이름, [새·송이버섯], 500만 실버.』

『플레이어 이름, [샤오], 500만 실버.』

『플레이어 이름, [호오], 500만 실버.』

『플레이어 이름, [모짜렐란], 500만 실버.』

『플레이어 이름, [다미오], 500만 실버.』

『이상 6명은 3개월 동안 [로레이의 수배범] 아이콘이 표시됩니다.』

지명수배범이잖아ㅋㅋㅋㅋㅋㅋㅋㅋㅋ

62 무명의 모험자

웃기네!!

63 무명의 모험자

그렇다니까, 영주가 보기에는 화서의 꿈 멤버는 로레이를 해적으로부터 해방시켜준 영웅이란 말이지…….

64 무명의 모험자

우효오————————ㅋㅋㅋㅋㅋ

65 무명의 모험자

이거, 현상금 사냥꾼 같은 플레이어도 생기겠는데ㅋㅋㅋㅋ

66 무명의 모험자

500만 실버가 걸린 수배범을 사냥하자!! 어차피 교회에서 리젠될 거 아냐, 잠복하자, 잠복ㅋㅋㅋ

67 무명의 모험자

오히려 잠복당하는 기분은 어떠세요? 범죄자 플레이어 씨!!

68 무명의 모험자
분하겠지…….

69 무명의 모험자
화서의 꿈, 진짜 강하네! 거역하는 녀석들은 전부 죽이러 가자!!

70 무명의 모험자
샤오 찾았다, 교회에서 다시 시작하는 게 아닌 것 같아! 로레이
에서 랜덤으로 부활하는 모양이야!

71 무명의 모험자
이런 짓까지 했는데 영웅이라고 불리다니, 로레이가 해적의 지
배를 받았을 때는 대체 어떤 상황이었던 거야…….

72 무명의 모험자
과거의 로레이에 대해 알고 싶어? 몇 번이든 보여줄게.
[과거 로레이 1.jpg], [과거 로레이 2.jpg], [과거 로레이 3.jpg],
[과거 로레이 4.jpg], [과거 로레이 5.jpg]

73 무명의 모험자
＞＞72 몇 번을 봐도 굶어 죽기 직전인 어린애가 슬럼에 쓰러져
있는 건 가슴 아프네…….

74 무명의 모험자

＞＞72 이 참상은…….

75 무명의 모험자

＞＞72 남자는 힘 쓰는 일을 맡는 노예, 여자는 뭐, 그거지……, 노인이나 어린애는 솎아내서 굶어 죽고……, 장난아니네…….

76 무명의 모험자

＞＞72 으아……, 장난 아니네……, 이거하고 비교하면 지금은 천국인가?

77 무명의 모험자

해적을 팍팍 쓰러뜨리는 낮잠, 레이지, 페르세우스, 에리스, 레나.

주민들에게 한없이 먹을 것을 제공해 주는 핫게.

무력했던 주민들에게 마술을 가르쳐 주는 마술사 누님 군단.

목숨을 걸고 해적선 바닥에 구멍을 뚫어서 배를 가라앉힌 노예 출신 남자 주민.

이게 마지막 기회라며 일어선 영주.

해적단 선장의 숨통을 끊은 게 영주의 딸이라는 것도 멋지단 말이지…….

78 무명의 모험자

＞＞77 진짜로? 이런 일이 있었어?

79 무명의 모험자

이거, 서비스 시작한 지 한 달 정도만에 일어난 일이야. 다른 플레이어들이 아직 로레이에 도착하지 못했을 때, 이 녀석들은 팍팍 나아가서 대단하다고 생각했지, 진짜.

80 무명의 모험자

진짜 영웅이라 웃기네……, 어, 왠지 다르게 보이잖아…….

81 무명의 모험자

어? 레나라면 타러시에서 초보에게 장비를 빌려주는 애 말이야? 그 애가 강해?

82 무명의 모험자

>>81 강한 것 같은데, PvP를 하는 모습이나 사냥하는 모습의 목격 정보가 없어. 비스트 테이머급으로 수수께끼.

83 무명의 모험자

황금의 바람이 화서의 꿈에 대한 악평을 퍼뜨리고 다닌 길드 확정이네. 게시판 여기저기에 주의하라면서 글 올리던 것들도 그 녀석들이지? 다들 게시판 이용 정지 당한 이후로는 안 보이니까.

84 무명의 모험자

그러고 보니 안 보이네요.

85 무명의 모험자
아~, 그 녀석들이었구나. 완전히 사적인 원한이잖아ㅋㅋㅋㅋ

86 무명의 모험자
애초에 황금의 바람은 왜 화서의 꿈을 그렇게 건드린 거야?

87 무명의 모험자
그러게. 나도 알고 싶네.

88 무명의 모험자
들어본 적이 있어. 잊어버렸지만.

89 무명의 모험자
＞＞86 황금의 똥멍청이는 스트리머인 송이버섯이 자칭 최첨단 공략 길드라고 떠벌리고 다녔고, 댓글에 자주 비교되던 게 화서의 꿈이라서 그랬어. 화서의 꿈이 깔아둔 레일 위를 달려가면서 무슨 최첨단이냐고ㅋㅋㅋ, 이런 말을 매번 듣곤 했지.

90 무명의 모험자
황금의 똥멍청이라니, 개웃기네ㅋㅋㅋ

91 무명의 모험자
실제로 화서의 꿈이 깔아둔 레일 위를 달려가기만 했지.

92 무명의 모험자

부흥한 로레이에 와서 '우리가 먼저 하려고 했는데~', '방해하지 말란 말이지~'라고 했던가ㅋㅋ

그때는 진짜 촌스러웠다고.

93 무명의 모험자

너희가 방해하고 있잖아! ㅋㅋ

94 무명의 모험자

[속보] 샤오, 죽다! 창고 안에 있던 아이템, 소지금, 모든 아이템 몰수! ㅋㅋㅋㅋ

[샤오의 트위터 박제.jpg]

95 무명의 모험자

수배범은 페널티가 이렇게 무거운 거야? ㅋㅋㅋㅋㅋㅋㅋㅋㅋ

96 무명의 모험자

이건 이제 캐삭하고 다시 만들 수밖에 없지 않나?

97 무명의 모험자

이 건 정 말 심 하 네

98 무명의 모험자

그럼 화서의 꿈에 대드는 플레이어들은 모두 이렇게 되는 거야?

99 무명의 모험자

>>98 이미 공식에 속보가 떴어.

·게임 안에서 지나친 민폐 행위를 반복하고 공식 게시판 등에 특정 길드와 플레이어에게 거듭된 민폐 행위, 집착 행위를 저지른 플레이어에게 페널티를 부여하였습니다(대상 6명).

·이러한 페널티는 운영 측에서 여러 번 메시지를 보내고, 그만두게끔 안내하였는데도 불구하고 반복하였기에 실시된 것입니다. 일반적인 플레이 범주 이내라면 이러한 페널티가 부여되지 않습니다.

·그리고 무역 도시 로레이의 특정 길드에 대하여 많은 문의가 들어왔기에 답변드리겠습니다.

Q1. 로레이에서는 길드 하우스에 세이프 에리어가 부여되지 않는 건가요?

A. 로레이 에리어에서 공적을 세울 경우, 부여됩니다. 다른 도시에도 부여되지 않은 곳이 있습니다.

Q2. 선전포고 없이 길드를 습격하는 건 위반행위에 해당되지 않나요?

A. 위반 행위에 해당되는 길드 습격은 불가능합니다.

Q3. 이번 같은 경우에서 특정한 플레이어를 본보기처럼 킬하는 건 위반 행위에 해당되지 않나요?

A. 해당되지 않습니다. 악질 플레이어에 대한 보복 행위로서 게임 내부에서 인정되는 행위입니다.

저희 운영진은 일반적인 플레이 범주 이내라면 이번 같은 경우는 거의 없을 거라고 인식합니다. 매너를 지키고 즐겁게 멜티스 온라인을 즐겨주시면 좋겠습니다.

　그리고 운영 측에서 조사한 이번 로레이 에리어에서 일어난 사건 리포트를 올려두겠습니다. 이미 피해 길드 쪽에서도 게재 허가를 받았습니다. 확인하여 주십시오.

『로레이 에리어 사건 리포트.URL』

　100 무명의 모험자
　〉〉99 으어, 잠깐 차분히 읽고 올게.

　101 무명의 모험자
　〉〉99 유능하네, 땡큐.

　102 무명의 모험자
　일처리 빠르다.

　103 무명의 모험자
　사건에 대해 간단히 정리했음. 이걸 보라고. [화서의 꿈 민폐 행위 피해 정리.URL]

　104 무명의 모험자
　빠르네————, 땡겨…….

　105 무명의 모험자
　뭘 땡겨.

106 무명의 모험자

>>105 밤이라 야식이 땡겨.

107 무명의 모험자

이 정도면 페널티를 받을 만도 하겠네. 운영진이 직접 주의를 줬는데도 개선하지 않은 건 진짜 문제고.

108 무명의 모험자

낮잠이 지금까지 용케도 참았구나……, 다른 멤버들도.

109 무명의 모험자

반박해 봤자 소용없고, 오히려 더 설칠 거라고 생각한 거 아니야? 화서의 꿈 멤버분들, 진짜 어른스럽게 대처하셨네…….

110 무명의 모험자

낮잠이 마지막에 빡친 게 신입이 사냥당할 뻔했기 때문이겠지.

111 무명의 모험자

>>110 그것도 두 번이나.

112 무명의 모험자

이건 안 돼죠, 완전히 아웃이잖아요…….

113 무명의 모험자

공식 발표까지 나오는 사건이라니, 진짜…….

114 무명의 모험자
조만간 현실에서 진짜로 살인예고 같은 거 했다가 잡혀갈 것 같네, 저 녀석들 중에 몇 명ㅋㅋ

115 무명의 모험자
게임에서 저런 짓을 저질러놓고, 게다가 자업자득이면서 저런 짓까지 한다고?

116 무명의 모험자
>>115 아니, 사람은 열받으면 무슨 짓을 할지 모르잖아.

117 무명의 모험자
[속보] 호오, 죽다! 전부 날림! ㅋㅋㅋㅋ

118 무명의 모험자
호오도 죽었나.

119 무명의 모험자
아, 암세포가 사라져 간다…….

120 무명의 모험자
이제 끝났네.

121 무명의 모험자
다들 중요한 걸 잊은 거 아니야? 아직 비스트 테이머의 수수께끼는 아무것도 해명되지 않았거든?

122 무명의 모험자
오히려 낮잠의 독폭탄이 어디서 나온 건지가 가장 큰 수수께끼지.

123 무명의 모험자
그런데 낮잠은 이미 길드 하우스로 돌아가서 자고 있잖아.

124 무명의 모험자
아까 레나가 스쳐지나갔는데, 비스트 테이머하고 페르세우스가 있어서 당황했네. 같이 사냥하러 가는 것 같던데.

125 무명의 모험자
미녀, 미녀, 미소녀 파티잖아!!!

126 무명의 모험자
모 두 리 얼 모 듈

127 무명의 모험자
야, 쫓아가! 얼른!

128 무명의 모험자

커다란 울프가 귀엽네~라고 생각하면서 몰래 다가갔는데, 냄새 때문에 들켜버린 것 같아. 곧바로 돌진해 오길래 죽겠구나 싶었는데, 얼굴을 낼름낼름 핥은 다음에 모래사장에서 모래를 뒤집어씌우고는 그냥 보내주더라…….

129 무명의 모험자

그게 뭐야ㅋㅋㅋㅋㅋㅋ

130 무명의 모험자

안 죽었구나, 다행이네ㅋㅋ

131 무명의 모험자

울프니까 냄새 같은 것으로도 들키는 건가? 너무 강한 거 아니야?

132 무명의 모험자

냄새는 그럴싸하네.

133 무명의 모험자

터벅터벅 돌아가기로 했어……. 하이딩으로 숨어서 다가갔는데, 똑바로 이쪽으로 와서 들켰을 때는 너무 무서웠다고.

134 무명의 모험자

어찌 됐든, 이 게임의 양성종양 행세를 하던 악성종양이 돼진 건 좋네.

135 무명의 모험자
신봉자들 빡친 거 웃기네. [샤오의 트위터 박제.jpg]

136 무명의 모험자
암은 완전히 죽지 않는군요.

137 무명의 모험자
뭐, 이런 녀석도 있는 법이지…….

138 무명의 모험자
그러고 보니까, 레나가 무기 들고 있었어?

139 무명의 모험자
맞다, 레나의 무기가 신경 쓰이는데.

140 무명의 모험자
＞＞138 아니, 안 들고 있었어. 까맣고 하늘하늘한 양산을 들고 있긴 했는데, 그게 전부야.

141 무명의 모험자
으음~, 역시 정보가 없네!

142 무명의 모험자
PvP 대회에 나와주면 좋겠는데~.

143 무명의 모험자
PvP 대회에 나와주면 이것저것 알 수 있을 텐데 말이지.

144 무명의 모험자
앞으로는 따스하게 지켜보기로 하자고.

145 무명의 모험자
＞＞144 너무 보다가 사냥당하지 말고.

146 무명의 모험자
아~. 얌전히 사냥이나 가야지…….

((●

시간을 조금 거슬러 올라가서, 낮잠 씨가 나를 PK하러 왔던 녀석들에게 보복을 한 모양이다. 그것도 길드 하우스를 박살 낼 정도로 위력이 강한 폭탄을 써서 시끌벅적하게.

그래서 나와 페르짱이 급하게 길드 하우스로 돌아왔더니 레나짱 선배가 있었고, 지금까지 [황금의 바람]이라는 길드에게 괴롭힘당했다는 걸 설명해 주었고, 그러다 보니 뭔가 지명수배 같은 에리어 메시지도 떴고…….

게다가 정신을 차리고 보니 레나짱 선배가 어느새 사라졌고, 그 대신 낮잠 씨가 어느새 돌아와 있었고, 인형을 끌어안은 채 이미 잠들어 있었다. 나보다 더 변덕스러운 사람들뿐인데요. 저기……, 뭐라도 설명을 좀…….

핫게 씨도 마침 자리를 비워서 없었기에 더 이상은 어떻게 해볼 수가 없으니 밤이 차분해질 때쯤 해안을 걷다가 머리에 달걀프라이를 얹은 이상한 사람이 몰래 따라왔고, 그 사람을 돈타가 킬해버릴 뻔했지만, 놀랍게도 얼굴을 낼름낼름 핥은 다음에 모래를 뒤집어씌우고 쫓아냈다. 새로운 격퇴법이네…….

그리고 지금에 이르렀는데, 갑자기 사라진 줄 알았던 레나짱 선배가 타박타박 뛰어서 우리를 따라잡은 다음에 합류했다. 바다의 동굴에 사냥하러 가는 것뿐이었는데, 왜 이렇게 정신없이 바쁜 거야.

"휴우, 따라잡았다."

"어머? 레나 씨, 레벨 25가 되셨네요……?"

"응! 낮잠에게 힌트를 받고 좋은 생각이 나서, 그러니까……. 죽이고 왔어."

"레나 씨?! 이야기의 내용도 완전히 죽여버렸는데요?! 어떤 힌트를 받고, 뭘 죽이고 오신 건가요?!"

"음……. 린네하고 페르페르가 본 적도 없는 클래스가 된 타이밍? 교회에 가기 전이니까 앗, 천사구나, 그렇게 생각하고 에잇, 했어."

에잇, 했다고……?! 으, 연상인 언니일 텐데, 어린아이를 보고 있는 것 같아서 너무 귀여워……! 그래도 아까 갑자기 사라진 이유를 알겠어! 낮잠 씨와 마찬가지로 내가 어떤 타이밍에 이 클래스가 되었는지 알아내서 소거법으로 천사를 해치우는 선택지에 도달했구나! 그럼 레나짱 선배도 바빌론 귀여워 최고야교에 들어오신 거군요……! 바빌론 님을 생각하니 목소리가 듣고 싶어지네. 이거, 금단증상일지도 몰라.

"바빌론 님, 멋진 분이시죠……!!"

"응……! 최고. 만난 지 2초만에 빨아들였어."

"빨아들였다고?!"

"빠, 빨아들였나요?!"

"응……. 최고야……. 장미 향기…………."

게다가 레나짱 선배는 바빌론 님을 끌어안고 빨아들였어?! 빨아들였다고?! 말도 안 돼……!! 용케도 살아 계시네요, 정말로……. 미움을 사진 않았나요? 괜찮으셔요?! 나도 빨아들이고 싶어!!

"그랬더니, 저기……, 사이좋게 지내게 되었어."

"이야기의 내용이 단숨에 넘어가 버리네……."

"그리고, 받았어."

"받았다…………, 받았다고요?!"

"응!"

"어, 총……?! 총, 맞죠, 그거……."

"마포. 이렇게 써. 나는 마포술사."

""마포술사.""

"응!"

마포, 마포술사……. 레나짱 선배가 꺼낸 것은 화려한 장식이 들어간 머스킷 총이었다. 그게 마포인 모양이다. 어쩌지, 엄청나게 잘 어울리시네……. 자그마한 여자애가 머스킷 총을 끌어안고 있는 거, 귀여움의 파괴력이 너무 강해!!

"이렇게, 쓰는 거야."

"네?"

"빠앙~."

『07XB785Y가 [피어싱 샷]을 발동하였습니다.』

『크리티컬! 방어 관통! 커다란 게 (Lv. 34)에게 대미지를 100 입히고 격파하였습니다. 경험치 4700 획득.』

『07XB785Y의 레벨이 26으로 상승하였습니다. 축하해 줍시다!』

"브이~."

"어, 엄청 단단한 몬스터의 방어를 관통한 건가요?!"

"와, 대단해……."

"크리티컬이 떴을 때만? 좀 전에는 대미지가 30 정도."

어, 그래도 대단한데……. 아니, 레벨이 26인 걸 보니 지금 이렇게 파티를 짜기 전에는 누군가와 모의전을 한 거죠? 누구랑 하다 온 거지?

"모의전 시스템으로 레벨을 올리고 오셨군요!"

"맞아. 핫게, 30번 정도 쓰러뜨렸어."

""핫게 씨…….""

"오빠니까, 괜찮아."

""오빠?!""

"어, 오라버니세요?!"

『아우우?!』

"옹……."

이런 미소녀와 그 핫게 씨, 어디에 같은 유전자가……? 무슨 버그야……? 현실은 게임보다 더 문제가 많은 것 같은데……?! 거짓말이지……?!

"후후, 거짓말."

"그렇겠죠, 아하하……."

"왠지 조금 안심이 되네요……."

"사실은, 친척이야."

"친척이라고요……?!"

"친척?! 핫게 씨와 레나 씨가, 친척……."

"옹! 이건 정말이야."

오빠는 거짓말이었지만, 그래도 친척이라고……?! 거짓말이라고 해줘, 어, 진짜로……? 으아아아아아아아……!! 역시 게임보다 현실이 더 버그투성이야~!!

"린네하고 페르페르, 러브러브……지? 나랑 같이 가면, 방해돼? 안 돼?"

러, 브, 러브……? 어? 나하고. 페르짱이?

"그그, 그렇지는 않은데요?! 부분적으로는 그럴지도, 모르지만요!"

"그그, 그렇답니다?! 아뇨, 좋아하긴 하지만, 아니, 아니에요! 아니, 좋아하지만요!! 방해라니, 절대로 그러지는 않은데요?!"

"맞아, 맞아, 방해 아니에요! 오히려 같이 가고 싶은데요!"

"후후……, 재미있네. 그럼, 같이 놀자~!"

아~!! 정말, 놀리고 있어!! 얼굴이 새빨개졌다고! 새빨개졌어!!

"네, 네! 기꺼이!"

"저도 대환영이랍니다!"

"사람이 많은 게 훨씬 좋죠!"

"앗싸~. 돈짱도, 잘 부탁해. 잘 부탁해 터치."

『아우~? 아우! (방금 그건 뭐야? 인사? 잘 부탁해!)』

"잘 부탁해 터치를 받아줬어. 돈짱은 착한 아이구나."

모두가 좋다면 나도 당연히 오케이! 레나짱 선배는 마포술사니까 후위려나……, 어라? 사실 이 파티, 구성이 꽤 괜찮은 것 같은데? 근접이 돈타와 페르짱, 후위 어태커가 오렐리아와 레나짱 선배, 각종 서포트가 나. 밸런스가 꽤 괜찮은 것 같다. 그리고 돈타가 말을 잘 듣는 모습을 보니 훈훈하네.

"그러고 보니까, 오늘은 4계층부터인데, 괜찮으신가요?"

"응, 괜찮아. 5계층까지는 간 적이 있어."

"아, 그게 말인데, 1계층부터 가는 게 좋겠다~ 싶거든."

"어머, 뭔가 생각이 있군요? 좋아요!"

"응!!"

자, 자, 오늘은 다섯 명. 리아짱은 빗자루 컨트롤이 능숙해져서 고속 이동도 따라올 수 있게 된 모양이고, 돈타와 나란히 이동해도 뒤처지지 않았으니 이동 쪽으로는 괜찮다.

그리고 좀 전에 레나짱 선배와 합류하기 전에 반지에 새롭게 생긴 스킬인 어비스 워커를 시험해 봤는데, 이게 정말 편리한 스킬이었어!

돈타의 그림자에 숨어서 함께 이동하거나, 오렐리아의 그림자

속으로 워프할 수도 있고, 그렇게 그림자 속으로 다이브할 수 있는 스킬이었다. 그림자 속에서도 스킬을 쓸 수 있고, 게다가 하급부터 중급 마술이라면 영창을 하지 않아도 발동할 수 있다.

단, 스킬을 쓸 때마다 NP(네크로 포인트)를 추가로 소비하기 때문에 주의하지 않으면 눈 깜짝할 새에 NP가 고갈되어 버릴 것 같다. 버프 같은 걸 발동시킬 때는 밖으로 나가야겠어.

"도착~."

"도착했군요! 그럼, 1계층부터……. 안으로 들어간 다음에 사냥 내용을 말할 거죠?"

"응. 1계층의 적 정도면 어떻게든 될 테니까."

"알겠답니다! 그럼, 1계층부터 시작하시죠!"

『파티 리더의 신청을 수락……. 바다의 동굴 던전으로 전송 카운트다운을 개시합니다.』

혹시 내가 생각한 작전이 잘 풀리면 어제처럼 아슬아슬하게 싸우지 않아도 될 거야……! 제대로 해야지!

『전송 카운트다운, 5……, 4……, 3……, 2……, 1……, 전송.』

[살육 범고래]
바다의 동굴 내부를 고속으로 이동할 때 페널티로 나타나는 보스 몬스터. 필살의 스크류 어택은 타격과 참격의 복합 물리공격이며, 제대로 맞으면 목숨을 잃을 거라 생각해야 한다. 고속 이동에 대한 페널티 보스 몬스터이기에 당연히 이동 속도가 빠른데……?

그렇다, 나는 눈치채 버렸다.

"돈타, 열심히 뛰어!! 절대로 따라잡히면 안 돼! 리아짱도, 갑자기 표적이 바뀔지도 모르니까 조심하고!!"

"알겠어요!!"

『아우아우아우아우!! (괜찮아, 어제처럼 따라잡히진 않을 거야!!)』

살육 범고래는 고속으로 이동하는 플레이어를 감지하면 출현하는 페널티 보스 몬스터다. 일반적으로는 나온 순간 절망할 만한 상대이고, 나와 버리면 끝장, 전멸해서 귀환하는 것이 당연한 몬스터다.

하지만, 어제 살육 범고래를 물리친 뒤에 생각난 게 있다. 정말로 페널티 몬스터라면 드롭 아이템이나 경험치를 설정해두지 않았을 것이다.

─────다시 말해, 이 녀석은 사냥해도 되는 몬스터다.

『무시무시한 바다의 왕이 출현하였습니다!!』

『살기에 겁을 먹고 일반 몬스터들이 도망쳤습니다.』

『─────큐아아아아아아아아아아!!』

"와, 왔답니다!! 아이기스!!"

『페르세우스가 [마순 아이기스]를 발동, 돈타가 [페네트레이트 5] 상태가 되었습니다.』

『심연이여, 나의 길이 되거라. 어비스 워커.』

『[어비스 워커]를 발동, 돈타의 그림자에 잠복하였습니다.』

대왕 위험징어가 나타나는 조건은 아마 이 지역에 배치되어 있는 보물상자를 열었을 때. 살육 범고래만 출현시키면 일반 몬스터는 도망쳐서 뛰어다니기 편해지니까, 이제 끝까지 도망칠 만한 속도와 지구력만 있으면……!!

"따라잡히지, 않네요……?!"

『NP 1을 추가 소비하여 [커스 스피어]를 발동. Weak! 살육 범고래에게 대미지를 1 입혔습니다. 저주 상태가 되었습니다.』

그렇다, 도망치면서 때릴 수 있다!! 돈타의 스태미너가 바닥나지 않는 한, 따라잡힐 일도 없고, 최악의 경우에는 따라잡힌다 하더라도 아이기스로 몇 방은 넘길 수 있고, 미리 본 실드와 추가 본실드로 두 번은 막을 수 있다. 살육 범고래의 HP는 500밖에 안 된다. 이제 저주의 대미지로 HP를 전부 깎아낼 때까지 도망치기만 하면 우리의 완봉승이다!

"타앙~!"

『07XB785Y가 [피어싱 샷]을 발동, 크리티컬! 방어 관통! 살육 범고래에게 대미지를 100 입혔습니다.』

"와아……, 단단해~……."

아니, 아니, 충분하고도 남는다고 해야 하나, 엄청난 대미지를 입히시는데요! 그 한 방에 HP가 20퍼센트나 날아갔거든요?! 슬슬 저주가 끝날 시간이니 다시 걸어야지!

『NP 1을 추가 소비하여 [커스 스피어]를 발동. Weak! 살육 범고래에게 대미지를 1 입혔습니다. 저주 상태가 연장되었습니다.』

역시 보스 몬스터라 그런지 저주의 HP 감소가 느린 건지도 모르겠네……. 어제는 초조해서 시간이 얼마나 걸렸는지 기억나지 않지만, 저주로 전부 깎아내는데 이렇게 오래 걸렸던가……. 아직이야? 아직 안 죽어……?

『살육 범고래가 [최후의 투지·참파]를 발동 스탠바이!』

"거칠게 휘몰아쳐라, 혼탁의 풍인! 토네이도!"

『오렐리아가 [토네이도]를 발동, 살육 범고래에게 대미지를 1 입혔습니다. 회전력 부족 상태에 빠져 스킬 발동에 실패하였습니다.』

오오, 토네이도!! 살육 범고래의 회전 방향과 상쇄되게끔 충돌시켜서 기세를 죽인 거구나!! 그리고 최후의 투지라면 이제 HP가 얼마 안 남았다는 뜻이고. 이대로 저주의 지속 대미지로 쓰러져!!

"리로드, 했어. 타앙!!"

『07XB785Y가 [피어싱 샷]을 발동, 방어 관통! 살육 범고래에게 대미지를 30 입히고 격파하였습니다. 경험치 999999 획득.』

『축하드립니다! 당신이 MVP입니다! MVP 보수 [☆5 마정석 상자].』

『레벨이 53으로 상승하였습니다! 축하드립니다!』

『페르세우스의 레벨이 53으로 상승하였습니다. 축하해 줍시다!』

『07XB785Y의 레벨이 34로 상승하였습니다. 축하해 줍시다!』

『돈타의 레벨이 13으로 상승하였습니다.』

『오렐리아의 레벨이 28로 상승하였습니다.』

『[시체 안치소 3]에 [살육 범고래 (Lv. 99)]를 수납하였습니다.』

"쓰, 쓰러뜨렸어?! 쓰러뜨렸나요~?!"

『아후아후! (해냈다, 쓰러뜨렸어!)』

대단해!! 해냈다, 정말로 쓰러뜨렸어!! 시체 안치소에도 제대로 수납시켰고, 경험치도 확실히 얻어서 레벨도 올랐어!

『바다의 왕의 기적이 사라지자 일반 몬스터들이 다시 모습을 드러냅니다…….』

"부서져 터져라! 블리자드 크래커!!!!"

『오렐리아가 [블리자드 크래커]를 발동하였습니다.』

『Weak! 엄청 튼튼한 상어 씨가 대미지를 40998 입고 사망하였습니다. 경험치 9770 획득.』

『Weak! 방황하는 문어가 대미지를 40711 입고 사망하였습니다. 경험치 9910 획득.』

『Weak! 드릴 소라가 대미지를 40660 입고 사망하였습니다. 경험치 9880 획득.』

『07XB785Y의 레벨이 35로 상승하였습니다. 축하해 줍시다!』

오, 오오……. 다시 모습을 드러낸 몬스터들의 대책도 잊지 않았어! 이번에도 리아짱의 마술이 대활약했구나, 블리자드 크래커로 쓸어버렸어! 완전 영창이 아니어도 이 위력, 다리피의 효과가 잘 나타나고 있네……. 자, 이제 안전히 보물상자도 회수할 수 있다고, 은색 보물상자를————————?!

"그, 금!!"

"금이네요!"

"금? 아, 보물상자가 금빛으로 반짝……."

『아우!』

"앗싸! 잘 됐네요! 보물상자는 목숨보다 무겁죠! 얼른 챙기러 가요!"

그러게, 리아짱 말이 맞아, 얼른 챙기러 가자! 금색 보물상자, 이건 분명히 좋은 게 들어있을 것 같은 예감이 들어!!

"그럼 바로, 빰빠바바바~~~암!!!"

"빰빠바바바~암이랍니다!"

"빰빠바바, 바~암."

"빰빠바바바~암!"

『아우아우아우~.』

자, 금색 보물상자여, 나를 실망시키지 말거라!!

『[? 카타나]를 획득하였습니다.』

『[? 갑옷]을 획득하였습니다.』

『[? 신발]을 획득하였습니다.』

『[왕의 증표]를 획득하였습니다.』

카타나, 카타나……! 카타나라고 하면 레이지 씨! 사투리를
쓰는 흑발 오빠가 쓰는 무기였지! 오~, 이건 분명히 좋은 무기일
게 틀림없어. 돌아가서 감정하는 게 기대되니까 미감정 아이템에
'금상자'라는 태그를 달아서 알아보기 편하게끔 해둬야지!

"카타나하고, 갑옷하고, 신발! 그리고, 왕의 증표래."

"전직용 아이템이 나왔군요! 마침 레나 씨께서 필요하지 않을까
요?"

"응……? 그거, 필요해?"

"레벨 50이 되었을 때 필요하거든요. 자, 여기요!"

"오~……. 멋지다, 훈장 같아."

역시 범고래가 왕의 증표를 주는 걸 보니 이걸 쓰러뜨려야 전직
할 수 있다~, 그런 뜻 아닐까? 아, 대왕 위험징어도 드롭했던가?
둘 중 하나는 쓰러뜨려야 한다는 뜻인가?

"범고래, 왜 죽었어? 저주라고 뜬 거, 상관 있어?"

"맞아요! 제 장비 중에 저주가 발생한 동안에는 HP 회복이 멈추는 것하고, 강력한 지속 대미지가 발생하는 게 있거든요!"

"와아, 흉악 콤보. 범고래는 HP가 적어? 그래서 쓰러뜨릴 수 있었구나."

"쓰러뜨린 뒤에도 1계층이라면 쓸데없는 몬스터가 안 나오고, 나와도 돈타나 페르쨩, 리아쨩도 대처할 수 있으니까, 여기서 레벨링을 하면 좋을 것 같아서요!"

"그렇구나~. 린네는 머리가 정말 좋네."

"린네 양은 정말 머리가 좋답니다!"

"에, 에헤, 부끄럽네요⋯⋯. 감사합니다."

후후후, 뭐, 이건 우연히 장비와 조합이 잘 들어맞은 것뿐이니까! 좋았어~, NP도 회복되었으니⋯⋯.

"자, 한 번 더 뛰면서 다시 출현하는지 시험해 보죠!"

"나올, 까⋯⋯?"

"나오면 운이 좋은 거겠네요! 시험해 볼 가치는 있답니다!"

마음을 다잡고 제2라운드! 두 번째 살육 범고래가 과연 나올 것인가!

"심연이여, 나의 길이 되거라. 어비스 워커."

『[어비스 워커] 상태가 되었습니다. 돈타의 그림자에 잠복합니다.』

"그럼, 갑니다! 아이기스!!!"

☾ ☽ ●

결론부터 말하자면, 살육 범고래는 1계층당 3마리까지 출현한다는 것이 판명되었다. 3마리를 잡은 시점에서 '이 해역에서 살의가 사라져 간다……'라는 메시지가 뜨고, 일반 몬스터조차 나오지 않게 되었다.

가장 무서운 살육 범고래는 짭짤한 먹잇감이 되었고, 대왕 위험 징어도 살육 범고래가 동시에 출현하지 않으면 모두가 싸울 수 있으니 큰 위협이 되지 못한다. 그래서 나는 이제 이 바다의 동굴에는 적이 없다며 여유를 부리고 있었다.

『붉은 죽음의 기척이 바다를 집어삼키기 시작하였습니다……』
『살기에 겁을 먹고 일반 몬스터들이 도망쳤습니다.』

지금까지와는 전혀 다른 그 불길한 메시지를 볼 때까지는. 그 메시지를 보고 위험하다는 것을 느끼고는 모두에게 주의를 주려고 한 순간. 눈앞을 홍련의 섬광이 가로질렀다. 한순간, 무슨 일이 일어난 건지 이해하지 못하고 멍하니 있었다.

『말살자 (Lv. 111)가 [크림슨 블래스터]를 발사, 오렐리아와 검은 고양이 루나가 즉사하였습니다. 오렐리아가 [시체 안치소 2]에 자동 수납되었습니다.』

"어……."

우리 앞에 나타난 것은 항상 보던 새까만 살육 범고래와는 달리 피가 뚝뚝 떨어지는 것 같은 몸, 새빨갛고 끔찍한 몸을 지닌 범고래. 리아쨩과 루나를 대미지 표기조차 없이 즉사시킬 정도로 무시무시한 위력을 지닌 홍련의 섬광을 날린 말살자.

『━━━━━━큐아아아아아아아아아아아아아!!』

이런 말은 못 들었어, 이런 게 출현한다는 건 몰랐다고. 곧바로 대처할 수 있을 리가 없다. 거의 공황 상태에 빠진 뇌를 이성으로 억누르고 풀회전시켜 현재 상황을 타개할 방법을 짜냈다.

"돈타, 뛰어. 심연이여, 나의 길이 되거라."

『[어비스 워커] 상태가 되었습니다. 돈타의 그림자에 잠복합니다.』

나 자신이 무서워질 정도로 냉정한 목소리였다. 돈타에게 뛰라고 명령한 다음, 어비스 워커의 기동 워드도 술술 말할 수 있었다.

그때, 나는 폭주 직전인 뇌를 컨트롤할 수 있다고 확신하고는 활로를 찾아내기 위해 다음 행동을 취하기로 했다.

『NP 1을 추가 소비하여 [커스 스피어]를 발동. Weak! 말살자에게 대미지를 1 입혔습니다. 저주 상태가 되었습니다.』

『(페르짱, 돈타에게 페네트레이트를 부여해. 자세를 낮추고, 돈타를 방패 삼아 아까 그 빔을 피해.)』

"아, 아이, 기스!!"

『페르세우스가 [마순 아이기스]를 발동, 돈타가 [페네트레이트 5] 상태가 되었습니다.』

저주는 통했다. 스테이터스 감소 효과로 인해 약간 감속했고, 돈타를 따라잡지 못할 정도의 속도로 떨어졌다. 하지만 따라잡히지 않는 것만으로는 어떻게 해볼 수가 없다. 아까 그 홍련의 섬광, 크림슨 블래스터를 페네트레이트로 막아내지 못하면 끝장이다.

『큐아아아아아아아아아아아…….』

"왔어요! 돈짱, 열심히 버텨야 해요!!"

"으, 무서워~……!"

『말살자가 [크림슨 블래스터]를 발사.』

『아우우우우우우우우우~!! (꼬리에 맞았어~!!)』

『돈타가 대미지를 무효화하였습니다. 페네트레이트 감소·2.』

"돈짱의 꼬리가 큰 덕분에 살았답니다!!"

『끄으으으응~!! (무서워어~!!)』

크림슨 블래스터는 맞는 동안에 페네트레이트가 1씩 감소했고, 모두 합쳐 3초 동안 3이나 감소했다. 매번 아이기스를 다시 걸어 달라고 해야 버틸 수 있겠는데……. 하지만 매번 다시 걸다 보면 언젠가는 페르짱의 직업 포인트가 바닥나서 버틸 수가 없게 된다. 페르짱에게는 미안하지만, 타이밍을 봐서 페네트레이트 잔량이 1 남은 순간에 다시 걸어서 횟수를 절약해 달라고 해야겠다.

그리고, 만약에 돈타 말고 다른 사람이 맞을 경우에는……, 무조건 즉사한다! 크아아……, 그렇게 입을 벌리면 충전을 시작하고, 충전이 완료된 순간에 발사. 발사 속도가 빨라서 도저히 피할 수가 없다.

『(페르짱, 페네트레이트가 1 남으면 다시 걸어! 최대한 포인트를 절약해줬으면 좋겠어!)』

"저, 절약요?! 노력해볼게요!!"

"가속하네. 리아짱의 토네이도로 방해할 필요가, 있을 것 같아."

가속한다고……?! 리아짱을 어떻게든 부활시킬 필요가 있는데……. 반혼의 의식은 NP를 전부 소비해 버리니까 먼저 써버리면 커스 스피어를 날릴 수 없게 된다. 50레벨이 된 이후에는 NP가 60초당 1씩 회복되게 되었으니까 저주의 효과가 끊긴 것과 동시에 커스 스피어를 발동. 곧바로 반혼의 의식을 써서 다음 저주 사용 타이밍과 맞춘다. 이거다, 망설일 때가 아니다. 한 발도 빗나가면 안 된다. 제대로 노리고⋯⋯!

『NP 1을 추가 소비하여 [커스 스피어]를 발동. Weak! 말살자에게 대미지를 1 입혔습니다. 저주 상태가 연장되었습니다.』

『NP를 전부 소비하여 [반혼의 의식]을 발동. 오렐리아가 부활하였습니다. 오렐리아를 소환합니다.』

『(미안해! 열심히 날아줘!!)』

"으아아아?! 나, 날아라!!"

소환이 거칠어서 미안해, 긴급 사태야! 그래도 역시 리아짱이네, 빗자루 컨트롤이 정말 능숙해진 덕분에 공중에 소환했는데도 단숨에 자세를 바로잡고 빗자루를 탄 채 날았어! 이제 토네이도를 써달라고 지시를⋯⋯, 어?! 염화를 너무 많이 써서 MP가 남질 않았어! 어, 어쩌지⋯⋯!!

"오렐리아 양! 토네이도랍니다!!"

"네!!"

대단해, 페르짱, 나이스!! 내가 그림자에 숨는 것만으로도 벅찬 걸 눈치채고 대신 지시를 내려줬어. 우선 이제 커스 스피어가 빗나가면 안 되는 상황이긴 하지만, 태세를 바로잡는 데는 성공했다.

"거칠게 휘몰아쳐라, 혼탁의 풍인! 토네이도!"

『오렐리아가 [토네이도]를 발동, 말살자에게 대미지를 1 입혔습니다. [감속] 상태가 되었습니다.』

좋았어, 순조롭네⋯⋯! 따라잡힐 줄 알고 조마조마했는데, 거리를 꽤 벌릴 수 있었어. 이제 접근할 타이밍에 맞춰서 커스 스피어와 토네이도를 쓰면서 시간을 벌면 HP를 전부 깎아낼 수 있겠지……. 살육 범고래와 비교하면 말살자의 HP는 어느 정도일까? 예전부터 붉은색은 3배라는 법칙이 있는 모양이니까, 1500 정도려나?

『큐아아아아아아아아아아아아…….』

"왔답니다!! 돈짱, 힘내요!!"

"아……!!"

『말살자가 [크림슨 블래스터]를 발사.』

『아우우우우우우~!! (꼬리가 타버려~!!)』

『돈타가 대미지를 무효화하였습니다. 페네트레이트 감소·1』

"아이기스!"

『페르세우스가 [마순 아이기스]를 발동, 돈타가 [페네트레이트 5] 상태……, 페네트레이트 감소·3』

"혹시…….."

『끄으으응~!! (얼른 쓰러져~!!)』

레나짱 선배의 상태가 이상한 것 같다. 왜 그러지……, 아, 이런! 우선은 확실하게 커스 스피어를 맞춰야지! NP도 회복되었어, 잘 노리고……!

『NP 1을 추가 소비하여 [커스 스피어]를 발동. Miss……. 말살자가 [퀵 스핀]으로 회피하였습니다.』

"어, 어?! 린네 양?!"

말도 안 돼……. 발동 타이밍을, 예측했어……? 발생이 빠른 커스 스피어를 피하다니……. 어, 어쩌지, 돈타가 따라잡히겠어!!

"공격할 때 입을 벌려. 그 입속에 새빨간 코어 같은 게 있었어."

"코어 말인가요?! 그건……, 그건, 설마!"

"아마, 약점을 찔러야만 쓰러뜨릴 수 있는 타입. 그런 몬스터가 예전에도 있었어. HP를 전부 깎아내는 건 아마 불가능할 거야. 그리고 꽤 똑똑하니까, 장기전은 불리해."

장기전이 불리하다고 해도 약점을 찔러야만 쓰러뜨릴 수 있다니……, 설마, 저 입속에 있는 코어를 꿰뚫을 생각인가……?!

『큐아아아아아아아아아아아……..』

"단발 승부. 페르페르, 꽉 잡아……."

"알겠어요!!"

"으……, 수, 숨막혀……, 하지만, 흔들리지 않아서, 좋아."

크림슨 블래스터……! 이런, 피해야 하는데.

"빗나가지 않아. 괜찮아. 맞출 거야. 나라면 할 수 있어."

『07XB785Y가 [자기암시]를 터득하였습니다. [집중력 향상] 상태가 되었습니다.』

이제 내가 할 수 있는 건 아무것도 없어……. 레나짱 선배, 믿을게요!! 크림슨 블래스터를 발사할 때 모션이 되었어, 온다!!

『07XB785Y가 [스나이핑 샷]을 발동하였습니다.』

『크리티컬! Weak! 말살자에게 대미지를 140825 입혔습니다!』

『——————큐아아아아아아아아아아아!!』

"안 놓쳐."

『07XB785Y가 [퀵 드로우 샷]을 발동하였습니다.』

『크리티컬! Weak! 말살자에게 대미지를 60772 입혔습니다!』

『큐아아아아아아아아아아아!! 큐아아아아아아아아아아아!!』

대, 대단해. 마구 날뛰는 말살자의 입속에 정확하게 총알을 박아넣고 있어……!

"——————이걸로……!"

『07XB785Y가 [데드 엔드 샷]을 발동하였습니다.』

『크리티컬! Weak! 말살자에게 대미지를 400200 입혔습니다.』

대미지를 이렇게 많이 입혔는데도 못 쓰러뜨린 거야?! 분명히 쓰러뜨릴 수 있을 줄 알았는데……?!

『큐아아아아아아……!!』

『말살자가 [최후의 투지]를 발동, [크림슨 레이 스톰]을 발사 스탠바이!』

"이런, 탄이 이제 없어. 완전 위기."

말도 안 돼?! 말살자가 회전하며 빔을 발사할 준비를 하고 있다. 설마, 난사할 셈이야?!

『(페르쨩, 저것만은 절대로 쏘게 해선 안 돼!!)』

"이렇게 된 이상, 이판사판이랍니다!!"

이판사판이라니, 혹시, 진짜로 하려고?! 으아, 돈타의 등 위에서 뛰어올랐어!

"야아아아아아아아아압!!"

『페르세우스가 강력한 돌격 스킬, [메테오르]를 터득하였습니다.』

돈타의 등 위에서 뛰어내려서 마검을 세검으로 변화시켰어!! 이 위기 상황에서 터득한 스킬의 이름은, 돌격 공격인 메테오르!! 말살자의 강한 공격을 두려워하지 않고 정면으로, 과연 누가 이길지……!!!

『큐, 아……, 아…….』

『크리티컬! Weak! 말살자에게 대미지를 320330 입히고 격파

하였습니다. 경험치 6666666 획득.』

『레벨이 71로 상승하였습니다! 축하드립니다!』

『페르세우스의 레벨이 71로 상승하였습니다. 축하해 줍시다!』

『07XB785Y의 레벨이 50으로 상승하였습니다. 한계치를 해방시킵시다!』

『돈타의 레벨이 32로 상승하였습니다.』

『오렐리아의 레벨이 50에 도달하였습니다. 더 이상 레벨이 오르지 않습니다. 진화시킵시다!』

『MVP는 07XB785Y 씨입니다.』

『붉은 죽음의 기척이 바다에서 소멸합니다…….』

『[어비스 워커]를 해제합니다.』

해냈어……? 이겼어……? 이겼다……. 이겼어!! 앗싸, 앗싸, 이겼어!! 한때는 어떻게 되나 싶었는데, 페르짱의 공격이 멋지게 말살자의 코어를 꿰뚫었어!! 그렇게 무시무시한 괴물을 이기다니, 믿기지 않는 승리야!!

"음, MVP는 페르페르가 받아야지."

"아뇨, 숨통을 끊었을 뿐이랍니다. 그건 그렇고……."

"약점을 찾아낼 때까지 시간을 벌면서 파티가 태세를 바로잡게 해준 린네가 MVP……, 구나!"

"아뇨, 저는 잘못된 공략법을…….

"여러분의 팀워크가 가져다준 승리, 네요!"

『아우!! (대단했어! 멋졌다고, 금빛 빙글빙글 누나!!)』

그, 금빛 빙글빙글……. 페르짱에게는 돈타가 뭐라고 부르는지 비밀로 해야겠다……. 아니, 그건 그렇고, 이번에는 누구 한 명이라도 없었다면 쓰러뜨릴 수 없었던 강적이었어. 그렇구나, 약점인 코어를 파괴해야만 쓰러뜨릴 수 있는 적도 있구나. 살육 범고래의 공략법하고 말살자의 공략법이 다른 건 좀 심술궂네…….

『축하드립니다! 바다의 동굴 던전의 숨겨진 보스, [말살자]를 격파하였습니다! 이후로 말살자는 바다의 동굴 던전의 페널티가 발생할 때 낮은 확률로 출현하게 됩니다.』

『말살자의 명명권이 07XB785Y에게 부여되었습니다.』

"음, 말살 범고래로."

『말살자의 명칭이 [말살 범고래]로 결정되었습니다.』

『[시체 안치소 8]에 [말살 범고래 (Lv.111)]를 자동 수납하였습니다.』

아, 깜빡 잊고 있었다! 자동 수납은 정말 도움이 되네……. 말살 범고래, 무서웠어……. 이름을 대충 짓고 보니 왠지 무서운 느낌이 줄어든 것 같기도 하지만.

그러고 보니까, 레벨이 50으로 올랐을 때 그랬는지는 그때 확인을 안 해봐서 모르겠는데, 시체 안치소의 칸이 5에서 10으로 확장되어서 회수할 수 있는 시체의 양이 늘어난 게 편하네! 이제 살육 범고래가 5마리, 말살 범고래가 1마리야!

"맞아요, 보물상자!!"

"앗!!"

"앗."

맞아, 보스를 쓰러뜨리면 보물상자! 보물상자는 목숨보다 무겁다고! 이번 보물상자는 당연히 금색이겠지. 설마 은색일 리는…………?!

"오오……!"

"아무리 봐도 엄청난 게 들어있겠네요, 이거…….."

"보석 보물상자~."

"와아, 보석이 잔뜩 박혀 있어서 반짝거리네요!"

『아우우우우웅……? (먹을 거 안 들어 있어? 배고픈데…….)』

보스가 준 보수 보물상자에 먹을 게 들어있으면 어떻게 해! 게다가 이렇게 보석이 잔뜩 장식되어 있는 보물상자에 먹을 게 들어 있을 리가 없잖아! 자, 빰빠밤 타임이야! 빰빠밤 타임!

"빰빠바바~밤은 MVP인 레나 님께서……!"

"그럼, 사양하지 않을게. 빰빠바바~밤."

"빰빠바바, 와아아아아아아아~~~?!"

"오오……?!"

"아, 내 아이템 인벤토리는 꽉 찼어……. 대신 챙겨줘……."

"어머나?! 저도 빈 칸이 별로 없답니다!"

"나는 빈 공간이 있으니까 챙길게!"

이거 대단한데요, 무지개색으로 빛나는 미감정품이 몇 개 있어……. 희귀도가 높을 게 틀림없다고……! 챙길게요, 제가 챙기겠습니다!!

『[? 반지]를 획득하였습니다.』

『[? 빗자루]를 획득하였습니다.』

『[? 방패]를 획득하였습니다.』

『[? 클로]를 획득하였습니다.』

『[? 팔찌]를 획득하였습니다.』

『[? 이어링]을 획득하였습니다.』

『[? 넥클리스]를 획득하였습니다.』

『[? 책]을 획득하였습니다.』

『[? 책]을 획득하였습니다.』

『[? 옷]을 획득하였습니다.』

『[패자의 증표]를 획득하였습니다.』

『[★새빨간 물고기 소시지·덕용!]을 획득하였습니다.』

"어, 먹을 거⋯⋯?!"

"들어있었나요?!"

"어~⋯⋯."

『아우?! (먹을 거?!)』

있었네, 먹을 거⋯⋯. 있었다고, 먹을 게?! 게다가 이거, 무지개색 테두리가 달린 아이템인데요. 말도 안 돼, 희귀도가 그렇게 높은 음식이야?!

"무지개색 테두리 아이템이 다섯 개 있네요."

"멋지네요~!"

"오오~."

"좋은 게 나오면 기쁘겠네요!"

『아우아우! (먹을 거!)』

"먹을 거, 있긴 한데요⋯⋯. 일단은 무지개색이란 말이죠⋯⋯."

"어머나! 그건 조리할 수 있나요?"

"핫게에게 요리해달라고 하자~⋯⋯."

『아우우우우우우우웅! (먹을 거~! 배고파!)』

"돈타 씨, 정말 기쁘신가 보네요!"

음~⋯⋯, 아이템 설명 문구에는 '가공하지 말고 그대로 먹자!'라고 적혀 있는데. 그리고 덕용이라고 하니까 여러 개 들어있을 줄 알았더니, 내 허벅지보다 굵어……. 엄청 커다란 소시지가 하나 들어있는 거잖아, 이거.

"음~, 아뇨, 조리는 못하는 것 같아요. 가공 불가라고 적혀 있네요."

"그럼, 돈짱. 먹고 싶어하니까."

"그러게요……. 돈짱이 없었다면 애초에 도망치지도 못했을 테니까요! 공로자에게 상을 내려줘야겠어요!"

"어, 그래도 되나요?"

"괜찮아. 장비만, 나중에 줘~…….."

"그것 말고는 나눴으면 하네요!"

"그럼, 줄게요……. 자, 돈타, 이쪽으로 와……, 우와, 빨라……!"

"커다랗군요?! 제 허벅지 정도 크기 아닌가요?! 자!"

"페르짱, 망측해!!"

"앗……!"

"돈타, 기다려, 기다려."

『아우우우우우우우~!!』

"먹어도 돼!!"

『아우우우우~~♡♡ 아우, 아오, 아우아우아우……♡』

오오, 돈타……. 그렇게 정신없이 먹지 않아도 물고기 소시지는 도망치지 않아……. 맛을 잘 보면서 먹으라고, 정말…….

『돈타의 스테이터스가 상승하였습니다.』

『돈타가 [금강]을 습득하였습니다.』

어…………, 아? 응?

"저기, 방금 뭔가⋯⋯. 돈타의 스테이터스가 올라갔고, 스킬까지 손에 넣은 것 같은데⋯⋯."

"돈짱, 저도 한입만요! 한입만, 부탁이니까 조금만 먹을게요!!"

『아우아우아우아우!! (안 줘!!)』

"앗!"

"통째로 삼켰네~⋯⋯."

"역시 돈타 씨네요⋯⋯."

"돈타에게서 먹을 것을 뺏으려 하다니, 100년은 일러, 페르짱⋯⋯."

"흑흑흑흑흑⋯⋯."

해냈습니다, 푸드 파이터 돈타 선수. 멋지게 물고기 소시지를 독점했습니다! 뭐, 열심히 뛰어다녔으니까. 틀림없이 제일 열심히 했을 거야. 정말 고생 많았어⋯⋯.

"⋯⋯⋯⋯어떻게 할까?"

"토하게 할 건가요?!"

"페르페르, 아니야. 더 나아갈지, 돌아갈지 이야기일 거야⋯⋯."

"리아짱, 거칠게 소환하고 험하게 굴려서 정말 미안해. 괜찮아⋯⋯?"

"방심했던 제 잘못이니까요⋯⋯. 저는 아직 괜찮아요!"

"다음부터는 나도 더 조심할게. 음~, 돈타는."

『아우!! (기운이 넘쳐! 넘쳐! 엄청 넘쳐!!)』

"뭐, 기운이 넘치긴 하겠지. 네."

"저도 아직 괜찮답니다!"

"나도, 더 사냥할래~⋯⋯. 3계층에서도, 나오는 거지~?"

"나올 것, 같아요. 말살자는 당분간 안 나올 것 같지만요."

"이제 질색이야~…….."

"살육 범고래가 더 좋답니다~……."

"가자~."

그럼, 돈타가 기운이 넘치는 것 같으니까……. 3계층에서도 살육 범고래를 사냥하러 가자! 잔뜩, 잔뜩 사냥할 거야, 짭짤한 몬스터를 잔뜩 사냥할 거라고!

"그러기 전에 한계치를 해방시키고 진화도 시켜야죠!!"

"아, 나도 50이라 한계치에 도달했어. ☆4 마정석이 50개? 음…….."

"제가 가지고 있답니다! 자, 받으세요. 오렐리아 양도 진화해야 겠군요. 이제 한 단계 위 랭크가 되겠어요!"

"페르페르, 고마워, 나중에 쓴 만큼, 돌려줄게~!"

"네!"

맞다, 리아쨩의 진화! 그러니까, 그러니까! 소재는……? '☆ 마정석 50개', '증표 계열 아이템 1개'뿐……? 다른 소재 아이템이 필요하지 않은 대신, ☆3 마정석을 건너뛰었구나! 증표는, 왕이 2개, 패자가 1개 있는데……. 아무리 그래도 패자를 멋대로 쓰면 안 되겠지.

"☆4 마정석이 50개, 그리고 증표 계열 아이템을 쓰면 진화할 수 있는데."

"네! 자, 써주세요."

"☆4 마정석이 금방 튀어나오네. 페르페르는 대단해."

"고, 고마워 페르쨩……. 그리고 증표 말인데, 이런 게 나와서……."

"어머? 패자의 증표……, 본 적이 없는데요?"

"더 상위 전직 소재~……? 양보할게~. 그 대신, 아까 나온 무지개색 팔찌하고, 이어링을 가지고 싶어. 그것만 제대로 된 장비가, 없으니까."

"그럼 저는 무지개색 반지와 넥클리스를 가지고 싶네요! 그러면 무지개색을 공평하게 배분할 수 있지 않을까요?"

"아, 그렇게 되긴 하겠네. 그럼, 잘 쓰겠습니다."

"그러셔요, 그러셔요."

"그래~."

무지개색 아이템은 [? 팔찌]를 레나짱 선배에게, [? 반지]를 페르짱에게, [★새빨간 물고기 소시지·덕용!]이 돈타의 뱃속에. 나머지는 [? 책]과 [? 옷]이 무지개색 테두리인데 이건 보류. 이제 공평하게 나눴다는 이야기도 들었으니까……, 자, 패자의 증표를 사용해서 리아짱을 진화!! 음, 진화 후보는 어떤 게 뜰까……?

[엘리멘탈 위치] 암속성·악마 계열·중형
·리틀 위치가 성장한 모습————

아, 미안해, 리아짱. 이건 기각해도 될까? 넘길게? 성장하지 말아줄래? 성장하지 않았으면 좋겠거든. 다른 것도 전부 안 될 것 같으면 이걸로 할 테니까…….

> **[서큐버스 위치]** 암속성·악마 계열·중형
> ·남자를 뇌쇄시키는 악마, 서큐버스가 되어————

미안해, 리아짱. 이것도 좀 아닌 것 같아서. 다음이 마지막이구나…….

> **[디재스터 위치]** 암속성·악마 계열·소형
> ·[패자] 특수 해방 클래스.
> ·그것은 자그마한 재앙.

어…………, 아니, 아니, 설명 문구를 제대로 넣으라고. 말도 안 돼?! 게다가, 설마 이것만 성장하지 않는 선택지라니……. 그래도 이렇게 뜨면 디재스터 위치를 선택할 사람이 없잖아?! 아니, 그래도, 하지만, 으으으으……!!

리아짱이 나이스 바디에 우훙~ 같은 느낌으로 변하는 건 좀 아니지 않아?! 나는 그런 걸 견딜 수가 없어……. 리아짱은 작고 귀여운 게 더 좋다고!

"리아짱, 선택지가 세 개 있는데 말이지?"

"저는 언니가 골라준 거라면 뭐든지 괜찮아요!"

"그래……, 언니. 다른 걸 선택하면 언니라고 불러주지 않게 되잖아……. 아하하, 그래. 이거야, 이거밖에 없어……!"

"그럼, 선택할게!"

"네!"

『오렐리아가 [리틀 위치]에서 [디재스터 위치 (Lv.1)]로 진화하였습니다.』

『다수의 스킬이 세팅되었습니다.』

『일부 스테이터스가 대폭 상승하였습니다.』

오오, 여전히 로리구나……. 어라? 분위기가 바뀌었네? 아주 약간, 나쁜 아이 같은 느낌이 든 것 같은데. 아니, 정말 한순간 말이지? 그런 느낌이 들었다니까……! '정말 강한 힘을 손에 넣었어……!' 같은 표정을 지었잖아! 귀엽다!!

"어머? 변한 게 없네요……?"

"아니, 이미 진화했어."

"바뀐 게 없어도, 진화?"

"대단해요, 터무니없는 마력의 맥동이 느껴져요……. 얼른 마술을 쓰고 싶어요!"

그래, 그래, 날리게 해줄게! 자, 다음 계층으로 가자! 이렇게 오래 뛰어다녔으니까, 포탈은 이미 발견했거든.

"그럼, 출발하시죠!"

자, 다음 계층으로!! 기다려라, 살육 범고래! 말살 범고래는 안 와도 돼, 안전하게 사냥할 수가 없어서 무서우니까!

[07XB785Y] 통칭 레나

이름을 입력하는 칸에 실수로 시리얼 코드를 입력해버린 덜렁이. 그 사건이 계기가 되어 천사가 이름을 물어보게끔 변경되었다.

은빛 머리카락에 붉은 눈동자, 어린 느낌이 드는 이목구비와 유아 체형인 린네의 고스로리 동료. 표정이 거의 바뀌지 않고 무표정하지만, 감정은 매우 풍부하고 장난을 좋아한다.

직업은 [마포술사]. 애총의 이름은 [자미엘]. MP를 총알로 변환하여 사출하는 마술형 원거리 직업.

『[왕의 증표]를 손에 넣었습니다.』

"아, 나왔다! 이제 모두의 몫을 모았어!"

"휴우~……. 다행이네요~……!"

"응, 잘 됐어, 잘 됐어."

7계층의 살육 범고래를 쓰러뜨리고 무사히 모두가 쓸 왕자의 증표를 모았다……. 아, 정말 나와줘서 다행이야. 설마 이렇게 금방 필요하게 될 줄은 몰라서 다행이라니까.

"그럼, 이건 제가 챙길게요!"

"네, 그러셔요, 그러셔요."

"그~래~."

"잘 됐네요, 언니!"

『아우! (잘 됐네!)』

어째서 모두가 왕자의 증표를 필요로 하는가. 레벨이 75에 도달한 순간, 한계치를 해방시키지 않으면 더 이상 레벨을 올릴 수 없다는 메시지가 떴고, 그 한계치를 해방시키는 데 필요한 소재가 왕의 증표였기 때문입니다!

레나짱도 무사히 레벨을 75까지 올려서 다행이야……. 아, 참고로 레나짱에게 선배라고 했더니 '선배는 좀, 귀엽지 않으니까 그렇게 부르지 않았으면'이라고 해서 앞으로는 선배를 붙이지 않고 레나짱이라고 부르기로 했습니다.

"그건 그렇고, 말살 범고래가 낮은 확률로 출현한다던데, 절대로 낮은 확률이 아니었답니다!"

"분명히 확률이 1할 이상은, 될 거야."

"새빨간 몸통이 보였을 때는 깜짝 놀랐지……."

"그래도, 우리도 강해졌고, 약점은 이제 알고 있으니까요."

"응, 처음 마주쳤을 때처럼 절망한 느낌은, 안 들었어."

"특히 세 번째는 비교적 간단히 쓰러뜨릴 수 있었고!"

"그러게요!"

그리고 말살 범고래는 낮은 확률이라고 적혀 있었는데 모두 합쳐서 세 번이나!! 멀리서 맹렬한 속도로 헤엄쳐 오는 그 절망의 붉은 몸통을 봤을 때는 진짜로 눈물이 나올 것 같았다. 또 원거리 일격사의 공포와 싸워야만 하는 건가 하는 생각이 들어서.

하지만 그런 공포와는 달리 두 번째로 마주쳤을 때는 첫 번째 전투 때보다 성장한 덕분에 레나짱의 스나이핑 샷과 페르짱의 메테오르를 약점에 맞추니 쓰러뜨릴 수 있었다. 세 번째는 돈타를 타고 도망치지 않고 크림슨 블래스터를 날리기 전에 레나짱이 선제공격을 가하고, 모두 함께 추격타를 날려서 쓰러뜨려 버렸다. 레벨도 올랐지만, 전투시 대처 능력도 성장했구나~, 라고 느낀 순간이었지!

그런데 말이야, 두 번째와 세 번째 모두 보물상자가 금색 보물상자였어. 정말 안타깝지만, 보석 보물상자가 아니었고, 덕용 소시지도 들어있지 않은데다 세 번째는 왕의 증표조차 나오지 않았다고. 첫 번째 보물상자는 정말 희귀한 보물상자를 뽑았던 것뿐이구나~, 싶어서……. 또 보석 보물상자하고 무지개색 아이콘 아이템을 보고 싶은데~…….

"왕의 증표보다 더 상위인 패자의 증표는 아무래도 레벨 100쯤에 필요하려나요?"

"음……. 패자의 증표도, 모두가 쓸만큼 있었으면 좋겠어. 솔직히, 지금은 장비보다 그게 더 필요할 것 같은데……."

"꽤 귀중한 아이템이었는데, 제가 써버려서 죄송합니다!"

"괜찮아, 리아쨩. 이제 두 번 다시 나오지 않는 것도 아니고, 또 얻으면 되니까! 다시 모두 함께 사냥하러 올 수 있게 되었다고 긍정적으로 생각하자!"

"그리고 그때, 모두가 사용에 동의했으니까요. 문제는 아무것도 없답니다!"

"맞아, 맞아, 괜찮아, 괜찮아. 그리고, 어차피 나중에 필요하다는 사실을 알았더라도, 똑같은 선택을 했을 거야. 배려심이 있고 기특하니까, 착하다, 착해 해줄게. 착하다, 착해."

"하으……."

『아우! (나도 주인이 쓰다듬어줬으면 좋겠는데!)』

"쓰다듬어줬으면 좋겠어? 어디 보자, 덩치가 크고 응석꾸러기인 멍멍이를 쓰다듬어줘야지."

『아우우~♡』

"음~……. 전투를 벌일 때는 믿음직스러운 거대 늑대인데, 지금 보니 커다란 멍멍이네요."

각 계층에서 범고래를 세 번 쓰러뜨린 다음에는 일반 몬스터조차 자취를 감춰서 안전한 상태가 되니까, 무심코 마음이 풀어진단 말이지. 리아쨩은 레나가 쓰다듬고 있고, 돈타는 내가 쓰다듬고 있고, 페르쨩은~…………, 자, 자, 페르쨩도 쓰다듬어 줄까? 이쪽으로 올래? 쓰다듬어줬으면 한다는 건 다 알고 있거든?

"모, 모처럼 이야기가 나왔으니, 저도……."

"후훗, 페르짱도 용감하게 범고래에게 돌격해서 멋있었어. 기특하다, 기특해."

"……리아짱, 봐. 쓰다듬어 주니까 페르페르가 기뻐하는 표정. 좋지? 응?"

"네! 언니와 페르세우스 씨는 사이가 좋아요!"

『아우! (금빛 빙글빙글도 쓰다듬어줬으면 좋겠어!)』

"페르짱도 자기를 쓰다듬어줬으면 좋겠대."

"네? 어쩔 수 없는 멍멍이로군요……."

『아후아후♡』

돈타는 정말 응석꾸러기구나……. 그런데 이 상황은 뭐지? 수수께끼의 쓰다듬 트라이앵글이 발생했는데. 모르는 사람이 지금이 모습을 목격하면 다들 틀림없이 무슨 상황인지 이해하지 못하고 분명히 고개를 갸웃거릴 광경이라고.

"……그런데, 아이템은 더 들 수 있어?"

"어머……. 저는 좀 전에 필요 없는 아이템을 버리고 공간을 마련했는데, 더 이상은 안 될 것 같네요. 이제 들 수가 없답니다."

"응? 아, 나도 못 들어. 가득 찼어."

"저도 빈 공간이 없거든요……. 이거, 다음 계층의 범고래를 쓰러뜨려도 레벨을 못 올리고, 보스가 있다 해도 아이템을 회수할 수 없으니 돌아갈 수밖에……."

"음~. 아쉽지만, 돌아갈 수밖에 없겠네요!"

"돌아가자~."

모처럼 왔으니 다음 계층으로 가고 싶긴 하지만, 아이템을 더 들 수가 없으니 이번 사냥은 여기까지만 하자. 살육 범고래를 18마리, 말살 범고래를 3마리, 모두의 레벨은 우선 한계치인 75까지 상승! 돈타는 레벨 42, 리아쨩은 레벨 33까지 올랐다.

　아~, 범고래는 짭짤하구나. 범고래 최고……! 빨간 건 아직 좀 무섭긴 하지만, 경험치를 몇 배나 더 주니까 정말 짭짤해! 그래도 보석 보물상자를 내놓으라고!!

　"리타이어할게요."

　『파티 리더가 리타이어를 선택하였습니다. 리타이어 포탈을 전개합니다.』

　『상황 분석 중……. 7계층을 돌파했다고 판단됩니다. 다음에는 바다의 동굴 던전의 보스 에리어에서 개시할 수 있습니다.』

　『고생 많으셨습니다. 30초 뒤에 자동으로 던전 밖으로 전송됩니다.』

　어, 다음이 보스 에리어였어?! 어떻게 생겼는지 잠깐 보기만 하고 싶은데~. 아니, 보면 쓰러뜨릴 때까지 계속 싸워버릴 것 같으니까, 이번에는 돌아가야겠지. 보수를 받지 못하고 엉엉 우는 미래만 보인다고.

　"아, 보스였네."

　"그래도 아이템을 못 챙기니까, 쓰러뜨리면 대참사가 일어날 거랍니다!"

　"그러게. 쓰러뜨려도, 말이지……."

　"그렇긴 하네. 돌아간 다음에, 내일 다시 갈까?"

　"내일 또 가죠! 한계치를 해방시킨 다음에, 내일 보스를 쓰러뜨려요!"

"그래요! 내일이 기대되네요!"

"기대돼~. 오늘은, 정말 즐거웠어."

"저도 즐거웠어요!"

"저도 매우 즐거운 던전 공략이었답니다! 고생 많으셨어요!"

『아우아우아우아우아우! (흉내냈어! 어때? 비슷해?)』

"응, 그래, 그렇지……. 비슷해, 비슷해……."

돈타가 페르짱의 '고생 많으셨어요'를 흉내낸 거구나. 말은 알아듣지 못하는 것 같지만, 들린 말을 그대로 발음하려는 걸 보니 머리가 꽤 좋은 편이란 말이지. 왠지 얼빠진 구석이 있긴 하지만……. 뭐, 그게 돈타의 귀여운 구석이고. 자, 돌아가서 감정하자~!!

((●

세상에 정적을 가져다 주기 위하여. 묘지의 왕께서는 걸음을 멈추지 않고, 잠들지 않는다.

그 걸음에 방해가 될지도 모르기에, 왕께서는 린네를 위험하게 여기신다. 비슷한 힘을 지닌 그녀와는 언젠가 충돌할지도 모른다고.

나는 왕께서 부활하실 때까지 다양한 지역, 다양한 나라, 다양한 세력에 잠입했고, 왕께 힘이 될 만한 말을, 재산을, 그리고 강력한 죽은 자의 육체를 찾아내 그것을 기록했다.

왕께서는 로레이에서 린네가 활동하고 있기에 위험하다며 더 이상 손을 대지 않고 스텔라벨체로 넘어가기로 결단을 내리셨다. 하지만, 아무것도 하지 않고 내버려두기에는 너무나도 아쉬운 것들이 많다. 하지만, 나는 죽은 자에게 손을 댈 수가 없다. 이 몸에 깃든 성스러운 힘이 그것들을 정화시켜서 티끌도 남기지 않고 소멸시켜버릴 테니까.

그래서 나는 말을 이용하기로 했다. 내가 손을 댈 수 없다면 다른 사람에게 시키면 된다. 나는 시간이 났을 때 시공 마법을 이용하여 로레이로 전이했고, 교회의 말들에게 강력한 죽은 자의 시체를 파내게 하고, 상위 부활 마술을 행사할 수 있는 촉매를 주어 부활 의식을 진행시키게끔 했다.

시간이 지나 풍화된 백골 사체보다는 온전한 육체를 지닌 채 나름대로 힘을 되찾고 살아난 것을 비교하면 당연히 후자 쪽이 왕께 더 강한 힘이 될 것은 명백하다. 로레이의 교회 지하에는 잔혹하기 짝이 없는 악마라 불린 영애의 유해, 예전에 바다를 제패했다는 대해적의 유해와 폭풍을 부르는 혼돈의 마녀의 유해가 잠들어 있다고 한다. 그것을 쓰지 않고 내버려두는 것은 아깝다. 서둘러 부활시키면 내일이나 모레쯤은 손에 넣을 수 있을 것이다.

더 따지자면 로레이 서쪽, 절벽 아래 동굴에서 발견한 요호의 유해는 특히 강력하다. 하지만 그것은 일반인이 건드리면 저주로 인해 죽어버릴 정도로 강한 힘을 지니고 있기에 옮길 수가 없다. 할 수 있는 게 있다면 건드리려 하는 자에게 멜티스의 천벌이 내릴 거라고 경고하며 뇌격 마술을 날리는 것 정도가 한계다. 아무래도 왕께서 몸소 행차하실 수밖에 없다. 시공 마술을 이용하여 근처까지 전이한 다음, 강력한 원한을 품은 혼을 복종시켜 왕의 양분으로……. 하지만 지금은 스텔라벨체의 왕과 교섭을 하시느라 분주하신 모양이다. 때를 봐서 이 사실을 전할 수밖에 없다.

세계에 정적을 가져다 주기 위하여. 나는 당신께 모든 것을, 온몸을 다해 섬기겠습니다…….

"결과, 발표~."

"결과 발표, 랍니다~!"

"드디어 결과가 발표되는군요! 예약해 두었던 미감정품은 확실하게 태그를 붙여두었어요! 자, 챙긴 아이템을 전부 꺼내봐요~!"

"꺼내라, 꺼내~. 몰래 챙기는 건, 용서 못해~."

"자, 감정 시작할게요~~~!!!"

바다의 동굴에서 길드 하우스로 돌아왔습니다! 돌아올 때는 길드 포탈로 길드 하우스까지 바로 올 수 있으니 누군가에게 습격당할 걱정이 없어서 좋아! 만에 하나라도 당해버려서 미감정품을 전리품으로 뺏기면 최악이니까.

그리고 돌아오자마자 황금의 바람과 공범들이 오히려 당한 사건 이야기를 들은 길드 멤버들이 걱정해 주거나 웃어대곤 했다. 에리스 씨는 끌어안고 '잘 했어~!'라며 잔뜩 쓰다듬어 주었다. 에리스 씨는 황금의 바람에게 몇 번 PK를 당해서 울분이 쌓여 있었다는데.

돈타는 핫게 씨의 신작 요리를 먹기로 해서 주방 앞에 떡하니 자리잡고 앉았고, 리아짱은 길드의 언니들하고 마술 토론을 시작했기에 우리는 감정을 마치고 보수를 분배하기 위해 길드 하우스

3호실을 빌려서 감정 대회를 개최하기로 했습니다!!

미감정 아이템이 수십 개나 쌓여서 테이블 위를 가득 메운 광경은 마치 행복이 응축된 행복의 바다 같아! 이 광경만으로도 행복에 감싸인 느낌이야! 게다가 이 아이템들 중 대부분이 보스의 드롭 아이템이고, 레어 아이템이 잔뜩 있을 거라고 생각하니 몸이 자연스럽게 근질거린다니까!

"이거, 몇 개나 되는 건가요?"

"71개~."

"레나짱, 세는 게 정말 빠르네요?!"

"물어보기 전에, 신경 쓰여서 세어보고 있었어~."

"그렇군요……! 세 명 몫을 합쳐놓으니 정말 양이 엄청나네요."

미감정 아이템, 놀랍게도 71개. 태그가 달려 있는 아이템은 레나짱하고 페르짱이 예약한 것들이고, 빨간 태그가 달려 있는 건 말살 범고래가 드롭한 아이템이다. 따로 빼두는 게 좋을 것 같아서.

"어떤 것부터, 할까?"

"무지개 아이템은 마지막에 해야죠?!"

"그렇지. 무조건."

"그럼, 차례대로 왼쪽 위에 있는 이것부터 할까요?"

"해보자~."

"오~!"

"오~, 랍니다!"

그럼, 감정 대회! 개시합니다~!!

『[? 카타나]는 [무딘 칼날 블레이드]였습니다.』

『[? 액세서리]는 [망가진 장난감 반지]였습니다.』

『[? 책]은 [도미르텔테의 번개]였습니다.』

『[? 단검]은 [★멈추지 않는 살육]이었습니다! 축하드립니다!』

"바로, 떴네."

"레전더리네요!"

"오오오오!!"

바로 첫 번째, 이름이 무시무시한데, 이건 단검인가? 갈고리발톱처럼 생긴 단검인데, 일단 성능은……?

[★멈추지 않는 살육] (극상·레전더리·암기·빈 슬롯 3 [○○○])

·[필수] 패시브 스킬 [암기 사용] 계통.

·참속성 공격 강화. (1.2배 + 0.0배)

·돌속성 공격 강화. (1.2배 + 0.0배)

·직접 공격시, 상대방을 [출혈·랭크2] 상태로 만든다.

·직접 공격시, 상대방을 극히 드물게 [즉사·랭크2] 시킨다.

·매우 가볍다.

·빈 슬롯 3.

──────다들, 다들, 죽어버려!! by 살육의 ◆, ◆◆◆◆

강화 가능·중량 0.2kg

음~, 강하네……. 그런데 이 무기, 감정하기 전에는 단검으로 분류되었는데, 감정한 뒤에는 암기라고 뜨는구나. 장비하려면 암기를 다루는 특별한 스킬이 필요하고. 암살자 같은 사람들이 쓰는 무기인가?

"보류~"

"보류겠네요!"

"그러게요, 보류예요!"

쓸 수 있는 사람이 딱히 짐작되지 않는 것 같으니 이건 보류. 낮잠 씨 때처럼 길드 멤버 중에 쓸 수 있는 사람이 있으면 주기로 하고, 이어서 감정하자!

『[? 창]은 [부러진 작살]이었습니다.』

『[? 도끼]는 [녹슨 전투도끼]였습니다.』

『[? 빗자루]는 [위치 블룸]이었습니다.』

『[? 방패]는 [★동그란 성게]였습니다! 축하드립니다!』

"안 봐도 알겠어……."

"성능을 보고 싶지 않네요……."

"이게 뭐야……. 아니, 성게이긴 한데……."

『[? 클로]는 [상어의 이빨]이었습니다.』

『[? 이어링]은 [진주 이어링]이었습니다.』

『[? 넥클리스]는 [진주 넥클리스]였습니다.』

『[? 책]은 [해산물의 지식 3권]이었습니다.』

『[? 책]은 [폭풍처럼!]이었습니다.』

『[? 검]은————.』

해산물의 지식 3권은 핫게 씨에게 주는 걸로 결정하고, 폭풍처럼이라는 책은 바람 계열 마술서인 것 같았기에 마술 토론 중이었던 리아쨩 일행에게 바로 선물했다.

하지만 그 이후에는 아쉽게도 꽝 러시. 이것도 꽝, 저것도 꽝, 계속 꽝이라는 느낌으로 꽝 폭풍……. 레전더리 장비가 전혀 나오질 않았고, 유니크조차 나오지 않았다. 그런 느낌으로 20개 남았을 때까지 꽝이 이어졌고, 기어코 빨간 태그가 달려 있는 것까지 감정하게 되어버렸는데…….

『[? 가구]는 [★말살 범고래의 인형·실물 크기]였습니다! 축하드립니다!』

"으엇."

"오~."

"크네요~."

나왔다. 나와버렸어! 엄청 커다란 인형 제2탄! 살육 범고래에 이어 말살 범고래의 실물 크기 인형이 나와버렸어!

그리고 그걸 가지고 3호실을 나선 순간, 모두의 시선이 인형에게 쏠렸고, '빨갛다', '3배 빠른 속도로 움직일 것 같네', '분명히 강할 거야', '다이나믹 보스 스포일러', '그래도 귀엽다', '2개를 나란히 놓으면 귀여움 최강!'이라며 분위기가 매우 들떴다.

살육 범고래를 점령한 채 자고 있던 낮잠 씨 옆에 나란히 놓으니 '으에……?! 늘어났……? 흐에……? 흐……? 으응……?'이라면서 한순간 놀라나 싶더니 빨간 쪽도 끌어안고 다시 잠들었다. 낮잠 씨, 귀여워…….

"이제 19개 남았군요……."

"나눠 줄 장비가, 잔뜩 늘어났어."

"그러고 보니까 레나짱은 왜 초보에게 장비를 나눠주는 건가요?"

"어? 파는 게, 귀찮으니까. 처분하는 거야. 받은 쪽이 은혜라고 생각하고, 나중에 돈을 준다면, 운이 좋은 거고. 그렇지?"

"커먼, 언커먼 정도 희귀도는 팔아도 푼돈밖에 안 되거든요. 분해해도 랭크가 낮은 마정석은 쓸데가 없고요. 하지만 초보가 보기에는 장비가 목숨이 달린 문제잖아요? 그러니 NPC의 가게에 팔아서 처분하는 것보다는 나눠주는 게 더 이익이랍니다."

"그래. 우리에게는 쓰레기라도, 초보에게는 보물일지도 모르니까."

"그렇군요……. 그런 이유가 있었군요. 신경이 쓰여서 물어보고 싶었거든요. 왠지 속이 시원해졌네요, 감사합니다!"

"응……."

조금 신경이 쓰였던 레나짱이 장비를 나눠주던 이유를 알게 되고 납득이 되었다. 그렇구나, 그래서 나눠주는 게 더 나은 거군요.

"저도 신경 쓰이던 게 있었는데요."

"응? 뭔데?"

"뭔데~?"

"린네 양, 레나 씨와는 문제 없이 이야기를 나누시네요."

"어, 아……. 그, 그러게? 이유가 뭘까……."

"후후후. 내 넘쳐흐르는 언니 파워. 린네도 한방이야."

"그렇죠, 분명히 그럴 거예요! 언니 파워로 이야기를 나눌 수 있게 된 거죠!"

"그, 그렇, 군요?"

"틀림없어. 린네는, 그래, 여동생 같은 존재?"

"레나 언니군요!"

"아……. 역시, 레나짱이 더 좋아. 나이 차이가 난다는 현실이 생각나니까. 쿠웅……."

"그건 꽤 까다로운 문제네요……."

이야기를 듣고 보니 레나짱하고는 딱히 문제 없이 이야기를 술술 나눴던 것 같기도 한데? 분위기가 차분하고 자그마한 아이라 긴장하지 않고 이야기를 할 수 있었던 건가?

"뭐, 나머지 감정도 해버리죠!"

"응, 감정! 이어서!"

"그러게요, 해버리시죠!"

자, 다시 감정을 해볼까, 쓰레기가 뜬 로그는 대충 넘기면서 봐야지…….

『──────쓰레기 로그는 생략──────.』

『[? 책]은 [달이 뜬 밤에]였습니다.』

『[? 검]은 [클레이모어]였습니다.』

『[? 옷]은 [머맨 슈트]였습니다.』

『[? 이어링]은 [녹슨 철제 이어링]이었습니다.』

『[? 창]은 [작살]이었습니다.』

『[? 검]은 [녹슨 롱소드]였습니다.』

『[? 팔찌]는 [수갑]이었습니다.』

『[? 신발]은 [샌들]이었습니다.』

『[? 방패]는 [★동그란 성게]였습니다! 축하드립니다!』

"우와, 나왔다."

"우와, 나왔답니다."

"우와, 나왔네."

성게는 이제 안 나와도 돼…….

『[? 카타나]는 [★고래 포식자]였습니다! 축하드립니다!』

『[? 둔기]는 [★기간틱 스킬렛]이었습니다! 축하드립니다!』

"오~."

"이걸 기다리고 있었답니다!"

"레전더리다!"

일반 감정품은 마지막에 두 개나 단번에 레전더리가 떴다! 고래 포식자는 말살 범고래처럼 빨간색 칼집이 딸린 대태도. 기간틱 스킬렛, 이건 나보다 더 큰 프라이팬이구나. 이름 그대로야. 만약에 이걸로 요리를 한다면 엄청나게 큰 요리가 완성되겠지……. 성능을 볼까!

[★고래 포식자] (극상·레전더리·대태도·빈 슬롯 3 [○○○])

·[필수] 패시브 스킬 [카타나의 소양] 계통

·참속성 공격 강화. (1.2배 + 0.0배)

·돌속성 공격 강화. (1.2배 + 0.0배)

·특대 사이즈인 상대에 대한 대미지 감소 페널티 무시.

·빈 슬롯 3

강화 가능·중량 4.0kg.

[★기간틱 스킬렛] (극상·레전더리·거대 둔기·빈 슬롯 3 [○○○])

·[필수] 패시브 스킬 [요리의 달인] 이상.

·타격속성 공격 강화. (1.5배 + 0.0배)

·타격공격시, 상대방의 타격 내성을 25% + 0% 무시한다.

·장비 스킬 [초거대 요리] 사용 가능.

·빈 슬롯 3
─────누가 휘두르겠냐고, 이렇게 커다란 스킬렛을.
강화 가능·중량 10.0kg.

"핫게, 요리의 달인 가지고 있어."

"가지고 있죠!"

"응, 아마 기뻐할 거야."

"그럼, 책하고 같이 선물해요!"

"그러게요! 그렇게 해야겠답니다!"

터무니없이 무겁고 커다란 프라이팬, 핫게 씨가 쓸 수 있다면 선물해야지! 근육이 우락부락한 핫게 씨라면 이걸 휘두르더라도 이상하지 않을지도 몰라!

대태도 쪽은 레이지 씨가 쓸 수 있으려나? 글쎄, 레이지 씨의 칼은 평범한 카타나일 테니까 너무 커서 필요 없다고 하려나? 다음에 물어봐야지.

"드디어 메인 아이템이군요."

"아, 벌써 끝난 줄 알았어."

"제일 기대하고 있던 메인 이벤트인데요?!"

"깜빡 잊었어, 깜빡~."

"좋은 게 나오면 좋겠다!"

자, 드디어 왔습니다. 오늘의 메인 이벤트! 무지개색 아이콘 아이템을 감정하겠습니다! [? 팔찌]가 히나짱 거고, [? 반지]가 페르짱. 그밖에도 [? 책]과 [? 옷]이 있긴 하지만, 그건 이것들을 먼저 감정하고 나서 해야지.

"나부터 감정하고 싶어~."

"그럼, 팔찌부터군요!"

무지개색 아이콘이니 레전더리보다 희귀도가 더 높은 아이템이려나?

우선 레나짱의 팔찌부터 감정!

『[? 팔찌]는 [★★시간을 거슬러 올라가는 지침·크림슨]이었습니다! 축하드립니다!』

"팔, 찌……라기보다는."

"손목시계……, 죠?"

"손목시계~? 그래도 디자인은 좋아. 후후후~, 성능은~?"

어, 레나짱이 슬쩍슬쩍 손짓하고 있네. 성능을 같이 확인해도 되나요? 그럼 모처럼 그렇게 말씀해주셨으니 보도록 하죠!!

[★★시간을 거슬러 올라가는 지침·크림슨] (오파츠·미스틱·팔찌·빈 슬롯 없음 [●])

·모든 스킬의 최종 쿨타임을 1초, 또는 10% 감소.

·상기한 효과는 효과량이 많은 쪽이 적용된다.

·[말살 범고래 카드]

크리티컬 대미지 +50%.

──────이제 너를 만날 수 있을 거라 믿었는데.

강화 불가·장비자 등록 [07XB785Y]·중량 0.1kg.

그냥 엄청난 장비 아닌가요? 게다가 말살 범고래의 카드가 들어

있는 상태인데……. 어, 이런 경우도 있구나!

"아, 카드가 들어있네. 보스 카드는 처음 보는 것 같아."

"네?! 보스 카드가 들어있나요?!"

"효과량이 엄청난 카드네요……!"

"페르페르도 나오면, 좋겠네?"

"보스 카드가 들어있으면 기쁘죠~……. 그럼……!"

페르짱 장비에도 들어있으면 좋겠다……. 그럼 페르짱의 반지
도 해볼까!

『[? 반지]는 [★★인어의 눈물]이었습니다! 축하드립니다!』

"호오~, 왠지 예쁜 보석이네……. 예쁜 눈물 모양이야."

"카드가, 들어있지 않아요오……."

"들어있는 경우는 거의 없어. 페르페르, 신경 쓰지 마."

"확장성이 있다, 그렇게 긍정적으로 받아들이겠어요!"

페르짱의 반지도 미스틱 아이템인 것 같네! 생김새는 평범한 은
백색 고리고, 보는 각도에 따라서 색이 달라지는 눈물 모양 보석
이 박혀 있는 디자인. 아, 페르짱도 효과를 보여주려고 하네. 어
디, 그럼 한 번 볼까!

[★★인어의 눈물] (황보석·미스틱·반지·빈 슬롯 1 [○])

·20% 확률로 직접 공격을 완전히 무효화한다.

·빈 슬롯

─────당신을 두고 가는 걸, 부디 용서해줘…….

강화 불가·장비자 등록 [페르세우스]·중량 0.01kg.

이거, 아까 팔찌하고 설명 문구가 세트 아닌가? 세트지? 죽어서도 못 만나는 건가, 이 장비⋯⋯. 왠지 좀 가엾네⋯⋯.

아니, 잠깐만? 확률이긴 하지만, 직접 공격을 완전히 무효화? 아이기스로 사용하는 페네트레이트가 있는데, 방어 성능이 더 올라간다고⋯⋯?! 흐아~⋯⋯.

"가, 강한데⋯⋯."

"강하네요, 이거!"

"페네트레이트가 있는 사람이 장비해도 되는 게 아니야, 페르짱⋯⋯."

"후후후후⋯⋯! 이렇게 된 이상, 카드는 아무런 문제도 안 된답니다! 강해요!"

"미스틱 장비, 놀랄 만큼 강하네~."

"이제 책하고 옷도 기대되는데!"

"책하고 옷도 얼른 보자~."

"그러게요!"

좋아, 그럼 다음은 [? 책]하고 [? 옷]이구나! 레전더리 책도 본 적이 없는데, 먼저 미스틱 책을 봐도 되는 건가? 딱히 상관없나?

『[? 책]은 [★★용언어 사전]이었습니다! 축하드립니다!』

어⋯⋯? 용언어 사전⋯⋯? 응⋯⋯?

"용언어 사전이 있어도, 말할 상대가 없는데."

"없죠⋯⋯. 꽝 아이템 아닌가요?"

"아⋯⋯, 아⋯⋯?"

이럴 수가, 말도 안 돼. 어째서 이런 짓을 하는 거죠⋯⋯⋯⋯⋯. 그때, 리아를, 드래그너 위치로 만들었다면⋯⋯!! 드래그너라면

용언어를 습득해서 용마술 같은 걸 쓸 수 있었을 텐데……! 으윽,
끄윽……, 커헉……!!

"아, 쓰, 쓰러졌어……."

"잠깐만요, 린네양?! 어째서, 쓰러…………, 아, 아아아아아아아
아아아아아————————! 그렇죠, 용언어라고 하면!!"

잠깐만, 바로 옷도 감정하고 싶었는데, 미안해, 마음에 대미지
가 좀 커서……! 잠깐, 쓰러져 있을게요……. 아아아아아아아아
아……, 이건, 아니지……. 이렇게 금방 용언어를 습득할 수 있게
될 줄은, 아무도 몰랐을 거 아냐…….

"잠깐 리아쨩에게 다녀올게……."

"어? 어?"

이제 한계야. 리아쨩, 리아쨩리아쨩리아쨩리아쨩리아쨩…….

"리아짜아아아아아아아아앙……! 으으으으으~……!!"

"히익?! 아, 뭐야! 언니라면 괜찮아요!"

정말 힘든 일이 생겨서 마음에 큰 대미지를 입었을 때, 작고 귀
여운 여자애를 들이마시면 어지간한 고민은 금방 해결된다…….
내 마음이 그러고 싶다고 외쳤으니까, 그 목소리를 따른 것뿐이
다.

기세만으로 실천에 옮겨 봤는데, 그렇구나……. 리아쨩의 온기
에 맞닿으니 좀 전에 느꼈던 후회 같은 건 얄팍하고 사소한 것처
럼 느껴지네. 음~……. 리아쨩, 따뜻하다……. 원래는 뼈였다는
생각도 안 들어…….

"무슨 일이세요? 언니……?"

"용언어를 배울 수 있는 사전이 말이야, 나와버렸어……."

"아…… 그렇군요…… 그래서 이렇게 큰 충격을……."

"으으으…………. 으으으~…………."

"으음~, 얼른 기운을 내실 수 있게끔 쓰다듬어드릴게요. 착하다, 착해……."

"아악."

"어? 잠깐만요? 언니?! 죽지 말아주세요!"

리아짱. 언니는 말이지, 그런 짓을 당하면 견딜 수가 없거든……?

"어머, 어머, 커다란 아이와 자그마한 엄마가 있네……."

"잠깐 자리를 비웠는데, 이건 무슨 상황인지……?"

"용언어 사전? 대화가 가능한 드래곤 이야기를 들어본 적이 없네요."

"이걸 학습하면 대화를 나눌 수 있게 되려나?"

대화를 나눌 수 있게 되는 것뿐만이 아니라 아마 용마술을 쓸 수 있게 될 것 같은데요.

"언니, 아마도 말인데요……. 제가 진화해서 손에 넣은 지금 힘이라면, 용마술도 쓸 수 있을 거예요."

"흐에……."

"그러니까 기운 내세요! 제가 열심히 해서 쓸 수 있게 될게요!"

"리아짱……. 응, 알았어……! 이제 괜찮아, 고마워!!"

"만약에 쓸 수 있게 되면 지하 훈련장에서 실험해보자."

"훈련장은 아무리 파괴해도 원래대로 돌아오고, 사실은 길드 하우스에서 따로 떨어져 있는 이공간인 것 같으니까요. 아무리 날뛰더라도 괜찮겠죠."

마술사 팀 언니들하고 리아쨩이 의욕을 엄청 보이네……. 리아
쨩은 포기하지 않고 용마술에 도전할 생각이구나. 알았어, 나도…
…, 응원할 테니까!

"그럼, 리아쨩, 힘내! 또 들이마시게 해줘!"

"시, 싫어요……!"

"어?"

"아, 아니에요! 저기……. 그런 건, 목욕을 한 뒤에 해주세
요……. 조금, 신경 쓰이니까……."

"네, 네……!"

다음에는 목욕하고 나온 리아쨩을 들이마셔야지……. 무조건
들이마셔야지. 자, 리아쨩을 들이마시고 정신을 차렸으니 3호실
로 돌아가야겠다. 페르쨩하고 레나쨩이 쓴웃음을 지으며 기다리
고 있네. 미안해, 이제 괜찮으니까…….

"린네 양, 저기 말이죠……? 실은 옷 감정도 같이 해버렸어
요……."

"미안해, 린네가 나가기 전에 해버렸어."

"아, 괘, 괜찮아……. 오히려 왠지 미안하네……."

"괜찮아, 그건 참을 수 없는 고통."

"그렇죠……. 곧바로 쓸 수 있게 될 거라고 예상하진 못했으니
까요."

"그런데, 감정한 옷은……?"

"아……. 옷, 말인데. 옷이 아니라고, 해야 하나……."

"이거, 거든요."

옷을 감정해버렸구나. 오히려 갑자기 자리를 뜬 내가 잘못한 거

니까 신경 안 써도 되는데. 그래서, 감정한 옷은……? 아니, 설마, 탁자 위에 놓여 있는 그건, 아니겠지……? 응? 거짓말이지? 거짓말이라고, 해줄래……?!

> **[★★광기의 날개]** (불명·미스틱·몸 2·빈 슬롯 없음 [●])
> ·[저주] [공포·랭크2] 상태가 되어 HP가 회복되지 않는다.
> ·[저주] [발광·랭크2] 상태가 되어 MP가 회복되지 않는다.
> ·[저주] 카드 추출 장치를 이용한 추출을 할 수가 없다.
> ·[저주] 장비 조건 : 카르마 수치 -444 이하.
> ·상태이상 효과를 강화한다.
> ·[세이렌 카드]
> 카드 스킬 [비상] 사용 가능.
> 비상시 검은 날개 이펙트가 발생한다.
> ─────미쳐라, 노래하라, 가라앉아라, 미쳐라미쳐라미쳐라, 공포에 질리고 절망 속에 빠져 죽어라. 절대로 용서하지 못한다.
> 강화 불가·해제 불가·중량 없음.

"아무리 봐도 쓰레기 장비. 저주 효과가 너무 심해."

"정말, 그, 그게 미스틱 장비구나. 그래도 랭크 2라면 괜찮겠네."

"린네 양이라면, 그렇겠네요……."

"어? 진짜로 장비할 셈이야……? 가지고 싶다면, 주겠지만……."

지독한 생김새와 너무 강한 부작용 때문에 원래는 눈이 뒤집어진 채 쓰러질 만큼 충격적인 장비가 나왔다. 장점이 상태이상 효과 강화뿐이고, 카드의 효과는 하늘을 날 수 있는 비상 스킬뿐. 그 장점이 있더라도 HP와 MP가 회복되지 않는다면 보통은 절대로 장비하지 않겠지.

하지만, 안타깝게도 나에게는 그 부작용이 통하지 않는단 말이지! 보스 속성은 랭크2까지의 상태 이상을 무효화할 수 있거든요~!!

"받아도 돼? 일단은 미스틱 장비인데?"

"필요 없어."

"절대로 필요 없답니다……."

"와아~! 고마워!!"

필요 없다면, 감사히 쓰도록 하겠습니다! 생김새는 뭐, 이걸 속옷이라고 인정하기에는 좀 곤란한 형태이긴 한데……. 한 마디로 말하자면, 그래……. 끈, 이려나. 그래도 어차피 아바타에 가릴 테니까, 딱히 문제는 없겠지!

"이걸 받고 기뻐할 사람은, 린네밖에 없을 거야."

"부작용 없이 상태이상 강화를 얻다니, 최고잖아요!"

"평범한 사람이 보기에는 아무래도 부작용이 너무 지독하답니다……."

"적어도 카드만이라도 빼낼 수 있게 해주지~……."

"카드의 추출이 불가능한 건 처음 봤네요……. 그건 그렇고, 말살 범고래에게서 세이렌 카드가 나오다니, 이유가 뭘까요?"

"…………말살 범고래의 뱃속에 들어 있어서?"

"돈짱도 아니고……."

"그럴 수도 있겠다는 생각이 한순간 들어버렸네요……."

"어? 그것 말고 다른 이유가 있어?"

"".............""

"침묵은 비겁한 것 같은데요!"

세이렌 카드, 정말 어디서 나온 건지……. 그래도 이제 카드가 안 나온 건 페르짱뿐인가~. 아쉽네, 아쉬워…….

"그러고 보니까, 한계치 해방은 했어?"

"맞아요! 아직 안 했답니다!"

"해버리자~. 발생한 퀘스트의 납품 버튼을 누르기만 하면 돼?"

"그렇죠! 그러면 될 거예요."

좋아, 감정과 아이템 분배도 끝났으니까……. 레벨 한계치를 해방시켜버리자! 퀘스트 항목을 보니 한계치 해방 이벤트가 떠 있네. 이제 퀘스트의 납품 버튼을 누르면 왕의 증표를 바치는 선택지가 뜨고 한계치를 해방시킬 수 있을 거야.

『경고! 위험한 조작입니다! 이 조작 이후로 정상적인 서포트를 받지 못하게 될 가능성이 있습니다!』

오, 떴다, 떴다! 경고 화면 연출! 이번에는 유저 인터페이스 전체에 노이즈하고 버그처럼 치직거리는 부분이 늘어나서 꽤 호러 같은 연출이네. 이런 거 정말 좋단 말이지.

"경고 화면이 떴네요……."

"연출, 멋지다~."

"이 연출, 오싹오싹하죠! 그럼, 하나~, 둘에 눌러버리자고요!"

"누, 눌러도 괜찮을까요? 정말로, 괜찮을까요?!"

"괜찮아, 괜찮아~, 어떻게든 될 거야~, 눌러버려~."

"자, 눌러버려, 눌러버려!"

"누, 누를게요~!!"

자~, 왕의 증표를 납품! 딸깍! 아————————?!

『알 수 없는 에러……, 간섭에 저항————————, 저, 하, 앙, 실——————, 네에~, 안내해드릴게요~♡』

왕의 증표를 투입하고 각성 스킬 취득 버튼을 눌렀더니……. 새까만 포탈이 발치에 나와서 알 수 없는 공간으로 빨려들어갔다……. 검붉은 안개가 한없이 펼쳐져 있어서 왠지 불길한 공간으로…….

『왔구나~♡』

"…………바빌론 니임~!!"

『네에~♡ 당신의 사랑스러운 바빌론이야~♡』

그리고 돌아보니, 바빌론 님!! 바빌론 님이 계셨어요!! 어쩌지, 레나짱 선배처럼 끌어안고 들이마실까?! 들이마셔서 버릴까?! 꺄악~, 나는 그런 짓 못해~!!

『그건 그렇고, 각성 영역에 도달하는 게 정말 빠른데~?』

"열심히 노력했어요!"

『음~~♡ 기운 넘치는 대답 좋네! 뭘 한건지 과거를 살짝 들여다보았는데. 꽤 강한 상대에게 도전했구나~? 꽤 하잖아~♡』

"감사합니다!!"

치, 칭찬받았어, 에헤, 흐헤헤헤헤헤헤…………. 들이마시지 않아도 행복해애……, 헤헤헤헤……. 아, 침이 흐르네……. 츄르릅…….

『자? 바로 각성 스킬 이야기를 해도 될까~?』

"네에!! 네……?"

『각성 영역에 도달했으니 각성 스킬을 사용할 수 있게 돼. 위기 상황에서 일발역전, 처음부터 유리한 상황을 만들어내거나, 동료를 강력하게 보조해주고, 적을 강력하게 방해하고……, 어떤 각성 스킬을 손에 넣을지는 린네가 선택하기에 달린 거지.』

"저에게, 달렸……, 다고요……?"

『그래~♡ 당신이 진심으로 원하는 힘이 각성하고, 그게 각성 스킬이 될 거야♡』

"그렇군요……. 진심으로, 원하는 힘……."

『각성 스킬은 특히 강력한 힘이야. 그만큼 사용한 이후에 반동이 크지. 반동은 사람마다 다르고, 각성 스킬이 강력하면 강력할수록 반동도 커질 거야.』

"저기, 구체적으로, 사령술사는 어떤, 각성이……."

『어떤 각성 스킬을 원하는지는 스스로 생각하렴~♡ 다른 자가 형태를 정해주는 각성 따위는 당신이 할 수 있는 최대한의 각성이 아니야. 스스로 정해야 한다고!』

"네, 네!!"

진심으로 원하는 힘이 각성 스킬이 되다니, 갑자기 그런 말을 해도 전혀 감이 오지 않는다.

아마 돌이킬 수 없는 요소일 테니까 차분히 생각해서 각성 스킬을 습득해야지……. 어, 어라? 바빌론 님? 왜 갑자기 준비 운동 같은 걸 하고 계신 건가요?

『그럼, 육체의 한계……, 돌파해 보자♡ 파괴와 창조의 시간이야~♡』

"어, 잠깐만요, 설마……?!"

잠깐만 기다려 주세요, 설마, 그 파이팅 포즈는……?!

『에잇♡』

『아프겠네~♡ 나·야·나♡ (Lv. ????)로부터 계측이 불가능한 대미지를 입었는데~? 맛이 간 여자가 죽어버렸어~♡ 아~아♡』

『나·야·나♡ (Lv. ????)가 [알 수 없는 스킬(안 가르쳐 줄거야~♡)]을 발동, 육체의 한계를 돌파시키고 부활시켰어♡ NP가 10까지 상승했고~♡ NP의 회복 속도가 30초에 1씩 회복하게 되었어! 시체 안치소도 10에서 15까지 확장되었네!』

『나·야·나♡ (Lv. ????)가 [그레이터 텔레포테이션]을 발동, 맛이 간 여자를 원래 있던 곳으로 돌려보낼 거야. 바이바이~♡』

───────이런, 이 시스템 메시지, 엄청 귀여운데요……. 과금해서 이걸로 바꿀 수는 없나……? 각성 스킬, 이 시스템 메시지로 변경하는 스킬이어도 괜찮을 것 같은데. 안 되려나? 아무런 반응도 없는 걸 보니 안 되는 것 같네.

『마계 모험자 지원 시스템 셋업 중───────, 완료되었습니다.』

아, 돌아왔다. 좀 전에 있던 3호실로!

"돌아왔군요!"

"페르짱! 페르짱도 바빌론 님을 만났어?"

"아뇨, 저는 바빌론 님의 여동생분을 만났답니다!"

"나는 언니를 만났어. 끌어안겨서, 쓰다듬어줬고, 사이좋게 지내게 되었어."

그게 뭐야, 둘 다 나보다 먼저 언니와 여동생을?! 아니, 자매가 계셨어?! 잠깐만, 잠깐만, 부러운데요?!

"내용 좀 자세히."

"안 가르쳐, 주지~⋯⋯후훗♡"

"끄으으으으, 끼이이익⋯⋯."

"린네 양은요?"

"나는 말이지, 바빌론 님에게 행복 펀치를 맞고 파괴와 창조를 해주셨어⋯⋯."

"꽤 과격하군요⋯⋯."

내가 가장 나중에 돌아온 것 같네. 페르짱하고 레나짱도 무사히 완료했구나. 바빌론 님께 언니와 여동생이 있었다니, 얼른 만나뵙고 인사를 드리고 싶어!! 뭐라고 인사하지? 바빌론 님을 숭배하는 충실한 종입니다, 이렇게 말하면 되려나?

"각성 스킬, 사실 엄청 가지고 싶은 게 있었거든. 각성 가능이라고 뜨길래, 바로 받았어."

"벌써 각성 스킬을 획득하셨나요?!"

"응, 일정 시간 동안 MP와 탄약이 무한이 되는 각성 스킬. 슈팅 레퀴엠."

"저도 가지고 싶네요!"

"페르짱? 얼른 가지고 싶은 것보다는 정말로 가지고 싶은 게 더 중요한데?"

"그렇, 죠⋯⋯! 잘 생각해야 하니까요⋯⋯."

레나짱은 벌써 각성 스킬을 획득했구나⋯⋯. 일정 시간 동안 마음대로 쏠 수 있는 스킬이라~. 쿨타임 단축 효과와 합치면 일부 스킬은 쿨타임이 0인 상태로 쏠 수 있을 테니까, 그걸 연사할 수 있다는 건가? 엄청나게 강력하긴 하겠네. 이게 바빌론 님께서 말쓸하셨던 유리한 상황을 만들어내는 각성 스킬인가?

"아. 0시가 되었어. 난 자잘한 아이템 분배는 포기할래. 잘 시간이야."

『07XB785Y가 로그아웃하였습니다.』

"역시 신데렐라라는 별명은 겉치레가 아니군요…….."

"그러고 보니까, 어제도 0시가 되었다고 하면서 로그아웃했지……."

"그래서 길드 멤버들은 신데렐라라고 부른답니다."

"그렇구나……? 신데렐라는 0시 종이 울리면 돌아가야만 하니까."

"아, 시간이라고 하니까! 그러고 보니 내일 집합 시간을 정하질 않았네요!"

"핫게 씨, 친척……, 이지? 아직 있는 것 같은데, 물어볼까……?"

"아, 그랬죠, 참. 전언을 부탁하면 전해줄지도 몰라요!"

"미안하긴 하지만, 부탁해보자! 나는 몇 시든 상관없어!"

음, 집합 시간을 정하는 걸 깜빡 잊고……, 흐아아암~…………. 아~……. 왠지 이런저런 일들이 많아서 졸리네~. 그래도 내일은 토요일이라 쉬니까, 좀 늦게 자도 괜찮을 것 같다.

아, 맞다! 리아짱이 길드의 마술사 팀 언니들하고 어떤 연구를 하고 있는지 보러 갈까? 나도 일단은 마술사니까, 공부를 해두는 게 좋을 것 같거든.

"내일 오전 8시로 부탁드렸답니다! 아직 아슬아슬하게 깨어 있었다고 하네요!"

"아, 핫게 씨에게 부탁하길 잘했네! 페르짱은 이제 잘 거야?"

"음~, 그러게요. 오늘은 이만 잘까요? 린네 양은요?"

"리아쨩이 마술 연구를 하고 있으니까, 그걸 보러 가려고."

"열심히 공부하시는군요~……! 그럼, 저는 먼저 실례할게요!"

"응, 내일 봐~."

『페르세우스가 로그아웃하였습니다.』

페르쨩은 자려는 것 같네. 일단 남아 있는 자잘한 아이템은 길드의 공유 창고에 넣고, 레전더리 장비는 각각 쓸 수 있을 것 같은 사람이 있으면 주고, 내가 일단 가지고 있기로 했다. 아, 로비에 핫게 씨가 있네.

"오? 끝났어? 린네는 아직 안 자나?"

"저기, 네……. 조, 좀 더, 하고, 잘까, 해서요……."

"그렇군, 적당히 하라고! 졸리면 얼른 자고."

"네~……. 가, 감사, 합니다……."

아, 핫게 씨……. 역시 레나쨩의 친척이라니, 믿기지 않아. 정말로 믿기지 않아. 사실은 거짓말이라고 해줬으면 좋겠어…….

그건 그렇고, 바다의 동굴의 위험징어와는 달리 얹기가 좀 위험징어는 귀엽구나……. 지하 훈련장에 갈 거라서 바이바이라며 손을 흔들었더니 마주 흔들어줬다. 특정 행동에 반응을 보여주는 아바타인가? 귀엽네~…….

"―――――모조리 태워 없애는 불꽃이여(라·소담), 드래곤 브레스(도라·아에리리야)…… 안 되네."

"어째서 잘 기동되지 않는 걸까요……."

"MP만 모조리 가져가버린단 말이지~."

"순서는 분명히 이게 맞을 거야. 하지만 발동되지 않는 느낌이거든."

"말하자면 엔진은 시동되었는데 기어가 들어가지 않아서 액셀을 밟아도 나가지 않는 것 같은 상태네요."

"그렇구나……."

아, 하고 있네, 하고 있어. 리아짱하고 마술사 언니들이 열심히 용언어를 사용해서 마술을 쓰려 하고 있는 것 같아.

보아하니 용언어를 이용한 마술의 기동 워드를 발견하긴 했지만, 정작 발동시키면 MP만 소비되고 실패로 끝나버리는 모양이네. 그렇구나, 엔진은 돌아가지만 기어가 안 들어가서 안 나간다고…….

"잘못된 방식으로 생각하고 있는 걸까요……?"

"용이 다루는 마술은 인간이 발동시킬 수 없는 걸까?"

"아뇨, 기동은 되는 걸 보니 발동도 될 거야."

"음~……."

용이 다루는 마술이라~. 로망이 있네~. 사람이 쓰는 마술과는 뭐가 다를까? 애초에 왜 용마술이라고 분류되는 거지? 화속성 마술이라면 그냥 화속성 마술에 넣어도 되는 거 아니야? 내가 게임을 만드는 입장이었다면 귀찮으니까 화속성 마술 리스트에 같이 넣어버렸을 텐데. 용속성을 지니고 있어야만 발동시킬 수 있는 건가? 하지만 그렇다면 기동 워드조차 반응을 보이지 않을 거란 말이지.

"용언어라는 게 강한 말이라는 인식이 잘못된 걸까요?"

"글쎄, 기동 워드 자체는 맞는 것 같으니까……."

"저기, 아까 했던 말은 인간의 언어로는……, 무슨 뜻인가요?"

"모조리 태워 없애는 불꽃이여, 드래곤 브레스라고 한 거야~."

"어머, 린네 양. 같이 공부하실래요?"

"아, 앗……, 저기…….."

"자, 가까이 오셔요. 같이 이야기를 나누죠."

"자, 오세요. 빈 자리가 있어요."

"시, 실례합니다……!"

죄송합니다, 죄송합니다……, 감사합니다.

저기, 지금 발동시키려 하고 있는 건……, 드래곤 브레스? 기동 워드는 모조리 태워 없애는 불꽃이여, 구나~. 이렇게 말하긴 좀 그렇지만, 왠지 드래곤 브레스의 발동치고는 초라하다고 해야 하나……. 박력이 부족한 것 같은 느낌이 들어!

아, 안 돼, 안 돼! 생각한 걸 바로 말하지는 말자. 이렇게 유치한 말을 사람들 앞에서 하면 바보라고 생각할 거야. 그, 그래도…….. 리아짱에게만 몰래 말해버릴까? 미안해, 리아짱, 지금부터 이상한 말을 할 거야.

"리아짱, 리아짱."

"드, 들이마시지 않을 거죠……?"

"안 들이마셔!"

"그럼, 저기, 네."

정말! 사람을 뭘로 보는 거야, 리아짱! 아니, 응, 아까 그건 좀 변태 같긴 했지만……. 그건 사과하겠지만! 내 이야기를 좀 들어 줬으면 좋겠어!!

"저기 말이야, 기동 워드……. 너무 초라하지 않아……?"

"네?"

"저, 저기 말이지? 드래곤은 '모조리 태워 없애는 불꽃이여~'라는 말을 안 할 것 같거든. 좀 더 그, 거만하다고 해야 하나, 폭력적인 단어로 말할 것 같지 않아? 다른 종족을 배려해줄 만한 종족이 아닐 것 같거든. 내 멋대로 생각한 이미지이지만 말이지?"

"…………."

저기……. 미안하다니까, 리아짱……? 입을 다물지 말아줘. 침묵이 제일 괴로우니까! 부탁이야, 바보를 보는 듯한 눈으로 보지는 말아줄래? 그러지 말아줄래? 적어도 빙 둘러서, 말을 조심스럽게 골라가며 언니를 매도해줄래? 그렇게 해줄 거지?

"그, 그 왜. 내 마술도 그렇잖아? 뚫어라, 라든가. 가라앉아라, 라든가, 살아있는 시체가 되어라, 라든가, 가로막아라 같은 거잖아? 리아짱의 주문도 부서져 터져라, 잖아? 좀 더 그, 임마! 일해! 발동하라고! 같은 느낌이 아닐까 해서……."

"…………."

리아짱, 부탁해요. 뭐라고 말 좀 해주세요…….

"…………불타 죽어라(구이·조다스)!! 절멸하라(아니에라)!!! 앗!!"

『오렐리아가 [절멸소이탄(어나이얼레이션 네이팜)]의 발동을 취소하였습니다.』

"앗?!"

"위, 위험했네요……!"

어, 방금 뭐야, 무서워어어어어…………?! 리아짱의 손 근처에 인공 태양이 생겨난 줄 알았네, 바로 사라졌지만! 아니, 아니, 너무 무섭잖아……!! 절멸소이탄이라고 뜨던데, 이런 게 발동되면 분명히 위험할 거라고!!

"그래도! 발동, 되었어요!!"

"어, 성공……한 거, 맞아?"

"네!! 언니 말이 맞았어요, 그렇군요! 드래곤이 거만한 게 당연하겠죠! 드래곤이 마술에게 부탁할 리가 없으니까요!"

미안해, 리아짱, 나는 방금 영창한 워드가 무슨 뜻인지 모르거든. 그러니까, 무슨 말을 한 건지 우선 나도 알 수 있게끔 설명해주면 안 될까……? 아, 설명을 안 해줄 것 같네. 언니들 쪽을 돌아보았어.

"제 말 좀 들어주세요! 언니에게 받은 조언을 통해 발동에 성공했어요!"

"어머, 뭔데……? 방금 반짝 빛난 게 역시 성공한 거구나?"

"갑작스럽네. 자세히 말해줬으면 좋겠어."

"린네 양의 새로운 시점으로 길이 트였구나. 기쁜 일이야."

"네, 그럼 방금 사용한 기동 워드와 발동에 이르기까지의 원리를—————."

보아하니 본격적인 스터디 모임이 개최되는 흐름이네요? 언니들을 잘 따라갈 수 있을까~? 괜찮으려나~……? 음, 리아짱의 머리카락에서 햇님 향기가 나네. 열심히 뭔가 말하고 있어서 귀엽네~…….

"그러니까 이렇게, 기동 워드를 명령조로 바꿈으로써…………."

"절멸소이탄, 멋지네…………."

왠지 사람들 목소리가 작아지는 것 같은데……?

"—————…………??"

"어머, 어머————."

흐아암……. 흐아아아암~…………. 리아짱의 목소리, 아홉 살인 것 같지 않을 정도로 어른스럽고 부드러운 목소리라 좋아……. 매끈한 금발도 좋고……. 빨간 눈도 예뻐서 좋아……. 피부 하얗네……. 게다가 말랑말랑하고, 탱글탱글해서 좋아……. 음~…………. 돈타의 복슬복슬도 포기하기 힘들지만…….

"이건 이제……."

"네, 그렇죠……."

"깨우지 않게끔, 로비로……."

흐아, 아아아……? 응? 몸이 가볍네……? 둥실둥실~…………?

[잠에 빠짐]

게임에 로그인해 있던 도중에 강한 잠기운을 이기지 못하고 로그아웃하지 않은 채 잠들어 버리는 행위를 일컫는 말. 멜티스 온라인의 운영 회사에서는 '로그아웃을 하고 현실 세계에서 제대로 수면을 취할 것'이라고 하며 권장하지 않는 행위 중 하나.

의도치않게 일어나버리기 때문에 딱히 페널티는 없지만, 현실 공간과 가상 공간을 구별하지 못하게 되거나 딥 다이버 증후군을 일으킬 가능성이 있기에 오랫동안 이 상태가 이어질 경우에는 강제 로그아웃 처리를 할 경우도 있다.

아으……? 흐에, 흐아아암~……!! 응, 잘 잤다! 어라, 어라, 나 말고도 잠에 빠진 플레이어가 있네~. 처음 본 것 같은데?

"여어. 일어났나."

"좋은 아침~……."

"새벽 2시거든? 좋은 아침~은 무슨."

"핫게야말로 언제까지 깨어 있을 거야?"

"그야, 졸릴 때까지지."

"그럼 슬슬 자겠네~."

"슬슬 잘 거다."

음~. 역시 다이브 중에 자는 건 기분이 좋아. 잘 때부터 깨어날 때까지 한순간이라, 이 상쾌한 느낌이 좋단 말이지. 뭐, 비추천 행위이긴 하지만.

핫게는 확실하게 로그아웃하고 나서 잔단 말이지. 어차피 2시에 자도 금방 일어나는 쇼트 슬리퍼니까 계속 로그인해 있어도 될 텐데. 일도 낮에 잠깐 하고, 그 이후로는 계속 멜티스에 로그인해 있으니까.

그건 그렇고, 정말 무슨 일을 하는 걸까. 어째서 이렇게 마초인지도 알 수가 없고. 그래도 뭐, 좋은 사람이지. 믿음직스럽기도 하고.

"그건 그렇고, 정말 잘 자네~."

"리아짱이 커다란 어린애 같네요라면서 쓴웃음을 짓던데."

"여러모로 크긴 하지."

"대형 신인이야. 랭킹 봤어?"

"어? 아, 안 봤는데……. 우와, 레벨 랭킹 1위잖아."

"게시판에서는 단숨에 레벨을 너무 많이 올렸다고 난리가 났더라."

"어떻게 한 거지? 레나짱도 레벨이 75가 되었는데."

"바다의 동굴에서 강한 적이라면……."

"대왕 위험징어……? 혹시, 보스를 사냥해서 레벨을 올린 건가 ……?"

"그럴지도 모르겠군……."

린네가 멋진 표정으로 자고 있네……. 처음에는 어두운 느낌인 애여서 '적응할 수 있을까~'하고 걱정했는데, 페르세우스가 데리고 왔으니까 괜찮을 것 같긴 했지만, 예상대로 괜찮긴 했네. 너무 괜찮을 정도야. 시작한 지 며칠만에 레벨 랭킹 1위는 뭔데? 나, 이 애가 좀 무섭다고.

"어라? 핫게에게도 환생 힌트 가르쳐줬는데, 환생 안 했구나?"

"환생해도 할 일은 마찬가지니까. 애초에 멜티스는 왠지 수상쩍어. 애초에 믿지도 않으니까, 중립이라도 상관없겠지?"

"그렇긴 하지~. 모처럼 열심히 요리 스킬을 익혔는데 아까우니까."

"레벨 자체는 말이야, 말살 범고래의 지느러미쯤 같은 걸 만들면 경험치를 엄청 얻을 수 있으니까 눈 깜짝할 새에 다시 올릴 수 있겠지. 아니, 낮잠도 범고래 장갑 인형을 가지고 있는 거야? 이 범고래는 어디서 나온 건데?"

"무슨~, 바다의 동굴 던전에서 특정한 행동을 하면 그 페널티로 나오는 모양이던데~? 엄청나게 강하고, 공략법을 알아야 쓰러뜨릴 수 있는 게 문제라더라고."

"흐음~……. 아니, 그러면 이 범고래를 마구 잡아서 레벨을 올린 거겠지."

"아, 그렇구나! 그렇겠네~……. 다음에 공략법을 물어볼까?"

"아무런 정보도 없이 싸워보는 것도 괜찮을지 모르겠지만, 하루에 입장할 수 있는 횟수에 제한이 있으니 낭비하고 싶진 않아. 부끄러움을 무릅쓰고 물어보는 게 나을지도 모르겠군."

"그러게. 아무런 정보도 없이 싸우고 싶은 마음도 있긴 하지만, 따라잡고 싶은 감정이 더 강하니까."

린네 일행을 따라잡고 싶네~……. 그건 그렇고, 린네는 정말 알 수 없는 존재야. 엄청나게 강한 울프도 데리고 있고, 귀여운 꼬마 마녀를 시종으로 두고 있고, 무기를 만들 수도 있는 것 같고? 그것도 마술 계열인데, 자기가 전혀 나서지 않아도 쓰러뜨릴 수 있을 만큼 강하다고…….

혹시, 혹시나 말인데. 린네는 멜티스 온라인의 게임 마스터 아닐까? 아니, 아니, 게임 마스터는 머리 위에 큼직하게 [GM]이라는 마크가 뜨고, 플레이어와는 파티를 짤 수 없게끔 되어 있다는 정보도 있으니까 그건 아니려나? 그렇다면 대체 정체가 뭘까…….

"…………히레카츠으."

"히레카츠……?!"

"뭐야, 잠꼬대인가? 히레카츠 말이지, 내일 만들어줄까……."

아니, 아니, 그 잠꼬대는 아니지, 린네……. 히레카츠으가 뭔데……. 아니, 잠깐만, 나도 혹시 이상한 잠꼬대를 했을지도 몰라……! 어, 좀 창피한데. 다음부터는 다른 사람들 앞에서 자지 말까? 애초에 로그인 중에 잠을 자지 말라고 하니까.

"그러고 보니까, 길드 멤버들에게서 요리 비용은 역시 안 받을 거야?"

"받을 리가 없잖아. 받으면 아무도 식재 보관고에 먹을 것을 넣지 않게 될 거라고."

"그렇긴 하겠네. 기브 앤 테이크로 이루어지고 있는 거니까."

"그래. 우선 오늘은 400끼 정도 만들었다."

어? 그렇게 많이 만들었으면 남지 않았을까?

"남은 건 어쨌냐는 듯한 표정이군. 사실 이 도시의 주민들에게 나누어줬어. 부흥하려면 아직 시간이 오래 걸릴 테고, 멜티스 교회 녀석들은 여전히 무료 급식 같은 걸 한 번도 안 하고 있으니까. 이단 사냥은 열심히 하는 주제에, 역시 아무래도 수상쩍은 녀석들이야."

"그렇긴 하지, 멜티스 교회 녀석들은 아무래도 수상하지⋯⋯."

역시 핫게도 멜티스 교회 녀석들이 수상하다고 생각하는구나. 고위 신관은 사치를 부리는 게 몸에 드러나 있고, 이단심문관도 '우리도 이런 짓은 별로 하고 싶지 않다'면서 꽤 호전적인 느낌이고, 게다가 교회 뒤쪽은 보이지 않게끔 둘러싸고 아무도 들어가지 못하게 엄중히 지키고 있으니 말이야.

애초에 해적이 이 도시를 점거했을 때부터 이상했단 말이지. 해적에게 협박당해서, 인질을 잡혀서 아무것도 못했다고는 하는데, 그런 것치고는 금품은 무사했고, 식사도 만족스럽게 한 모양이니까⋯⋯. 생각하면 할수록 수상해.

"⸺⸺⸺네, 네에~. 이제야 레벨 35가 된 에리스가 등장했어요~."

"오, 왔나. 린네라면 잠들어버렸어, 봐."

"어라, 어라, 멋진 표정으로 자고 있네~."

어라~? 에리스가 왔네. 어라? 레벨이 35인 걸 보니 에리스도 환생했나?

"좋은 아침~, 에리스. 환생했구나."

"맞아, 맞아. 핫게 씨에게 힌트를 받고 감이 딱 와서, 천사를 퍼억~!"

"직업은~? 나는 디스트로이어, 싸움을 잘하는 격투가~."

"에리스는 새도우, 입니다~."

"오~……? 암살자 같은 느낌인데~."

"암살자와 무희의 복합, 이려나? 꽤 어렵거든~. 아, 포션을 보충할 겸 쉬러 온 것뿐이니까, 다시 레벨링하러 다녀올게요~."

"나도 같이 가고 싶어~!"

"오~, 오~, 같이 놀자~! 항상 가던 곳이거든~?"

"응, 거기라도 상관없어~."

"너희들, 사이가 좋구나. 뭐, 조심히 가라고."

"네, 네에~."

에리스는 항상 가던 밤바다에서 다시 레벨링을 하려는 모양이네~. 사람이 별로 없는 채널로 이동해서 파이러츠 좀비가 나타나는 야간 로레이 해안에서 사냥을 하는 거지. 이 파이러츠 좀비는 최대 레벨이 49라서 높은 편이고, 경험치도 많이 준다. 하지만 이 정보는 게시판에 이미 올라 있으니 일반 플레이어들 사이에서도 인기가 많은 레벨링 스폿이거든.

"아무도 안 남는 거면 린네에게 전언을 남겨두는 게 나을까?"

"응? 뭐 전할 말이라도 있어?"

"리아짱이 길드 하우스에서 흡수한 여관에서 자고 있거든."

"아, 그건 메모를 남겨두어야겠네! 핫게, 굿잡~!"

"핫게 씨, 굿잡~."

핫게 말대로 사냥하러 가기 전에 린네에게 전언을 남겨둬야겠다. 리아쨩이 어디 있는지 몰라서 여기저기 찾으러 다니면 큰일이니까.

"그럼! 나는 나간다……, 아! 에리스, 리아쨩이 잘 때 덮치지 마라."

"아무리 그래도 그런 짓은 안 해! 안 한다고!"

"핫게, 고생했어~, 또 봐~. 만약에 그럴 것 같으면 내가 말릴 테니까."

『핫게가 로그아웃하였습니다.』

에리스의 로리콤은 중증이니까……. 여자애들끼리라서 아슬아슬하게 세이프일 뿐이지, 만약에 에리스가 남자였다면 곧바로 체포당할 만한 짓도 꽤 하곤 하니…….

"…………."

"어? 그 눈초리는 뭐야? 안 할 거거든? 너무해, 너무까지!"

"그 호칭은 안 돼~. 금지라고 했잖아~?"

"아, 미, 미안해? 그래도 정말, 그런 짓은 안 할 거라고……!"

에리스는 이미 그런 말을 들을 만한 짓을 했잖아! 정말, 뭐, 그래도 에리스의 그런 모습도 좋긴 하거든. 그래서 혼내기도 힘들단 말이지~.

[낮잠 정말 좋아]

본명 [코하루 네무리], 24세, 여성. SNS나 동영상 스트리밍 사이트 Lunatube에서는 [잠고양이]라는 이름으로 활동하는 유명 스트리머.

에리스 마가렛은 소꿉친구……, 아니, 친구보다 더 나아간 관계다.

멜티스 온라인을 플레이하기 전에는 다른 온라인 게임에서도 톱 길드의 마스터였으며, 대인전 공식 대회에서 몇 번이나 챔피언을 획득했을 정도로 PvP 실력이 뛰어나다.

『좋은 아침이야~, 잠꾸러기♡ 사랑스러운 바빌론이 주는 선·물·이·야♡』

『바빌론이 주는! 데일리 로그인 보너스 3일차 [저주받은 십자가]』

응, 어……? 바빌론의 '좋은 아침이야~♡'로 깨어나는 아침, 완전 최고 아니야……? 어라? 왜 바빌론의 목소리가 현실에서도 들리게 된 거지……? 어라! 나, 혹시 게임 안에서 자버렸어?!

『멍! (좋은 아침이야!)』

"아, 돈타다……. 좋은 아침……?"

돈타도 있는 걸 보니 틀림없네. 이게 이른바 잠에 빠짐 현상인가……! 그런데 언제 잠에 빠진 거지? 전혀 기억이 안 나. 마지막은, 그러니까, 지하 훈련장? 리아짱 일행의 이야기를 듣다가 졸렸고, 그곳에서 잠들어버린 건가?

음, 아무도 없어? 오전 6시니까, 아무도 없겠지……. 낮잠 씨하고 핫게 씨는 항상 있는 이미지였는데. 리아짱도 파티 정보를 보니 상태가 '수면 중'으로 되어 있네. 자고 있는 걸 깨우는 건 좀 그러니까 내버려 두자. 돈타도 리아짱이 깨지 않게끔 큰 소리를 내지 말아야 한다?

"아직 6시인가……. 뭘 하지?"

『아우? (질척질척, 안 해?)』

"질척질척? 아~……? 아! 애니메이트 페티슈 말이지. 할까."

『멍! (그거, 그거!)』

한순간, 질척질척이 뭔가 했는데 애니메이트 페티슈 말이었구나! 그럼 바로 항상 쓰던 3호실을 빌려서 해버릴까. 이 방을 쓰는 것도 왠지 익숙해졌네. 여전히 살풍경하다니까~. 뭔가 걸리적거리지 않을 정도로 가구 같은 걸 설치하는 게 나을지도 모르겠는데…….

"저기, 우선 이어링을 만들고 싶네~."

『아우~! (잘 되면 좋겠다!)』

자, 본론이다. 저번에는 살육 범고래를 이용한 애니메이트 페티슈를 멋지게 실패해버렸는데. 시체 안치소 열다섯 칸 중에서 처음 두 칸은 돈타하고 리아짱이 항상 차지하고, 그 이후에 살육 범고래를 다섯 칸이나 채웠고, 세 칸은 말살 범고래가 들어있지. 나머지 다섯 칸은 늘어난 지 얼마 안 되어서 비어 있고. 다시 말해 기회는 모두 합쳐 여덟 번이라는 뜻이구나. 이렇게 많으니 꽤 많이 성공하겠지!

"그럼, 해볼까."

『멍! (기대된다!)』

우선 진주 이어링하고 살육 범고래 조합부터 시험해 봐야지. 진주 이어링은 장비를 하든 안 하든 별 차이가 없을 정도로 성능이 약한 이어링인데, 이게 얼마나 강해질지 기대되네. 그럼, 해보자!

"이번에는 성공하라고, 바쳐라!"

『진주 이어링이 저주받았습니다!』

『진주 이어링이 저주를 버티지 못합니다!』

『진주 이어링이 소멸하였습니다.』

"아……."

『끄으응~…….』

아니, 이거, 진짜로 성공하긴 하는 건가……. 어라, 뭔가 갑자기 메시지가 온 것 같은데? 누가 보낸 거지? 열어보자……, 아앗!!

『맛이 간 여자~? 불쌍하니까 조금만~ 가르쳐줄게? 자신보다 강한 상대를 주물화할 경우에는 실패할 가능성이 있으니까, 소재를 잃고 싶지 않을 경우에는 [작성 보호 티켓]을 사용하렴♡ 희귀한 보물상자에서 나오거나, 이계의 화폐를 이용한 뽑기로 입수할 수 있는 고가의 아이템이니 신중하게 사용하고♡』

메시지를 보존. 보존, 보존, 보존! 좋아, 완벽해……. 바빌론 님에게 받은 메시지라니, 무조건 보존해야겠지? 누구든 그렇게 할 거야, 나도 그렇게 할 거고. 메시지에서 좋은 향기가 나는 것 같아. 쪽, 쪽.

그건 그렇고, 자신보다 강한 상대에게 사용할 경우에는 실패할 가능성이 있는 거구나. 내가 아직 범고래보다 약하다는 건가……. 음~, 작성 보호 티켓을 공식 경매장 기능으로 살지 고민되는데, 가격이 꽤 무시무시한 것 같고……. 어차피 가면 또 손에 넣을 수 있으니까, 성공하기를 기원하면서 만들면 되겠지!

"좋아, 이럴 때는 신에게 기도해야지. 기도, 기도……! 아, 맞다. 모처럼 이렇게 되었으니 테이블을 제단처럼 앞에 놓고, 살육 범고래의 시체를 공물로 올려놓고……. 마신 바빌론 님의 힘을, 부디 빌려주세요……!"

후후, 마치 바빌론 님을 믿는 독실한 신자 같네, 나도 참.

『살육 범고래를 마신에게 바쳤습니다. 패시브 스킬 [마신 숭배]를 획득하였습니다. 카르마 수치의 최소치가 100 감소하고, 카르마 수치가 추가로 100 감소하였습니다.』

"어…………. 이거, 나중에 페르짱 같은 사람들에게 가르쳐 줘야지."

말도 안 돼……. 기도를 했더니 살육 범고래가 사라졌고, 그 대신 마신 숭배라는 스킬을 얻었는데~……?! 카르마 수치가 떨어지더라도 딱히 멜티스가 나를 어떻게 생각하든 상관이 없으니까, 오히려 지금까지 한계였던 최소치가 500을 넘어 600이 되어서 앞으로 카르마 수치 마이너스 550 이하를 요구하는 장비 같은 게 나오면 쓸 수 있게 된 거잖아! 지금부터는 오히려 카르마 수치를 얼마나 많이 떨어뜨릴 수 있을지 찾아보는 게 더 좋을지도 모르겠어. 우선 기도는 바빌론 님께 닿았으니까, 이제 내 신앙심이 충분한지 여부에 달렸겠지!!

"좋아, 바쳐라!!"

『진주 이어링이 저주받았습니다!』

『진주 이어링이 변질되었습니다!』

『흑진주 이어링이 변질되었습니다!』

『★다크니스 펄이 주물화하였습니다!』

『★다크니스 펄이 완성되었습니다! 축하드립니다!』

"오오오오~! 완성되었어~!! 효과, 효과는?!"

[★다크니스 펄] (최상급·레전더리·액세서리 기타·빈 슬롯 1

[○])

·[저주] HP -5%

·참속성 공격 강화 +1.1배

·돌속성 공격 강화 +1.1배

·빈 슬롯

강화 불가·중량 0.01kg

호오, 호오, 단순하지만 알아보기 쉽게 강력한 장비네. 부작용도 그렇게까지 심하지 않고……. 게다가 카드 슬롯이 있으니 확장성이 생겨서 좋아! 페르짱에게 딱 좋을 것 같은데, 써주려나?

『아우! (만들었구나!)』

"응, 응, 만들었어~! 이런 느낌으로 나머지도 잘 되면 좋겠는데……."

『아우아우? (다음에는 어떤 걸 만들 거야?)』

"그러게……. 큰맘먹고 말살 범고래를 써보자!"

『멍!!』

좋아, 이 흐름을 타고 다음에는 말살 범고래를 써보자!

"바쳐라!!"

『진주 이어링이 저주받았습니다!』

『진주 이어링이 변질되었습니다!』

『진홍의 이어링이 변질되었습니다!』

『크림슨 펄이 주물화하였습니다!』

『★크림슨 펄이 완성되었습니다! 축하드립니다!』

"오오오오오~, 됐다~!"

『아우아우아우~! (완벽해~!)』

떴다, 떴어, 이번에는 어떤……, 어라? 너무 완벽해서 저주의 진흙이 퍼져나가는 것 같은데……? 이건, 대체……?

『원 모어! 장비를 추가하여 추가로 주물을 작성할 수 있습니다!』

이, 이건! 장비를 하나 더 넣으면 확정으로 주물화가 가능하다는, 뜻이야?!

"어, 어?! 어쩌지, 어떻게 할까? 돈타?!"

『멍! (뭐든 좋으니까 넣어버리자!)』

"그러니까, 그러니까?! 그럼, 빗자루로 하자!!"

창고에 넣는 걸 깜빡 잊어서 인벤토리 위쪽에 있던 이 빗자루로, 부탁드립니다!

『위치 블룸이 급속도로 주물화하기 시작하였습니다!』

『★위치 블룸·홍련의 바다·오블리로드가 완성되었습니다!』

"오오오오오~!! 이름이 길어, 그것만 봐도 강할 것 같네!!"

『아우아우!! (빨간 빗자루다~!!)』

리아짱의 새로운 무기가 생겨 버렸어……! 빗자루 컨트롤은 크기도 마음대로 바꿀 수 있어서 상성이 불리할 때는 예비 빗자루로 교환해서 싸울 수도 있다고 했지. 장비 효과는 하나만 발동되지만, 상황에 따라 나누어서 쓸 수 있으니 많이 있어도 곤란하지 않아서 좋은 선택이었구나! 우선 두 장비의 성능을 볼까!

[★크림슨 펄] (극상·레전더리·액세서리 기타·빈 슬롯 1 [○])
·[저주] HP 감소시 드물게 [출혈·랭크2]가 추가로 발생한다.
·모든 상태이상 고정 성공 확률 + 20%.

·빈 슬롯.

강화 불가·해제 불가·중량 0.01kg.

[★위치 블룸·홍련의 바다·오블리로드] (극상·레전더리·빗자루·빈 슬롯 2 [●○○])

·[저주] 수마술 발동 불가.

·[저주] 물리 공격으로 10 이상의 대미지를 입히면 자신이 [위독한 출혈] 상태가 된다.

·[저주] 물리 공격으로 100 이상의 대미지를 입히면 자신이 [즉사] 한다.

·[저주] 절대로 카드를 추출할 수 없다.

·화속성 위력 강화 (+1.5배 +0.0배).

·[말살 범고래 카드] MP 회복속도 +150%.

·빈 슬롯.

·빈 슬롯.

──────누가, 바다를 푸른색이라고 정했는데? 붉은색이어도 괜찮잖아.

강화 가능·중량 0.9kg.

크림슨 펄, 이건 내가 껴야겠네. 나에게는 랭크 2까지 상태이상 이 통하지 않으니까! 이거, 장점만 있잖아! 반지의 카드 효과, 보 스 속성이 너무 강해……!

그리고, 이 빗자루는 뭐야? 실수로 물리 공격 같은 걸 했다가는 즉사하잖아……. 그래도 리아짱은 상대방에게 물리 대미지 감소

능력이 없으면 최소 대미지인 1밖에 못 입히니까 상관없겠지! 그러니 써도 괜찮아!!

게다가 주물화할 때도 보스 카드가 들어있을 수도 있구나!! 아니, 그래도 저주로 인해 절대 뺄낼 수 없다고 적혀 있는 걸 보니 혹시 장비의 고유 카드인가? 그건 그렇고, 강하네! MP의 회복속도가 2.5배가 되다니, 리아쨩이 마술을 마구 날려대겠네! 나중에 안전 범위까지 강화해 두어야지.

"자, 자, 이런 느낌으로 팍팍 만들자! 바쳐라!"

『진주 이어링이 저주받았습니다!』

『진주 이어링이 변질되었습니다!』

『흑진주 이어링이 변질되었습니다!』

『다크니스 펄이 주물화하였습니다!』

『★다크니스 펄이 완성되었습니다! 축하드립니다!』

좋아, 또 완성! 최고의 흐름이잖아, 역시 바빌론 님이야. 바빌론 님을 숭배해야 한다고. 모든 인류는 바빌론 님께 고개를 조아려야만 해. 자, 이런 느낌으로 나머지도……~. 아, 이름이 똑같은 장비니까 성능도 똑같겠지? 한 번 살펴보자…….

[★다크니스 펄] (상급·레전더리·액세서리 기타·빈 슬롯 1 [○])

·[저주] 참속성 공격력 -50%.

·돌속성 공격 강화 +1.4배.

·빈 슬롯

강화 불가·중량 0.01kg

어어어어어어어, 어째서 바뀐 거야~?! 주물 장비에 랜덤 요소가 있어?! 기반도, 소재도, 저주에 사용한 아이템도 똑같은 건데!! 그런데 다른 효과가 나올 경우가 있는 건가⋯⋯. 이번에는 부작용이 꽤 크네, 그만큼 효과도 강하고! 이건 레나짱이라면 쓸 수 있으려나⋯⋯? 사격은 돌속성이나 타속성이겠지? 참속성은 아닐 테니까, 아마 괜찮을 거야.

"다음은 뭘로 할까~. 말살을 써볼까!"

『아우!! 아후⋯⋯? 아후, 아후⋯⋯? (코가 간지러워⋯⋯?)』

"음~, 어떤 장비로 할까, 이어링은 충분히 만들었고, 으음⋯⋯."

어떤 장비를 넣을까? 제대로 안 정해두었단 말이지, 일단 넣을 후보 장비를 늘어놓고⋯⋯. 좋아, 이번에는 큰맘 먹고 지팡이로 하자!

"바쳐라!"

『⋯⋯아후우!!』

"앗?! 돈타, 뭐하는 거야!!"

『아우!! (앗!! 코가 간지러워서!!)』

도, 돈타아!! 이런 타이밍에 재채기를 한다고?! 돈타의 머리가 탁자에 격돌해서 지팡이가 아닌 장비가 공중에 떴어⋯⋯!! 저건, 저건⋯⋯, 팔찌다아아!! 지팡이보다 먼저 팔찌가, 아아아아!!

『은 뱅글이 저주받았습니다!』

『은 뱅글이 변질되었습니다!』

『붉은 뱅글이 변질되었습니다!』

『크림슨 뱅글이 주물화하였습니다!』

『★크림슨 뱅글이 완성되었습니다! 축하드립니다!』

"…………아, 성공했다아!"

『끄으응~……, (실수해버렸네, 미안해…….)』

"뭐, 성공했으니까……. 재채기는 멈추려고 해도 힘들고, 어쩔 수 없지. 그렇게 풀죽지 마."

『아우우웅~…….』

그래도 말이지, 무사히 완성되었습니다! 아이템 이름은 크림슨 뱅글이에요! 생김새는 이름 그대로 같은 느낌인데, 빨간색이라 눈에 잘 띄네. 아, 아바타에 가려지니까 생김새는 딱히 문제가 안 되려나? 으음~, 좀 전에 무기를 넣었더니 꽤 강하길래 무기를 만들려고 했는데, 이렇게 되어버리네~. 뭐, 어쩔 수 없지! 성능을 보자!

[★크림슨 뱅글] (극상·레전더리·팔찌·빈 슬롯 1 [○])

·[저주] MP를 소비할 때, 자신에게 [좀비화·랭크4]가 발생한다.

·화속성 공격 완전 무효.

·빈 슬롯.

강화 불가·해제 불가·중량 0.1kg

오오~!! 이번에는 화속성 공격 완전 무효가 붙어 있네!! 아, 그런데 좀비화 랭크 4면 못 막잖아……? 아니, 괜찮겠네! 나는 불사 속성이니까, 애초에 좀비화 상태이상이 안 통하잖아! 이건 크다, 정말 커! 이미 장착했어! 헤헤헤……! 이제 화속성이 무효, 상태이상 고정 성공 확률 20% 증가야~! 저주만 어떻게든 해결하면 정말 강하네, 주물 장비 최고~!!

"오오, 좋은 게 나왔어~, 돈타~! 기특해, 너무 기특해! 전화위복이라는 건 바로 이런 거지~♡"

『아우, 아우? (화 안 났어? 화 안 났어?)』

"화 안 내~! 오히려 좋은 결과가 되었으니까~! 쓰다듬어줘야지!"

『아우아우아우~♡』

자, 자, 자! 이런 느낌으로 나머지 살육 범고래 세 마리를 써볼까~! 이번에야말로 무기, 무기가 좋겠어! 레전더리 지팡이를 가지고 싶다고~!

"자, 바쳐라!"

『마술사의 지팡이가 저주받았습니다!』

『마술사의 지팡이가 저주를 버티지 못합니다!』

『마술사의 지팡이가 소멸하였습니다…….』

"다음! 바쳐라!"

『————마술사의 지팡이가 소멸하였습니다…….』

"어어~?! 다음!! 바쳐라!!"

『————마술사의 지팡이가 소멸하였습니다…….』

어쩌지……, 열받네……. 왜 지팡이만 3연속으로 부서지는데. 지금 말이죠, 냉정함을 잃을 것 같다고요. 이럴 때는 역시 리프레시가 필요하지.

정신에 강한 대미지를 입거나 뭔가 괴로운 일이 생겼을 때, 어지간한 고민은 해결할 수 있는 수단을……. 실행할 때가 왔습니다. 그렇습니다, 지금이 그 때입니다.

"돈타……. 리아짱은 옆 건물 여관 101호실에 있지?"

『아후? 멍! (응? 맞아!)』

목표, 오렐리아 스텔라벨체. 미션, 햇님의 향기를 마음껏 느낀다. 행동………, 개시!!

『아우!! (아! 기다려~!!)』

기다리라고 한다고 기다리는 녀석이 어디 있어? 나는 이제 한순간도 기다릴 수가 없다고! 돈타에게 따라잡히기 전에 리아짱을 끌어안으면 내 승리야. 인간의 신체 능력을 얕보지 말라고, 돈타. 마랑이 아무리 재빠르고 가볍게 움직일 수 있다고 해도 실내에서 잽싸게 움직일 수 있는 건 인간이야! 어라, 뭔가 재주도 좋게 슬쩍슬쩍 문을 빠져나와서 쫓아오고 있는 것 같은데……?!

이런, 따라잡히겠어!! 따라잡힐 수는 없지!!

"101호실, 찾았다!!"

『아우우~!!』

이겼다!! 나는 이미 문 손잡이에 손을 대고 있어!! 리아짜──────, 끄엑……?!

『돈타에게서 대미지를 17 입었습니다.』

"흐아아악?! 아침부터 뭐죠?! 돈타 씨하고, 언니?!"

『아우! (리아짱, 구해주러 왔어!)』

"끄에에엑……! 돈타 이놈, 돈타 이노옴……!"

리아짱을 들이마시기 위해 방 안으로 들어선 순간, 돈타의 복슬복슬 말랑말랑 보디가 부드럽게 나를 짓눌렀어……! 리아짱을 끌어안기도 전에 완전히 제압당해 버렸다고!! 돈타 이놈, 언제부터 리아짱의 보디가드 행세를 하게 된 거야!! 비켜!! 나는 주인님이라고!!

"언니?! 보아하니 또 끌어안으러 오신 거군요?! 목욕한 뒤에만 끌어안아달라고, 말씀드렸잖아요!!"

"으으으으……!! 그래도오……!!"

"그래도는 무슨! 정말, 약속을 지키지 않으셨으니……. 음……, 어떻게 하지……? 어떻게 할까요……?"

『멍!! (펀치!!)』

"펀치는 너무 가엾잖아요?! 딱밤! 딱밤을 때릴 거예요! 정말 아픈 딱밤을, 사정없이 때릴 거라고요!! 아시겠죠!!!"

어, 그건 오히려 포상 아닌가?

"…………자아~!!"

이럴 수가, 약속을 어기면 혼내주는 데다 딱밤까지 때려주는 모양이다. 앞으로는 사정없이 들이마시고, 혼난 다음에 딱밤까지 맞을 수 있어. 리아짱 포상 풀코스잖아. 대단해애! 뭐, 응……. 신뢰가 걸린 문제니까 역시 그러진 말아야겠어……. 냉정하게 생각해서 반대 입장이었다면 싫을 테니까.

"그건 그렇고, 저기, 좋은 아침이에요……."

"좋은, 아침입니다."

『멍! (좋은 아침~!)』

"그런데, 또 뭔가 괴로운 일이 있었나요……?"

"……살육 범고래와 말살 범고래의 시체를 3연속으로 날려버렸어요."

"아, 괴로우시겠네요……. 다음부터는 힘든 일이 있을 때 머리를 쓰다듬어드릴 테니까, 우선 설명부터 해주세요. 착하다, 착해……, 힘드셨죠……."

"아~…………."

돈타에게 눌린 채 리아쨩이 쓰다듬어주고 있는 이 광경, 다른 사람이 보면 뭔가 여러모로 끝장나겠네……. 아니, 그래도 어린 소녀가 쓰다듬어 주면 효과가 엄청나다고. 언젠가 만병에 듣는 약이 될 거야……. 가슴속이 말이지, 시원해진다니까!!

　"아, 맞다. 자, 새 빗자루를 선물하겠습니다!"

　"어? 받아도 되나요? 감사합니다!!"

　"응, 응. 수속성 마술을 쓰지 못하게 되는 대신, 화속성 마술의 위력이 강해지는 빗자루! 단, 물리 공격으로 대미지를 입히면 죽는 빗자루야."

　"물리 공격은, 저기……. 다리피 덕분에 죽지 않겠네요……!"

　"맞아, 맞아. 임기응변으로 써줘~!"

　"네, 임기응변으로 말이죠! 감사합니다!! 에헤헤……. 이걸로 마음에 안 드는 녀석들을 모조리 태워버릴게요……."

　오오, 정말 사악한……. 아니, 멋진 표정을 지으시네! 새 빗자루가 마음에 드신 것 같아 다행입니다, 공주님!!

　"어머? 여기 계셨군요! 평안하신가요, 린네 양!"

　"어? 아, 페르쨩, 좋은 아침~!"

　"좋은 아침이에요, 페르세우스 씨!"

　『아우! (금빛 빙글빙글, 좋은 아침~!)』

　"그렇군요, 상황은 대충 이해가 되었어요. 이번에는 제대로 벌을 받으셨네요. 바람직한 일이랍니다, 앞으로도 사정없이 벌을 주세요?"

　"잠깐마안?!"

　페르쨩? 아침 인사를 한 순간에 이것저것 짐작하고 리아쨩에게 적절하게 조언해주지 말아줄래? 벌을 주라니, 리아짱의 마술을 맞으면 죽어버리거든?

"저기…….."

"변태를 신경 써주면, 변태가 기어오를 뿐이에요. 숙청하세요."

"잠깐마아아안?!"

"그, 그럼……. 이 빗자루로 벌을 주겠어요! 스플래시 샷!!"

『오렐리아가 [스플래시 샷]을 발동, 수속성 공격을 무효화하였습니다.』

앗, 진짜로 하네————, 푸에에에에에에에엑……!!

"와, 물이 꽤 많이 나오네요, 죄송해요!"

"어머, 대미지가 없나요……? 아! 불사속성은 수속성 공격이 통하지 않죠! 다음부터는 온 힘을 다해 물을 날려도 된답니다!"

"되긴 뭐가 돼……. 대미지는 없지만 흠뻑 젖었다고~."

"혼나셨다면 반성하세요!"

『멍! (맞아, 맞아~! 아, 배고프다~!)』

"네에~……. 미안해, 리아짱. 다음에는 제대로 들이마시게 해줘."

"어, 네, 어, 어?"

"한 방 더."

"네! 스플래시 샷!!"

『오렐리아가 [스플래시 샷]을 발동, 수속성 공격을 무효화하였습니다.』

푸엑, 퉷퉷……! 무슨 짓을 하는 거야. 나는 단지, 조금이라도 괜찮으니 들이마시고 싶었을 뿐인데, 들이마시게 해줘어……. 아, 맞다. 생각났다.

"푸엑……. 으엑~……. 맞다, 페르짱, 이거 줄게……."

"네? 이런 상황에서요? 너무 평소와 마찬가지 아닌가요?!"

"마침 괜찮은 느낌인 이어링을 만들어서, 줄까 생각했거든."

"어머! 어머! 이건, 이건 대단하네요……. 정말 받아도 되나요?"

"부작용은 제대로 확인해. 조금이나마 HP가 줄어드니까!"

"어머, 어머, 감사합니다!! 어머나, 기뻐요~! 다음에 또 좋은 아바타가 나오면 드릴게요?!"

"어, 아무리 그래도 그건 좀……. 모두 함께 쓰러뜨린 범고래로 만든 거니까."

"그럼, 리아짱에게 귀여운 옷을 줘야겠네요!"

"저저, 저는 이것만으로도 충분하니까요!"

『멍멍!! (나는 밥먹고 싶어! 배고파~!!)』

"알았어, 알았다고, 그러니까, 돈타, 이제 물러나줄래?"

『아우! (웅!)』

페르짱에게는 좀 전에 만든 참속성과 돌속성 공격 강화 효과가 달린 다크니스 펄을 건넸다. 잊기 전에 주지 않으면 다음에 생각났을 때는 주지 못할 수도 있으니까.

그건 그렇고, 돈타, 배가 고프구나~……. 그런데 아직 핫게 씨가 안 왔으니까. 몬스터를 쓰러뜨렸을 때 일정 확률로 손에 넣을 수 있는 아이템이 일반적인 인벤토리와는 별개로 전용 인벤토리에 들어 있는데, 그대로 줘도 괜찮을까?

"위험징어, 먹을래?"

『아우!! (먹을래!!)』

오……. 신이 나서 와구와구 먹고 있네……. 식재료 아이템이 된 위험징어, 눈 부분이 X자가 되어서 귀여운 것 같기도 하네. 뭐, 살아있는 녀석은 전혀 귀엽지 않은 공격을 가하지만 말이지……?

"한 그릇 더?"

『멍!!!』

"잘 먹네……. 덩치가 이렇게 크니까 말이지."

『아후……, 아후…….』

"통째로 삼켰답니다……."

"통째로 꿀꺽 먹었어요! 대단해요."

오~, 오~, 잔뜩 먹고 쑥쑥 크렴…………, 더 이상 커지면 곤란하니까 우락부락하고 듬직한 몸이 되어야 한다~. 커지지 마, 더 이상 커지지 마……. 왠지 예전보다 통통해진 것 같기도 하고, 먹이도 적당히 줘야겠네.

자, 우선 페르짱이 일찍 로그인했으니까, 8시가 되기 전이라 해도 레나짱이 오면 바다의 동굴 던전 보스를 공략하러 갈까? 어떤 보스가 나오려나! 기대되네~.

『──────07XB785Y 씨가 로그인하였습니다.』

오오?! 레나짱이 오면~, 이렇게 생각하고 있었는데, 진짜로 와 버렸네!

"어머, 레나 씨, 일찍 일어나셨네요!"

"왔구나!"

『(린네~, 좋은 아침~. 어디야~?)』

아, 레나짱이 개인 메시지를 보냈구나. 채팅 항목의 개인 메시지에 답장을 입력하고……, 전송!

『(좋은 아침이에요, 길드의 여관에 있어요. 꽤 일찍 오셨네요?)』

『(폭우가 내린 탓에 시끄러워서 일어났어~.)』

『(네? 시끄러울 정도의 폭우라니, 괜찮으신가요?!)』

『(집이 비교적 높은 곳에 있으니까, 아마 괜찮을 것 같은데~?)』

"페르짱, 폭우가 내리고 있는 곳도 있어?"

"어머, 폭우면 아마 오사카나 교토겠네요. 강물의 수위가 올라 갔다고 뉴스에 나왔답니다. 위험해지면 경고 방송으로 피난 유도를 할 것 같긴 한데요."

"일단 집이 높은 곳에 있는 것 같긴 한데, 조금 걱정되네."

『최후 통보. 로그인으로부터 12시간이 지나려 하고 있습니다. 30분 뒤에 강제 로그아웃이 집행됩니다. 휴식과 식사를 확실하게 하시는 것을 추천드립니다.』

"⋯⋯⋯⋯⋯그러고 보니까, 밥을 안 먹었네."

"잠에 빠졌다는 이야기를 들었답니다! 강제 로그아웃 통지가 뜬 거죠? 만나기로 한 시간은 아직 멀었으니 휴식과 식사를 하고 오 셔요."

"네에~⋯⋯. 그럼, 이따 봐. 돈타, 리아짱도 이따 봐."

『멍!! (또 봐!!)』

"네! 다녀오세요!"

모처럼 레나짱이 왔는데, 잠에 빠진 영향이 이럴 때 나타날 줄 이야⋯⋯. 그런데 갑자기 최후 통보? 아, 잠에 빠졌을 때 통보가 몇 번 왔구나.

일단 레나짱에게 '사정이 좀 있어서 로그아웃할게요. 자세한 내용은 페르짱에게 물어보세요. 죄송합니다, 금방 돌아올게요'라고 보내고⋯⋯. 좋아, 다녀오자. 아침밥을 먹으러!

『로그아웃 처리 중입니다…….』

『간섭━━━━━━, 또 봐, 맛이 간 여자~♡ 제대로 자렴~♡』

바빌론 니임?! 죄, 죄송합니다!! 앞으로는 잠에 빠지는 것에 대해서는 주의할 테니 부디 용서해 주시길……!

[딥 다이버 증후군]

가상 공간에 오랫동안 접속해 있을 경우, 뇌가 현실 공간인지 가상 공간인지 구별하지 못하게 되어버리며 현실 공간에서 가상 공간처럼 행동하기 위해 근육에 무리한 부하를 걸어버리거나 무력감, 허무감을 느끼는 등, 정신적으로 불안해지는 증상이 나타난다.

멜티스 온라인을 쾌적하게 플레이할 수 있을 정도로 성능이 뛰어난 VR 다이브 시스템을 지니고 있는 플레이어라면 이 증상이 발생할 가능성이 거의 없기에 문제는 없지만, 약간 오래된 모델의 시스템은 아직 발증할 위험성이 있기에 뇌의 부담을 경감시키기 위해 오랫동안 접속하는 것은 최대한 피하는 게 바람직하다고 한다.

『다음 뉴스입니다. 어젯밤부터 계속 내린 폭우의 영향으로 교토부의 카모가와의 수위가 올라가 20만 명에게 피난 지시가————————.』

이건가? 레나짱이 말했던 폭우……. 아, 토스트 다 됐네. 오늘은 미니 샐러드하고 콘 수프, 버터를 바른 토스트를 먹겠습니다~. 음~……, 맛있다……. 맛있긴 한데…….

"————그럼, 향후 날씨를 살펴보도록 하죠."

"음~……."

TV의 뉴스와 내가 음식을 씹는 소리, 가전 제품이 가끔 자동으로 움직이는 소리, 이렇게 멋진 아파트에 사는 게 나 같은 사람이어도 괜찮은 건가? 으음……. 이제부터 아파트에 사는 것도 어울리는 사람이 되어가면 하는 거겠지. 마유미도 분명히 그런 의도로 내가 여기 살게 해준 것 같고. 기대에 부응할 수 있게끔 노력해야겠어.

자, 내일은 이 폭우가 도쿄에 오는구나……. 일요일은 계속 내리고, 월요일에 그치는 것 같네. 우선 틀어박힐 수 있는 음식은 있으니까 괜찮겠고.

『————————피해 지역에는 이미 파워드 레스큐가 출동한 것 같습니다.』

『그렇습니다. 버추얼 다이브 시스템을 응용하여 위험한 지역에는 이렇게 파워드 아머 메카가 출동할 수 있게 되어 구조하러 나선 레스큐 부대가 목숨을 잃는 비참한 사고도 거의 일어나지 않게 되었습니다.』

『기술의 진보는 대단하지만요~. 폭우로 인해 강이 범람하지 않게끔 공사를 하는 게 더 저렴한데, 왜 안 하는 거죠~?』

『하고는 있습니다. 하지만, 하천 제방을 너무 높이면 물이 빠져나갈 곳이 없죠. 하천 제방보다 낮은 위치에 있는 건물은 이상 강우로 인해 침수되어 버릴 겁니다. 커다란 물웅덩이가 생겨나는 거죠.』

『저수지로 강물을 보내는 장치도 노후화가 진행되었고, 교체 공사가 뒤처진 지역도──────.』

음~, 뉴스에서 난해한 토론을 하기 시작하는 이 현상, 뉴스니까 뉴스만 하고 그런 건 해설 프로그램 쪽으로 넘겨도 될 것 같은데……. 아침의 간판으로 아이돌이나 평론가 같은 사람을 내보내고 싶은 건 대충 이해가 되긴 하지만, 뉴스를 보고 싶은데 아이돌만 나오니 짜증이 나네…….

『다음 코너입니다! 귀여운 새끼 강아지가 등장합니다!』

『와아~, 귀여워~! 귀여운 옷을 입어서, 마치 천사 같──────.』

안티 엔젤 시스템이 작동하였습니다, TV를 끕니다. 네, 잘 먹었습니다. 마지막에는 기분이 나빠졌네요. 분명히 전국을 찾아봐도 나밖에 없겠지, 이렇게 사소한 것 때문에 발끈하는 사람. 천사는 싫다고, 싫은 건 싫은 거야! 안 되는 건 안 되는 거라고! 자, 식기를 정리하고 나서 그쪽으로 돌아갈까~!

『바이탈 체크 스캔 개시――――, 문제 없습니다.』

『본 제품은 이코노미 클래스 증후군 대책으로 정기적으로 돌아 눕히기 위하여 자동으로 침대가 움직입니다. 양해 부탁드립니다.』

『버추얼 다이브 시스템 기동……, 느긋하게 눈을 감아주십시오.』

『버추얼 싱크로 개시……, 완료.』

『가상 현실 공간에 오신 것을 환영합니다. 멜티스 온라인의 플레이가 요청되었습니다. 멜티스 온라인에 접속 중……. 링크 완료.』

이 무기질적인 여자 목소리를 들으면 왠지 '아~, 시작된다~! 가상 현실로 가는구나~!'라고 설레는 느낌이 든단 말이지. 꽤 좋아.

『어서 와~♡ 이번 모험도 열심히 해야 한다~?』

아앗!! 하지만 바빌론 님의 목소리가 몇억 배는 더 좋아!! 뇌가 녹는 듯한 바빌론 님의 목소리, 정말 좋아……. 어떻게 이렇게 기적적인 귀여움을 지닌 고스로리 마신이 태어난 걸까, 정말로 바빌론 님을 만날 수 있었던 기적에 감사해……. 감사할 수밖에 없어…….

『멍멍멍멍!! (어서 와, 어서 와, 어서 와)!!』

"…………돈타, 왜 그런 식으로 맞이하는 거야?"

"어머, 돌아오셨군요! 어서 오세요!"

"다녀왔어~."

돌아오자마자 돈타가 앉은 채로 앞발을 살랑살랑 흔들며 맞이해 주었다. 그리고 내가 다가간 순간, 벌러덩 누워서 배를 쓰다듬어 줘~ 포즈를 취했다. 가끔은 마랑으로서 위엄있는 모습을 보여주시죠, 돈타 군……. 뭐, 그래도 돈타는 위엄이 있는 것보다는 귀여운 게 더 나으려나!

"자, 쓰다듬어 주마. 여긴가?"

『아우우~♡』

"돈타 씨, 넋이 나갔네요……. 어서 오세요, 언니."

"다녀왔어~. 리아짱도 쓰다듬어 줄까?"

"음~……! 음~……!! 아뇨, 저는."

"쓰다듬어 주마. 자, 자, 자, 자."

"흐아~……."

하는 김에 리아짱도 쓰다듬어 줘야지. 쓰다듬어 주는 보람이 있구나, 자네들……. 이미 나보다 훨씬 강할 텐데, 이렇게 약해 빠진 주인이 쓰다듬어주는 게 그렇게 기쁜가?

"돈타도 그렇고, 리아짱도 이제 나보다 더 강한데……."

『멍! 아우~! (주인님 덕분에 강해졌어! 대단한 주인님!)』

"착한 아이네……."

"저, 저도! 언니 덕분에, 생전보다 훨씬 더 강해졌으니까요!"

"착한 아이야~……."

"응, 착한 아이. 그리고 돈타는, 잘 먹어."

"으아오으?! 레나짱, 좋은 아침이에요……!"

"응!! 좋은 아침, 린네."

"돈짱도 참, 그 이후로 위험징어를 열 그릇이나 먹었답니다."

"우와오……, 위험징어 열 그릇은 너무 많잖아……."

『아우아우~! (밥 대신 먹는 간식!)』

"밥 대신 먹는 간식이었구나……."

"네……."

정말, 너무 착한 아이라 곤란하네. 돈타 같은 게 현실에도 있다면 키워도————, 식비가 장난이 아닐 것 같으니 힘들겠어. 돈타가 내 아파트에 살기는 너무 좁고, 키울 수가 없겠네. 절대로 못 키워……. 이런 게 가상 세계의 좋은 점이지.

"린네 양. 오늘은 3계층부터 시작하시지 않을래요?"

"3계층부터? 아, 1계층부터 가면 인벤토리가 꽉 차버릴 테니까."

"오늘은 인벤토리, 제대로 정리했어~. 보통은, 그렇게 많이 나올 거라 생각 못해."

"그렇죠. 보통은 인벤토리가 꽉 찰 만큼 전리품을 많이 얻을 수가 없으니까요."

"아, 그러고 보니 인벤토리 이야기를 듣고 생각났는데, 레나짱이 쓰면 어떨까 해서!"

"이거, 이어링……? 어, 강해……, 받아도 돼?"

"참속성이 약해지는 부작용이 있긴 한데요, 괜찮은가요?"

"참속성은, 안 쓰니까. 기뻐, 고마워!!"

바다의 동굴 던전으로 가기 전에 레나짱 선배에게 돌속성 공격이 강해지는 다크니스 펄을 건네주었다. 이제 그 엄청난 위력을 지닌 사격 공격의 대미지가 더 늘어날 테니 든든하다.

"오늘도 또 뭔가 좋은 걸 만들면 드릴게요."

"기뻐~. 오늘도 힘내서, 범고래 사냥~."

"그럼, 바로 갈까요? 린네 양은 정리 같은 것들 다 하셨나요?"

"응, 괜찮아! 필요 없는 것들은 전부 맡겨두었으니까."

자~, 그럼~? 지금 시각은 7시 10분! 예정보다 꽤 이르긴 하지만, 출발해볼까? 오늘은 3계층부터! 오늘이야말로 바다의 동굴 보스를 쓰러뜨리자!

◖◗●

"응? 누구야, 이렇게 아침 일찍……."

"좋은 아침입니다, 아치바르 대주교님."

"그, 그 목소리는……!!"

오늘이 내 생애에서 최악의 아침이라 해도 과언이 아니다.

이 목소리는 틀림없이 멜티스교의 그림자 지배자라 불리는 그분, 대성녀 오르비스의 목소리다. 그녀의 안 좋은 소문은 자주 들었다. 직접 내 침소까지 온 것을 보니 정말 소문대로……, 무시무시한 부탁을 하러 온 건지도 모르겠다.

"이른 아침에 실례합니다. 제가 이렇게 찾아온 건 대충 짐작이 되시겠지만……. 아치바르 대주교님께서 해주셨으면 하는 일이 있어서요."

"아치바르 공, 괜찮다. 안 좋은 이야기는 아니다……."

"노라노라 공……?!"

아, 최악이다……. 이미 노라노라 대주교가 오르비스 쪽으로 넘어갔다. 아마 거절하면 죽음, 제안을 받아들이면 목줄을 차게 될 것이다……. 최악이다, 내가 대체 무슨 짓을 했다는 거지? 아니, 아무것도 하지 않았기 때문에 이렇게 된 건가……? 이곳 로레이에서 해적의 범죄에 협력하고 배를 불렸던 것에 대한 천벌이라는 건가……?

"지하 영묘."

"뭐……!"

"어라, 보아하니 알고 계시는 것 같군요. 지하 영묘에 무엇이 잠들어 있는지……."

로레이의 멜티스 교회, 그 지하 영묘에는 무시무시한 마물의 시체가 봉인되어 있다……. 대해적 캡틴 토르네이더, 폭풍을 부르는 마녀 세이렌, 그리고 먼 옛날에 번영했던 고르고라 왕국을 멸망시켰다는 괴물, 악독영애 그란디스.

설마, 있을 수 없는 일이다. 그것만은 해서는 안 되는 일이다. 손을 대서는 안 되는 존재다. 예전에 단 한 번, 그곳에 발을 내디딘 적이 있다. 어차피 전설이다, 대주교까지 올라갈 정도로 성스러운 힘이 강한 나라면 정화하는 것도 손쉬울 거라며 지하 영묘에 한 발짝 내디딘 순간————, 온몸의 피가 빠져나가는 것처럼 끔찍한 오한에 사로잡혔다.

"아치바르 공, 이 매직 백에는 오르비스 님께 받은 죽은 자의 소생에 필요한 촉매가 들어있다. 무슨 말을 하고 싶은지는 알겠지?"

"내가, 그곳에 가서, 부활시키라고……?!"

"그레이터 리자렉션. 당신이라면 가능하죠? 아치바르 대주교님."

거부하면 아마 예속의 목줄이……, 그 끔찍한 쐐기가 내 몸에 박히게 될 것이다. 저항하려 해도 호위들이 전혀 소란을 피우지 않았는데도 여기까지 들어온 것을 감안하면 이미 모두가 오르비스와 노라노라의 수중에 떨어져 있을 것이 틀림없다. 아군은 없고, 도망칠 곳은 없다. 나에게 거부권 따위는 처음부터…………!!

"⋯⋯⋯⋯의식은 언제 해야 하지."

"지금 당장에라도요. 서둘러야만 하는 이유가 있거든요."

"노라노라 공, 마나 포션이 많이 필요합니다⋯⋯."

"오오, 해주겠다는 건가! 그래, 준비하지."

최악이다, 내 인생에서 최악의 날이다. 아, 자비로우신 빛의 신, 멜티스시여, 부디 목숨만은⋯⋯. 제 목숨만이라도 부디, 구해주시옵소서⋯⋯.

（ 〜 ●

아, 최악이다. 오늘은 정말 운이 안 좋아⋯⋯. 3계층부터 7계층까지 범고래를 모두 합쳐 14마리 쓰러뜨렸는데도 은색 보물상자만 나왔다. 왕의 증표도, 패자의 증표도 당연히 나오지 않았다. 무지개색 테두리 아이콘 같은 건 흔적도 없다.

"물욕 센서다~."

"물욕 센서가, 뭐죠?"

"그 왜, 어제까지는 레벨을 올리는 게 목적이었잖아요? 오늘은 굳이 말하자면 레벨보다는 보물상자가 목적이고, 희귀 아이템을 얻고 싶어서 여기에 온 거고요. 그리고 이럴 때는 잘 나오지 않는 현상, 이걸 물욕 센서에 걸렸다고 하나 보더라고요!"

"실제로는 없어. 하지만, 분명히 있을 거야. 우리가 태어나기 전부터 존재했던 단어야."

"그렇게 오래 전부터⋯⋯."

시간을 때우러 낚시를 하러 갔더니 물고기가 잔뜩 잡혔는데, 배가 고프고 굶주렸을 때는 전혀 낚이지 않는다는 건가…….

참고로 말이지, 지금까지 사냥을 해서 우리는 레벨 80. 돈타는 레벨 45, 리아쨩이 레벨 35. 왠지 레벨 79부터 경험치 요구량이 엄청나게 늘어나서 방금 겨우 80으로 올라선 참이야. 당연히 80에서 81로 올라갈 낌새는 없고.

일정 레벨마다 벽이 있는 것 같단 말이지. 다음 레벨로 올라가는 벽을 만들어서 사냥터를 다른 곳으로 옮기라고 권장하는 것 같네. 뭐, 우선 마지막 범고래를 불러낸 다음에 보스 계층으로 갈까? 음~, 아직 안 나오나?

『아우! 아우! (왔다, 빨간 녀석! 반짝반짝!)』

아! 왔다, 왔어, 말살 범고래!! 경험치가 정말 짭짤하니까 이쪽이 나와주면 기쁘단 말이지! 그래도 무슨 말인지 알겠어~, 돈타. 반짝반짝거리는 크림슨 블래스터는 짜증나지~…….

『[어비스 워커] 상태가 되어 돈타의 그림자에 잠복하였습니다.』

"아이기스!!"

『돈타가 [페네트레이트 10] 상태가 되었습니다.』

"비, 빛나고 있어요!!"

『(어? 벌써 쏜다고?)』

"나이스, 샷……? 어……?!"

『(레나쨩, 이상한 개그하지 말고 얼른 쏴야지!)』

"아, 아니야, 빛나고 있어, 빛나고 있어."

『(그야 크림슨 블래스터는 빛나지……. 어어어어어~?!)』

"저건, 설마! 설마랍니다~?!"

『(그, 금빛……!!)』

"금빛 범고래!!"

"랍니다아~?!"

『큐아아아아아아아아아아아아아아아아!!』

"쏜다!! 왠지 일반적인 녀석보다, 빨라~!"

『(돈타, 왼쪽으로 돌면서 잘 피해.)』

『멍!! (반짝반짝, 무서워~!!)』

말살 범고래가 금색으로 빛나고 있는데요?! 금색으로 빛나는 말살 범고래인데?! 이럴 수도 있어?!! 보스가 희귀 몬스터가 되었다는 뜻이야?!

"떨거지들(라우다 나우다), 닥쳐라(사레나)! 영원히(에우레스)!! 무음의 백(뮤트 블리자드)!!"

리아짱이 익힌 지 얼마 안 된 용언어로 용마술을 썼어! 정말 멋진 영창이긴 한데, 뭐라고 한 거야?! 아니, 지금은 그럴 때가……. 우선 뮤트 블리자드라면 수속성 마술인가? 블리자드 크래커의 상위호환인가?

『오렐리아가 [완전 영창·무음의 백]을 발동시켰습니다.』

『Weak! ☆4 말살 범고래 (Lv. 111)에게 대미지를 1 입혔습니다. 대상이 공간 동결에 휘말려 들었습니다.』

블리자드 크래커의 상위호환치고는 조용한 마술이네……. 우와……. 대단해, 대단하다고. 리아짱의 정면으로부터 방사형 모양으로 공간이 동결되었어. 말살 범고래와 공간까지 통째로 동결시켜서 움직이지 못하게 해버렸다고. 하지만 영원히 이대로 얼려 둘 수는 없을 것 같다. 공간까지 함께 얼린 얼음 덩어리에 금이 가기 시작했어.

"아, 입이 벌어졌네, 완벽한 빙결이야."

『07XB785Y 씨가 [데드 엔드 샷]을 발동하였습니다.』

『공간 동결 해제! 크리티컬! Weak! ☆4 말살 범고래 (Lv. 111)에게 대미지를 670912 입히고 격파하였습니다. 경험치 6666666 획득.』

오오…………!! 정말 완벽한 토벌이었어. 이어링의 효과로 화력이 강해졌고, 놀랍게도 한 방에 쓰러뜨릴 수 있게 되었다고!! 공간 동결로 인해 약점을 드러내고 있는 표적을 고정시키고, 약점 부위에 강렬한 일격……, 완벽했어!! 이렇게 쉽사리 쓰러뜨릴 수도 있구나…….

하지만, 이렇게 많은 경험치를 얻었는데 아무도 레벨이 안 올라간 거야? 으아, 이제 겨우 요구량의 절반 정도밖에 못 모았어? 말도 안 돼……?

"완벽했어요! 무음의 백, 어제 언니가 잠든 뒤에 이것저것 시험해 보았거든요. 성공했네요!"

"완벽해~. 공략 방법이 확립된 순간, 일지도 모르겠네?"

"이렇게 쉽사리……. 아이기스!"

『페르세우스가 [마순 아이기스]를 발동, [페네트레이트 10] 상태가 되었습니다.』

『아우아우아우아우, 아우우~!! (저거, 봐, 저거 봐, 대단해!! 반짝반짝!!)』

"오, 오오……?! 오오오오오~!!"

그래, 쉽사리 쓰러뜨리긴 했지만, 금빛 말살 범고래거든?! 분명히 보물상자도 대단할 게 틀림없어! 네, 당연히 나왔습니다. 나왔다고요, 떴다, 떴다!!

"보석 보물상자다~."

"보석 상자랍니다!"

"보석 상자, 깔끔한 호칭이네! 앞으로는 그렇게 불러야지!"

"보석 상자, 빰빠바바밤 타임, 하고 싶어~."

나왔네요, 보석 상자!! 오늘은 금색 보물상자조차 못 봤으니까, 보석 상자가 나와줘서 정말 기뻐……. 어제 보석 상자가 나온 건 완전히 비기너즈 럭이었던 거겠지…….

『아우아우~!! (소시지!!)』

"돈타, 아직 소시지가 들어있을 거라는 보장은 없어."

"이번에도 들어 있다면, 돈짱에게는 미안하지만요……."

"가위바위보~?"

"가위바위보……? 가위바위보가, 뭔가요?"

"아, 리아짱네 세계에는 없어? 주먹, 가위, 보자기로 승패를 정하는 거야."

"아! 세 상성이군요, 있어요! 평화, 전쟁, 기근이에요."

"살벌하네요?!"

"이세계 퀄리티의 세 상성이야……."

"꽤, 꽤나……."

이 세계의 가위바위보는 살벌한데……?! 뭐, 그래도 왠지 이해가 되는 것 같아, 그 세 상성…….

"그럼, 열어보자!"

"빰빠바바밤~, 이랍니다!"

"빰빠바바밤……. 리아짱, 열어볼래?"

"네? 그래도 되나요……?"

『멍멍! (소시지, 줘!)』

"사양하지 말고, 빰빠바바밤……, 하렴?"

"그, 그럼! 으으……, 빰, 빠바바……, 바암~."

리아짱은 부끄러워하면서도 빰빠바바밤~을 했다. 너무 귀여워서 죽어버릴 것 같네. 그리고 돈타, 앞다리를 버둥거리면서 달라고 보채봤자 먹을 것이 그렇게 항상 들어 있을 리가 없잖아! 앉아서 기다려! 만약에 들어 있다면 내가 가위바위보를 열심히 해서 이긴 다음에 먹여 줄 테니까!

"챙겨줘~."

"그렇게 많이 비어 있었는데, 이제 꽉 찼네요!"

"아, 네!"

둘 다 인벤토리가 가득 찼구나. 그럼 지금부터 나오는 아이템은 내가 챙겨야지! 음~, 어디 보자……?

『[? 단검]을 획득하였습니다.』

『[? 둔기]를 획득하였습니다.』

『[? 악기]를 획득하였습니다.』

『[? 가구]를 획득하였습니다.』

『[? 책]을 획득하였습니다.』

『[★★새빨간 물고기 소시지·황금의 맛, 덕용!]을 획득하였습니다.』

"황금의 맛……?!"

"돈타 씨, 먹을 게 나왔어요!"

『아우우우우우우우우우우우우우~~~~~~~~~~~~~~~!!!! 아우우우우우우우우우우우우우우우우웅!!!!♡♡♡♡♡』

우와, 우와, 나왔어, 소시지. 그것도 황금의 맛……?! 저번에 나온 것보다 훨씬 더 좋은 것 같은데. 무지개 아이콘뿐만이 아니라 금빛 후광을 뿜어내고 있어. 분명히 엄청난 아이템일 거야, 이거……. 아, 그런데, 이건…….

"이 소시지……, 무지개색 테두리에 금빛 후광을 뿜어내고 있어. 그 밖에는 말이지, 단검이 무지개, 가구가 무지개, 책이 무지개고, 둔기와 악기는 일반 미감정품인 것 같아."

"가위바위보를 하죠! 지지 않을 거랍니다, 절대로!"

"나도 가지고 싶어~……!!"

"참고로, 설명 문구는 말이지……, 이렇게, 나왔어."

이 소시지, 아마도…….

[★★새빨간 물고기 소시지·황금의 맛, 덕용!] (요리·미스틱)

·그 인기 많은 상품, 새빨간 물고기 소시지가 황금의 맛이 되어 새롭게 등장!

·덕용 사이즈! 전부 다 먹으면 너도 황금 파워를 얻을 수 있다!

·개봉한 뒤에는 바로 드시길 바랍니다.

가공 불가·완식시 스킬 획득·개봉 후 제한 시간 10분·중량 10kg.

"이거, 인간이 먹는 음식이 아닌 것 같은데?"

"10분 이내에, 10kg 소시지를……?"

"못~ 먹어~."

"인간이 먹을 양이 아니네요……. 하지만 돈타 씨라면……."

"저는 못 먹겠네요! 기회를 낭비할 뿐이랍니다!"

"나도 못 먹어~……."

『아후……♡』

"기, 기뻐하는 것 같네……."

"정말 기뻐하는 것 같네요……."

"어쩔 수 없지, 이건 돈짱용이야. 포기할게."

개봉한 뒤에는 바로 드시길 바랍니다 수준이 아닌데. 10분 이내에 전부 다 먹어야 하다니, 진심으로 그렇게 말하는 거야? 분명히 제정신으로 만든 설정 같지 않은데. 플레이어에게 먹일 생각이 아예 없잖아……. 그래, 그래, 돈타. 돈타의 뱃속에 넣어야겠네요. 이제 확정입니다. 다들 먹으라고 하고 있기도 하고.

"돈타, 앉아."

『우우우~……! 아우~! (앉았어!)』

"손은?"

『우우우우우~!! 아우? (손!! 기특해? 먹어도 돼?)』

"다른 쪽은 어떻게 하는 거였지?"

『아우아우아우!! (반대쪽 발!!)』

"하이파이브~."

『아우웅!! (양쪽 발로 터치!!)』

"타앙~."

『끄으응 (쓰러지는 거)』

"앉아, 기다려."

『아우아우아우아우아우……, (얼른 먹고 싶어……)』

"멍멍이네요······."

"귀여워~, 똑똑한 멍멍이~."

"돈타 씨는 재주가 많으시네요!"

오오, 재주를 대충 다 부릴 수 있게 되었구나. 기특해~, 돈타!! 먹을 것을 위해서라면 뭐든지 할 수 있을 것 같구나······. 자, 착한 아이에게 상을 줘야지, 받으렴!

"먹어!!"

『아우아우아우아우♡ 하후, 와구, 하후하후하후♡』

아, 사라져간다. 10kg이나 되는 고깃덩이가, 돈타의 뱃속으로 사라져간다······. 어때, 돈타 군, 황금의 맛은 맛있어······? 벌써 절반이나 먹은 거야?! 그렇게 맛있나 보네······. 우와, 우와, 우와, 우와아!! 나머지 절반을 단숨에 먹었어!! 그거, 괜찮아?! 목이 막히진 않았어?! 아니, 괜찮으려나, 돈타니까······.

『아우웅!! (맛있었어!!)』

『돈타의 스테이터스가 상승하였습니다.』

『돈타가 패시브 스킬 [황금의 오른발]을 획득하였습니다.』

『아우? 아우!! (강해진 것 같은 느낌이 들어!!)』

"패시브 스킬, 황금의 오른발······?!"

"황금의 오른발이라고요?!"

"황금의······. 오른발······. 프로 축구 선수가, 되는 거야?"

"황금의 오른발, 말인가요?"

황금의, 오른발······? 드디어 돈타가 축구 선수가 될 때가 왔구나······. 드리블을 할 때 돌파력이 대단할 것 같아. 필살기는 공을 입에 물고 골대를 뚫어버리는 슛인가? 아, 오른발은 상관이 없잖아…………..

"오른발로 공격했을 때, 크리티컬 발생 확률하고 크리티컬 대미지를 상승시켜주고, 대미지 경감, 타격 내성을 일정 수치 무시한다고 스킬의 정보에 적혀 있어……."

"가, 강하네요……!!"

"그런데 돈짱은 장비를 착용할 수 없어. 이 정도는 강화시켜야지?"

"하긴, 레나짱 말이 맞네요. 장비를 착용할 수 없으니 돈타는 스킬로 보충해 나갈 필요가 있어요."

『멍!! (다음 계층으로 가자~!!)』

"어머, 어머, 힘을 써보고 싶어서 근질근질한 모양이네요."

"다음은 보스야~."

황금의 오른발의 성능을 보고 깜짝 놀랐네. 이건 축구 선수가 아니라 복서로 전향해야겠는데. 그 오른발로 세계를 손에 넣을 수 있을지도 몰라, 돈타!

"그럼, 보스전 작전을 짜죠. 상대가 원거리 공격이나 마술을 주로 사용한다면 제가 앞에, 근거리 직접 공격을 주로 사용한다면 돈짱이 앞에 서면 되겠죠?"

"그러는 게 좋을 것 같아. 보스가 혼자 있다면 말이지만."

"나는 제일 뒤~. 빈틈을 노려서, 쏠 거야."

"휘말리는 것에 주의하며 뮤트 블리자드를 날릴게요!"

"들어가기 전에 버프를 걸게. 본 실드는 타이밍을 봐서 발동시킬 테니까."

『아우아우! 아우! (해치워버리자~!)』

음, 보스전 작전은 대충 이런 느낌. 평소와 마찬가지이긴 하지만, 이곳 보스라면 아무래도 검은색과 붉은색 범고래의 인상이 강하니까, 그 이상이라면……? 뭐가 나오려나, 고래는 범고래에게 잡아먹힌다고 들었고, 바다의 최강 생물은 범고래 아니야? 그럼 역시 범고래가 나오려나?

"그럼, 갑니다!"

"기대돼~~……."

"기대되네요!"

"열심히 쓰러뜨릴게요!"

『아우!! 아우아우!! (열심히 할 거야~!!)』

『보스 에리어의 전송 포탈이 기동되었습니다. 30초 뒤에 전송됩니다.』

"가라앉아라, 네거티브 오라."

『[네거티브 오라]를 발동, 5분 동안 파티 전원이 강화 상태가 됩니다.』

"가로막아라, 본 실드!"

『[본 실드]를 발동, 단 한 번, 직접 공격을 무효화합니다.』

『전송 카운트 다운, 5……, 4…….』

"자, 가죠!"

"오~."

자, 뭐가 나오려나, 뭐가 나오려나, 정말로 뭐가 나올까요! 벌써부터 싸우는 게 기대되는데~!!

『3……, 2……, 1……, 0. 전송.』

오오……? 텔레포트한 곳은 지금까지 지나온 계층과 별다른 차이가 없는 곳, 햇빛이 스며드는 드넓은 바닷속인데……. 혹시, 보스를 찾아야만 하는 느낌이야? 어라, 왠지 갑자기 어두워, 졌는데…………?

"아……. 아……!"

"농담이죠……?"

"어? 어어어어어어?!"

"저저저저저, 저게 뭔가요?!"

『아우~! (맛 없을 것 같아~!)』

이게 뭐야…………? 엄청나게, 거대한…………!!

『폭주한 그레이트 웨일호 (Lv. 75)가 [에너미 서치]를 발동하였습니다.』

기계다! 고래 형태의 잠수함이야아아아!! 돈타보다 수십 배는 커, 아무튼 거대한 잠수함이야!!

『H-A-L-L-O? Good bye! :D』

전체 채팅으로 메시지가 들어왔네……. 혹시, 아까 그 에너미 서치에 발견되었다는 연출이야?! 그럼, 이제부터 공격당하겠네! 이런, 상대방은 몇 미터나 위쪽에서 헤엄치고 있는데!

"리아짱, 도망쳐! 레나짱은 돈타를 타고 도망치세요!"

『아우! (타!)』

"돈짱, 잘 부탁해."

"저, 저는요?!"

"아이기스로 어떻게든 해줘! 심연이여, 나의 길이 되거라. 어비스 워커!!"

『[어비스 워커] 상태가 되었습니다. 돈타의 그림자에 잠복합니다.』

나는 일단 돈타의 그림자로 대피, 이대로는 위험해. 여기서 멈춰있는 건 분명히 바람직하지 않아. 그레이트 웨일호는 이미……, 공격 태세에 들어갔어!!

『폭주한 그레이트 웨일호가 [크림슨 블래스터]를 발사하였습니다.』

『페르세우스가 대미지를 무효화하였습니다. 페네트레이트 감소 ·6』

　"첫 전투라 해도 너무 심하잖아요~?!"

　으아, 으아으아……!! 말살 범고래가 날렸던 붉은 빔보다 훨씬 더 굵은 빔을 날리고 있어, 페르짱……. 10장 있었던 페네트레이트가 단숨에 4장이나 파괴되었다고. 빔은 사격 공격처럼 보이는데, 직접 공격 속성도 띠고 있는 건가……? 본 실드도 덤으로 파괴된 것 같아.

『폭주한 그레이트 웨일호가 [열배기 모드]가 되었습니다.』

　"아마, 기회."

『07XB785Y가 [퀵 드로우 샷]을 발동, 폭주한 그레이트 웨일호에게 대미지를 557 입혔습니다.』

　"단단해……?!"

　열배기 모드가 되어서 움직이지 않게 되긴 했지만, 공격이 전혀 통하지 않아! 저 녀석의 금속 장갑을 벗겨내지 않으면 대미지를 제대로 입힐 수 없다는 건가? 커스 스피어는 지면에서 돋아나는 마술이니까 전혀 통하지 않으니, 나는 철저하게 보조를 맡아야겠어.

　"떨거지들, 닥쳐라! 영원히! 무음의 백!!"

그럼 이건 어떨까? 리아짱의 뮤트 블리자드의 위력은 어지간한 수준이 아니라고! 이걸로, 얼어붙어!!!

『오렐리아가 [완전 영창·무음의 백]을 발동, 흡수! 폭주한 그레이트 웨일호가 300550 회복하였습니다. 냉각이 완료되었습니다.』

아아아아아아아아아아아아아아?! 수속성을 흡수하는 거야아아?! 게다가 열배기가 단숨에 끝나서 냉각이 완료되었다는 알림이————!! 이, 이건 너무하잖아!!

『(리아짱, 물은 안 통하는 것 같아!)』

"죄, 죄송해요!"

"열에 약할 것 같아. 하지만 이 던전에서 불은 못 써. 너무해~."

『(그럼 번개는?! 번개라면 어떨까!)』

"아!! 루나, 썬더볼트!!"

『음냐아~.』

화속성은 이 던전에서 무효화되어버리니까, 그 대신 풍속성 마술에 속하는 번개 계열 마술이라면 어떨까! 기계에 번개라니, 너무 뻔한 생각이기 하지만 말이지!

『폭주한 그레이트 웨일호가 폭뢰 가시복을 투하하였습니다.』

『검은 고양이 루나가 [썬더볼트]를 발동, 폭뢰 가시복이 감전! 폭뢰 가시복이 폭발하였습니다!』

『유폭! 폭주한 그레이트 웨일호가 대미지를 500000 입었습니다.』

『항행 시스템에 문제 발생!』

어! 본체가 아니라 폭탄에 엄청난 타이밍으로 맞아버렸네……, 아니! 이번에는 대미지가 제대로 들어갔어……? 혹시, 공격 중 일부를 오히려 이용해서 쓰러뜨리는 계열 보스……인가? 항행 시스템에 문제가 발생했다는 메시지를 보니 이동 같은 기능이 막혔을 테고!

"와아, 운이 좋았네……?"

『(리아짱, 적의 공격을 이용해서 쓰러뜨릴 수 있을지도 몰라!)』

"언니가 적의 공격을 이용해서 쓰러뜨릴 수 있을지도 모르겠다고 하네요!"

"고도가 낮아지기 시작했답니다!"

『(토네이도를 언제든 날릴 수 있게끔 준비해둬!)』

"알겠어요!"

『OH NO X<』

이 메시지가 방심을 유발하려는 건지, 아니면 정말로 문제가 생겨서 초조해진 건지. 공격하기 전에 일부러 인사를 한 기계이니 양쪽 다 가능성이 있다.

"측면의 장갑이 열렸답니다! 뭔가 하려는 거예요!"

『(지금이야, 토네이도!)』

"거칠게 휘몰아쳐라, 혼탁의 풍인! 토네이도!"

『폭주한 그레이트 웨일호가 위험징어 미사일을 발사하였습니다.』

『오렐리아가 [토네이도]를 발동, 위험징어 미사일이 제어불능 상태가 되었습니다.』

"대, 대량의 미사일이에요!"

"쏴 버려야지. 빠앙~."

『07XB785Y가 [퀵 드로우 샷]을 발사, 크리티컬! 위험징어 미사일이 폭발하였습니다. 유폭! 다른 위험징어 미사일이 폭발합니다!』

"오, 또 운이 좋았네."

엄청나게 많은 미사일이 발사되려고 하던 와중에 토네이도에 휘말렸다. 그리고 제어불능 상태가 된 미사일이 그레이트 웨일호에 명중하기도 했고, 제어가 다시 가능해져서 우리를 향해 날아오려 하던 미사일은 레나짱이 격추시켰어! 게다가 다른 미사일까지 유폭시켜서 대미지를 더 입었고.

『그레이트 웨일호가 대미지를 881000 입었습니다. 등, 왼쪽 장갑에 균열, 항행 시스템에 에러 발생. 시스템 복구까지 부상할 수 없게 되었습니다.』

"아, 고래, 내려오네. 이제 바닥까지 내려왔어."

『(돈타, 기회야! 마랑신탄!)』

『멍!!』

"와? 어, 아아아~. 잠깐만~."

아, 이런! 레나짱이 등에 타고 있다는 걸 깜빡 잊고 있었네! 돈타의 발치에 깔린 그림자에서 보는 시점이라 등 위에 있는 레나짱이 안 보인단 말이지. 안 보인다고 해서 잊으면 안 되잖아……. 정말, 죄송합니다!!

『돈타가 [도플 마랑신탄]을 발동, Weak! 폭주한 그레이트 웨일호에게 합계 대미지를 400400 입혔습니다. 복부 왼쪽 장갑이 파손 상태가 되었습니다.』

『WOW X<X<X<』

『NP 1을 추가 소비하여 [커스 스피어]를 발동. 폭주한 그레이트 웨일호에게 합계 대미지를 400400 입혔습니다. 기계 종족에게는 저주가 통하지 않습니다.』

　으음~! 저주로 조금이나마 원호를 하려고 했는데, 기계 종족에게는 저주가 통하지 않는다네!! 살육 범고래에게는 효과가 정말 좋았는데, 그것 말고는 좋은 점이 없어~!! 그건 그렇고, 돈타의 공격이 약점을 찔렀다고 나오네. 타격 공격이라면 통하는구나. 그렇다면 이제 돈타에게 날뛰어 달라고 할 수밖에 없지!

　『(돈타! 팍팍 공격해서 부숴버리렴!)』

　『크아아아우!! (먹어라~!!)』

　『돈타가 [폭멸이단장]을 발동, 크리티컬! Weak! 폭주한 그레이트 웨일호에게 합계 대미지를 447000 입혔습니다.』

　『2 COMBO! 돈타가 [참멸]을 발동, 폭주한 그레이트 웨일호에게 합계 대미지를 72000 입혔습니다.』

　『3 COMBO! 돈타가 [폭멸이단장]을 발동, 크리티컬! Weak! 폭주한 그레이트 웨일호에게 합계 대미지를 499000 입혔습니다. 복부 왼쪽 장갑이 완전히 파손되었습니다.』

　『HELP! HELP! X<』

　『폭주한 그레이트 웨일호가 [원군 요청]을 발동, 실패…….』

　이제 와서 구원을 요청해봤자 이미 늦었다고, 이제 복부 왼쪽 장갑은 완전히 파괴했어. 보호를 받지 못하고 있는 내부의 기관이 다 드러났다고! 배열 모드를 단숨에 끝내고 곧바로 움직이기 시작했을 때는 어떻게 해야 하나 싶었지만, 상대방의 폭탄이 오히려 우리에게 유리하게 작용한 건 정말 운이 좋았네. 위기와 기회가 정신없이 뒤바뀌어서 바쁘긴 했지만……, 어? 저, 건, 포대? 큰일이야! 우리를 노리고……!!

『폭주한 그레이트 웨일호가 곰치 바주카를 발사하였습니다.』

"그러게 두진 않겠어요!!"

『페르세우스가 대미지를 무효화하였습니다. 페네트레이트 감소 ·5』

『돈타의 [본 실드] 상태가 해제되었습니다.』

『07XB785Y의 [본 실드] 상태가 해제되었습니다.』

『폭풍 대미지 때문에 본 실드가 날아갔어~.』

『NP 1을 소비하여 [본 실드]를 발동. 단 한 번, 직접 공격을 무효화합니다.』

"다음에는 쏘게 두지 않겠어요!!"

『페르세우스가 [메테오르]를 발동, 그레이트 웨일호에게 대미지를 223000 입혔습니다. 곰치 바주카를 완전히 파괴하였습니다.』

나이스 페르쨩! 그건 그렇고, 그 돌격 스킬, 4미터 정도 높이라면 여유롭게 뛰어오를 수 있구나! 앞으로는 하늘 위에 있는 적에게도 공격 능력을……, 어라?

"아! 꺄아아아아아아악!! 낙하를 고려하지 못했답니다~!!"

『페르세우스가 낙하 대미지를 무효화하였습니다. 페네트레이트 감소·4』

으음~, 마무리가 어설프네!!

"계속 공격당하기만 하는 건, 여기까지."

『07XB785Y가 각성 스킬 [슈팅 레퀴엠]을 발동. 30초 동안 MP와 BP를 소비하지 않고 마탄을 작성할 수 있게 됩니다.』

각성, 스킬……!! 발동한 것과 동시에 분위기가 바뀌었어. 지금까지와는 전혀 다르다고 말하는 것처럼, 강자의 오라를 두르고 있어……!!

『07XB785Y가 [풍뢰의 마탄]을 세트, [피어싱 스톰]을 발사. 크리티컬! 폭주한 그레이트 웨일호에게 합계 대미지를 770000 입혔습니다.』

일정 수치의 방어를 무시하는 피어싱 샷을 팔찌의 쿨타임 1초 감소 효과로 마구 쏴대다니……!! 원래는 몇 발 쏘고 나면 MP가 바닥났을 텐데, 각성 스킬 중 효과 덕분에 신경 쓰지 않아도 되고!! 관통하는 총알을 내부의 기관에 마구 쏴대니 어떻게 해보지도 못하고 파괴되네……! 대단해, 이게……, 각성 스킬의 힘이구나!!

『07XB785Y가 [풍뢰의 마탄]을 세트, [피어싱 스톰]을 발사. 크리티컬! 폭주한 그레이트 웨일호에게 합계 대미지를 840000 입혔습니다.』

『화기 관제 시스템에 문제 발생.』

『배열 시스템에 문제 발생, 발화하였습니다.』

『내부의 화약고에 인화. 소화 시스템에 문제 발생, 소화를 진행할 수 없습니다.』

"불이 났어요!!"

"이, 이거, 물러나는 게 낫지 않을까요……?!"

화속성은 무효 아니었어?! 혹시, 화속성 공격이 무효화되는 것뿐이고, 기믹에 의해 불이 나는 건 상관없는 거야? 저기, 이 그레이트 웨일호는 폭약을 엄청나게 많이 싣고 있지 않나? 소화도 못한다는 걸 보니…….

『(돈타! 레나짱을 태우고 뛰어서 도망쳐!!)』

『아우! (도망칠 거야? 해치울 수 있을 것 같은데!)』

『(이대로 가다가는 돈타도 통구이가 되어버릴 거야!)』

『아우우우?! (통구이?! 나는 맛없어!!)』

『(그러니까 얼른 도망치라고 하잖아!!)』

"음, 어디가 약한지, 대충 알았어. 돈짱? 조준하기 힘들어, 흔들지 마."

"레나 씨! 폭발하면 휘말려버릴 거예요!"

"응……? 아, 그렇긴 하겠구나."

레나짱, 쏘는 데 너무 집중하느라 폭발하면 어떻게 될지 전혀 생각하지 않았나요?! 이대로 근처에 있으면 분명히 위험할 거라고요!!

『OH NO X<X<X<』

『제네레이터 손상, 에너지 변환 기능이 정지하였습니다.』

『긴급 냉각 시스템이 에너지 부족으로 인해 작동되지 않습니다.』

『컨트롤 시스템이 오버 히트로 인해 열폭주를 개시.』

『…………GAGAGAGAGA……! HELLO……, OH…… H-E-L-L! GO TO HELL!! :>:>:> GO TO HELL!! :>:>:>』

『폭주한 그레이트 웨일호가 [열폭주 모드]가 되었습니다.』

『폭주한 그레이트 웨일호가 [긴급변형! 철저항전 모드]를 발동, 실패……. 막대한 손상으로 인해 변형에 실패하였습니다.』

벼, 변형?! 변형 같은 걸 한다고? 이 녀석?! 아, 그래도 손상이 심해서 변형에 실패했네……. 어라, 그렇다면 손상시키지 않고 열폭주시켜서 철저항전 모드에 들어가면 변형에 성공한다는 뜻이잖아……. 이, 이거, 혹시 숨겨진 보스 모드 같은 게 탑재되어 있을지도 모르겠는데!! 으아아아, 첫 전투라서 그런 건 모른다고!

"반짝반짝 빛나네. 아마 저게 약점이겠지. 이걸로 끝이야."

『07XB785Y가 [데드 엔드 샷]을 발사. 크리티컬! 폭주한 그레이트 웨일호에게 대미지를 900000 입혔습니다.』

『코어에 치명적인 손상이 발생하였습니다! 폭주한 그레이트 웨일호가 폭발합니다! 대피하여 주십시오!!』

『07XB785Y의 [슈팅 레퀴엠]이 해제되어 [탈력] 상태가 되었습니다. 일정 시간이 경과할 때까지 스테이터스가 감소하며, BP가 회복되지 않습니다.』

우와, 레나쨩이 코어를 꿰뚫어서 쓰러뜨려 버렸어!! 그런데 탈력 상태라니, 이게 각성 스킬의 반동인가…… . 어라, 나…… , 이번에는 정말 본 실드 정도밖에 도움이 안 된 거 아닌가? 끄으으으, 으아앙————…………!

『페르세우스가 [페네트레이트 10] 상태가 되었습니다.』

『I'll be back :>』

『폭주한 그레이트 웨일호가 [대폭발]을 발동, 자폭합니다!』

아마 500미터 정도는 떨어져야 할 것 같거든! 시작 지점보다 더 멀리 도망쳤으니까, 이 정도 떨어지면 아무리 그래도 괜찮—————, 아.

『모두의 본 실드가 해제되었습니다.』

"꺄아아아아아아아아악—————!!"

『오렐리아가 대미지를 15000 입고 검은 고양이 루나가 대신 사망하였습니다.』

『돈타가 [금강]을 발동, 체모를 경화시켜 대미지를 무효화하였습니다.』

아, 하늘을 날고 있던 리아쨩만 폭발을 제대로 맞아버렸네! 곧바로 관에 수납했으면 무사했으려나? 다음부터는 조심할게, 정말 미안해…….

그건 그렇고, 이런 거리까지 폭풍이 닿다니!! 아니, 폭풍보다는 폭발했을 때 날아온 장갑판 같은 것들이 골치 아팠지……. 레나쨩은 돈타가 배 아래쪽으로 감싸줘서 괜찮고, 나도 그림자 속에 있어서 멀쩡했다. 금강은 방어 스킬이었구나, 대미지를 꽤 많이 경감시켜주는 것 같으니 좋은 스킬이야!!

『페르세우스가 대미지를 무효화하였습니다. 페네트레이트 감소 ·1』

"……첫 전투에 불리한 점이 너무 많네요!! 저 고래 잠수함!!"

"운이 좋았어~. 대처가 늦었다면 미사일에 당했을지도 모르겠는데?"

『[어비스 워커]를 해제합니다.』

『MVP는 07XB785Y입니다.』

『아우웅~! (쓰러뜨렸다, 쓰러뜨렸어! 통구이, 위험했어!)』

"전혀 도움이 안 됐네요, 죄송해요……."

"배열 중에 수속성 공격을 가하면 안 된다는 걸 알게 된 것만으로도 큰 수확이랍니다!"

"진짜 MVP는 루나야. 그 감전이 없었다면 어떻게 쓰러뜨려야 할지 몰랐을 테니까. 기특하구나, 야옹이~……, 어라? 야옹이~?"

"제, 대신, 저기……."

"야옹이, 좋은 녀석이었다냥……."

"다시 소환하면 부활하니까요!"

"어라? MVP 알림이 떴는데, 경험치는……?"

"어? 쓰러뜨렸으니 경험치는 이미……, 어머? 어머?!"

"경험치, 안 들어왔어……?! 쓰러뜨린 게, 아니야?"

어, 어라? 루나를 제외하면 모두 생존해서 무사히 이긴 줄 알았는데, 경험치가 들어오질 않았네. 반영이 늦게 되는 것뿐인가? 아니면, 보스를 쓰러뜨린 경험치는 나중에 얻는 건가? 혹시 활약도에 따라 분배되는 건가……! 그러면 나는 경험치를 전혀 못 얻는 거 아닐까……?!

『축하드립니다! 바다의 동굴 던전을 공략하셨습니다!』

『클리어 시 파티 멤버는 [5명]이었습니다. 3인분 핸디캡 보너스가 보스 토벌 보수에 가산됩니다!』

『보스 토벌 보수가 출현하였습니다! 보물상자를 5개까지 선택할 수 있습니다!』

오? 오오! 보물상자가 잔뜩 나왔어! 음, 보물상자를 5개나 선택해서 가지고 가도 되는 거야? 보스를 쓰러뜨리는 보람이 커서 정말 기쁘네! 어라, 그런데 경험치……?

"경험치, 는?"

"이 분위기, 틀림없이 이제 못 받는 것, 같네요……?"

"설마, 자폭으로 끝나서……?"

기계 계열 몬스터는 자폭으로 끝나면 경험치를 못 받는 방식, 인가……? 아, 뭔가 유저 인터페이스의 몬스터 도감에 '새로운 종족의 몬스터가 등록되었습니다'라고 떴네. 그레이트 웨일호, 기계계열 몬스터, 초특대형……. 기능 정지, 고철화 등의 무력화에 성공할 경우에는 경험치를 획득 가능……? 자폭할 경우에는, 경험치를, 획득, 할 수……, 없어……?

"자폭하면 경험치를 획득할 수 없다고 적혀 있네……."

"어어어어어~…………."

"그런 건 너무하답니다! 그럼 대체 어쩌라는 거죠?!"

"기계 계열 몬스터는 기능 정지나 고철화 등으로 무력화에 성공할 경우에는 경험치를 획득할 수 있다고 도감에 적혀 있어……."

"쿠우웅~…………."

"레나 씨가 돈짱의 등 위에서 녹아내리고 있어요!!"

"각성 스킬의 반동으로 인한 탈력, 그리고 경험치를 못 얻은 허탈감 때문에 레나짱이 액체가 되어버렸어!!"

"저기, 언니……? 보물상자, 봐 주세요……."

"어? 응, 제대로 골라서 가지고 갈……, 건데……."

경험치를 못 받는다는 사실을 알게 된 순간, 레나짱이 녹아버렸어……. 게다가 보물상자……. 아무리 봐도 나무, 나무, 나무, 나무……. 나무 상자뿐이다. 은색과 금색, 붉은색 보물상자가 하나씩 있긴 하지만, 10개 중에 7개가 나무 상자야…….

"보물상자, 2개는 적당히 골라도 될 것 같아. 자, 자, 빠빠바바밤~."

"나무 상자에 대한 태도가 너무 조잡한데요?!"

"아니~, 조잡할 만도 하지……. 나무 보물상자에는 아무것도 기대할 수가 없으니까. 자, 빠빠밤~."

『[? 검]을 획득하였습니다.』

『[? 창]을 획득하였습니다.』

"봐. 이 검은 녹슨 롱소드, 이 창은 어차피 부러진 작살이겠지?"

"분명 그럴 거야. 감정하지 않아도 알 수 있어……."

"게다가 하나씩만 들어 있는 건가요?!"

으음~, 모처럼 보스 보수를 얻었는데, 금빛 말살 범고래에게서 나온 보석상자 때문에 금색 보물상자의 가치조차 별것 아닌 것처럼 보이네……! 숨겨진 보스의 레어 몬스터와 일반 보스의 일반 보수니까 이럴 수밖에 없는 건가……. 금색 보물상자가 나온 것만으로도 다행인가?

"자, 빨간색. 페르페르~ 빰빠밤~."

"네, 네, 빨간 것도 별로 기대할 수가 없을 것……, 어머?! 소시지가 들어 있는데요?!"

『아우?!』

"빨간 보물상자는 소시지 박스라고 부르면 될 것 같아."

"돈짱에게는 너무 작네요……."

"뭐, 일단 모두의 몫이 있으니 먹어버릴까?"

『아우……, 멍! (작네! 그래도, 잘 먹겠습니다~!)』

"저기, 저도 먹어도 되는 건가요?"

"리아짱도 먹어버려. 사람 수만큼 있으니까 문제 없어."

『[★새빨간 물고기 소시지]를 획득하였습니다.』

돈타가 사랑하는 새빨간 물고기 소시지가 나와버렸네……. 이건 인간용으로 만든 게 틀림없겠지? 잘 먹겠습니다~!

『스테이터스 보너스 포인트를 획득하였습니다.』

"와! 스테이터스 보너스 포인트를 받았어!"

"저도 받았답니다!"

"나도~. 몇 번이든, 받을 수 있나?"

『오렐리아의 모든 스테이터스가 약간 증가, 추가로 MAG가 약간 증가하였습니다.』

『돈타에게는 효과가 없었습니다.』

"약간이나마 강해진 것 같은 느낌이 들어요!"

『아웅?』

"돈타는 더 큰 걸 먹어서 그런지 이런 걸로는 효과가 없는 것 같네."

"어머, 돈짱에게는 효과가 없는 걸 보니 스테이터스가 여러 번 상승하는 건 아닌 모양이네요."

"전 세계에 있는 이런 던전에 각 던전마다 이런 스테이터스 상승 아이템이 있을지도 모르겠네!"

"아, 그건 굉장히 그럴싸해. 그래도 밑져야 본전이라는 느낌으로 한 번 더 먹고 싶어~."

"한 번 더 먹었는데 오르지 않으면 린네 양의 가설이 사실일 가능성이 높아지겠네요!"

오~, 돈타가 먹었을 때처럼 스테이터스가 올랐어! 그런데 스킬은 얻지 못한 것 같네…….. 덕용이 아니라 황금의 맛 같은 거면 스킬을 얻으려나?

"이번에 가장 큰 수확은 금빛 범고래뿐이었구나."

"응, 또 오자."

"그래요. 그럼, 돌아가시죠!"

"어? 여러분, 은색하고 금색 보물상자를 잊으셨는데요!"

"아. 깜빡 잊고 있었네."

"어머, 어머, 깜빡했답니다!"

"보물상자는 목숨보다 무겁다고 하셨으면서……."

"리아짱, 그건 말이지."

"죄송해요, 오렐리아 양."

"그건 이제, 보석상자 한정이야."

"아, 여러분, 이미……! 보석상자가 아니면 만족할 수 없는 몸이……!"

리아짱이 말할 때까지 진짜로 은색과 금색 보물상자를 잊고 있었네. 우선 금색 보물상자하고 은색 보물상자를 열고, 얼른 돌아가야지……. 음~……. 사실은 금색 보물상자도 뛸 듯이 기뻐할 만한 보수일 텐데~! 보석상자를 알게 된 이후에는 그럭저럭, 그럭저럭 수준밖에 안 된단 말이지!

"자, 빰빠바."

"밤~, 이랍니다~."

"레나 씨도 그렇고, 페르세우스 씨도 대충 하시게 되었네요……!"

"리아짱, 은색 보물상자는 원래 그런 법이야……."

"터무니 없는 힘 같은 게 전혀 느껴지지 않긴 하지만요……."

"금빠바밤~."

"금색 보물상자까지 대충 하고 계세요!!"

레나짱이 은색과 금색 보물상자를 대충 열어버렸어……! 리아짱의 태클도 사실이긴 하지만, 이제 은색하고 금색으로는 흥분이 안 된단 말이지…….

『[? 방패]를 획득하였습니다.』

『[? 가구]를 획득하였습니다.』

『[? 검]을 획득하였습니다.』

『[? 도끼]를 획득하였습니다.』

『승자의 증표를 획득하였습니다.』

『왕의 증표를 획득하였습니다.』

"왕의 증표 말고는 별것 없네요."

"응, 왕이 나온 것만으로도 다행이야."

"전부 합쳐서 여섯 개밖에 없나요? 초라하네……."

『아우~……? (밥은 안 들어 있어? 텅 비었어?)』

"돈타, 이제 아무것도 없어."

우와, 초라하네…………. 이게 보스 보수라니, 그것도 두 상자라니, 믿기지 않아……. 금빛 범고래 사냥하고 싶다……. 금빛 범고래, 또 먹고 싶다……. ☆4 말살 범고래가 날마다, 아니, 모든 계층에, 아니아니, 매번 나왔으면 좋겠다……!

아앗?! 그러고 보니 이 보스는 기계라서 그런지, 자폭해서 그런지, 시체를 수납하지 못했네!! 끄아아아아아~!! 정말 아쉽기만 하네, 기계 계열 몬스터는 짭짤하지 못해!!

"돌아가자, 돌아가자."

"돌아가시죠. 바깥으로 나간 다음에 길드 포탈을 타고 돌아가요."

"그러자. 왠지 아쉽네~……."

모처럼 던전의 보스를 쓰러뜨렸는데, 페널티로 나오는 숨겨진 보스가 더 짭짤하다니. 아~, 그래도 열폭주로 인한 변형은 조금 신경 쓰이네. 잊지 않으면 다음에는 그 이야기를 모두 함께 해봐야지.

자, 길드 하우스의 3호실로 돌아왔습니다. 여기로 왔으니, 이제 다들 아시겠죠? 해야 할 일은 하나뿐입니다! 아니, 요즘은 주물도 만들고 있으니 하나가 아닐지도 모르겠네……?

"쿠웅~…………."

"발끈~, 이랍니다~…………."

우선, 감정 대회입니다……. 이미 감정을 시작하고 나서 수십 개째, 레나쨩하고 페르쨩의 반응을 보시면 아시겠지만, 내용이 정말 초라하네요…….

왜냐하면 지금까지 나온 유니크 이상 장비가 0개. 지금까지 너무 잘 나온 건지, 아니면 이번에 운이 너무 없었던 건지, 그것도 아니면 운이 ☆4 말살 범고래와 그레이트 웨일호에게 쏠려버렸던 건지……!!

"좋은 게 아무것도 안 나온답니다~……."

"괜찮아, 아직 ☆4 말살 범고래가 남아있으니까."

"그레이트 웨일호는 은색하고 금색이었고, 분명히 미묘할 거야."

"그럼, 그레이트 웨일호 보상부터 감정할까요?"

"찬성~."

"찬성이랍니다!"

네, 지금까지 미묘한 보상만 잔뜩 나왔으니……. 다음에는 조금이나마 기대가 되는 폭주한 그레이트 웨일호의 드롭 아이템을 감정하도록 하겠습니다. 이제 슬슬 좋은 게 나와줬으면 좋겠는데요

~……

"감정할게요~."

『[? 방패]는 [☆가·리비]였습니다! 축하드립니다.』

"으음~, 이거."

"으음~……!"

"하필이면 방패가 레전더리인가요……."

네, 바로 나와줬네요. 어차피 이거, 이름이 재미있기만 한 개그 레전더리 아이템이겠지! 가·리비라니……. 우와, 진짜로 가리비 껍질처럼 생긴 방패네……. 이 던전 방패는 개그 장비가 너무 많은 거 아닌가? 생김새가 너무해……. 방패 아바타 같은 것도 있으려나? 아무리 그래도 이건 아니지.

[★가·리비] (상급·레전더리·대형 방패·빈 슬롯 1 [O])

·방패 전용 스킬 [실드 부메랑] 획득 가능.

·어그로율 +50% 상승.

·빈 슬롯.

[가드 성능]

·타속성 내성 +15%.

·돌속성 내성 +15%.

·참속성 내성 +30%.

──────그거, 혹시 장난치는 건가? by 이름난 검호

강화 가능·중량 2.2kg.

"어, 강한데."

"가드했을 때 내성 강화 성능이 높은데요?!"

"강하구나?!"

"지금까지 본 적이 있는 강력한 방패도 내성 합계치가 40%를 넘지 못했어."

"게다가 강화 가능이라는 걸 보니 성능이 더 올라갈 거랍니다!"

"스킬도 달려 있네. 획득 가능인 걸 보니 여러 번 사용해서 숙련되면 다른 방패로도 이 스킬을 쓸 수 있게 돼. 최대한 낮게 잡아도 신들린 장비인 것 같은데."

"이건 터무니없이 높은 가격이 붙겠네요!!"

"그래도 생김새가 너무해. 아바타 필수."

"저, 대형 방패 아바타는 몇 개 있는데요……."

"장비할 수 있는 사람이 없으니까. 일단 보류?"

"그렇죠, 보류네요."

"응, 보류~."

어어……. 이름하고 생김새가 이렇게 너무한 방패인데, 성능이 엄청나게 좋구나……. 쓸 수 있는 사람이 있다면 좋을 텐데…….

"이렇게 생겼는데, 강한 건가요……?"

"장비는 생김새와는 다른 성능을 지닌 경우가 가끔 있거든, 리아쨩."

"게다가 방금 눈치챘어, 대형 방패치고는 꽤 가벼워~."

"어머, 정말이네요! 보통은 10kg 정도인데요!"

"우와, 온갖 요소가 강하구나……, 생김새는 끝장났지만."

리아쨩도 깜짝 놀랐나 보네. 강한 장비는 기쁘긴 한데, 뭐라고 해야 하나~……. 뭐, 마음을 다잡고 다음 아이템을 감정해볼까?

"그럼, 다음 아이템을 감정할게요?"

"네에~."

『[? 가구]는 [톱니바퀴 테이블]이었습니다.』

『[? 검]은 [성검 엑스칼리]였습니다.』

"잠깐 스톱."

"이거, 유니크 장비네요……."

"이번에야말로 개그 무기~."

이번에는 이름이 지독한데다 성능도 지독한 무기일 것 같아!!
이, 이게 뭐야……. 이런 무기가 존재한다고……?

> **[성검 엑스칼리]** (최하급·유니크·검·빈 슬롯 없음)
> ·손잡이가 없다.
> ·손잡이를 달 수 있는 곳도 없다.
> ·바(Bar)가 없어서 엑스칼리, 막 이래.
> ·게다가 성속성조차 아니기에 성검이라는 이름조차 거짓말.
> ·칼날도 무뎌졌다. 때려도 약하다.
> ·써먹을 곳이 전혀 없으니 분해라도 해주세요.
> ·강화 불가, 분해시 마정석을 대량으로 입수·중량 1.5kg.

정말로, 정말로 써먹을 곳이 없는 데다, 딱히 성속성도 아니
고……. 성검 엑스칼리버를 노리던 사람이 필사적으로 원할 때 이
게 나오면 분명히 절규할 게 틀림없어……. 애초에 엑스칼리버
가 나올지 여부조차 모르지만. 어떻게, 어떻게 이런 지독한 장비
가……. 게다가 쓸데없이 희귀도가 높은 게 또 지독하다.

"이런 것도, 있구나……."

"있답니다! 게다가 꽤 많아요."

"장난기는, 인정하고 싶네……, 다음~."

『[? 도끼]는 [★바이킨 액스]였습니다! 축하드립니다!!』

"이것도, 조크 무기야?"

"이건 조크 무기인 것처럼 보이면서도 개그가 아닌 쪽 무기랍니다!"

"정말 심하네."

어어, 어어……. 바이킹 액스가 아니라 바이킨(병균) 액스야……?! 게다가 이번에는 조크 아이템이 아니라 성능이 좋다고?!

[★바이킨 액스] (최상급·레전더리·양손 전투 도끼·빈 슬롯 없음 [●●])

·직접 공격시 상대방을 50% + 0% 확률로 [마비·랭크2] 상태로 만든다.

·직접 공격시 상대방을 확실하게 30초 동안 [맹독·랭크2] 상태로 만든다.

·물리 공격력 +15%.

·물리 공격이 암속성이 된다.

·[바이러스 카드] 몬스터 공격시, 5% 확률로 [항독 혈청]을 드롭한다.

·[바이러스 카드] 몬스터 공격시, 5% 확률로 [항독 혈청]을 드롭한다.

──────이름치고는 생긴 게 깔끔한데……? by 당황한 대해적

우와, 우와, 강해……. 이게 뭐야……. 게다가 날이 보라색이고, 자루 부분이 약간 휘어진 디자인이라 멋지네. 이거, 페르짱이 이 단심문관이었다면 분명히 썼겠지, 틀림없이 썼을 거야…….

"5000만 실버 정도 하려나요……."

"더 나갈 것 같아."

"어?! 오오, 오천……?!"

"성속성만 부여된 나이프가 1200만에 팔리는데요?"

"도끼, 근접 물리 클래스라면 누구나 쓸 수 있어. 다루기 편해서 인기가 꽤 많아."

"레벨 50 정도의 천사."

"없애버려야 해."

"그 종족 몬스터가 출현하는 봉인된 교회라는 던전을 발견했답니다! 로레이에서 바다를 따라 서쪽으로 가면 나오는 절벽 위의 폐교회가 던전의 입구라네요. 인기가 많은 던전이고 암속성은 분명히 큰 대미지를 입힐 수 있겠죠! 돈이 많은 워리어들이 침을 흘리며 욕심낼 거랍니다!"

"없애버려야 해!!"

"천사, 싫어!"

"네, 이름도 말하고 싶지 않을 정도로 싫어요!!"

"천사만 추켜세워주고, 정말 싫어~……."

"그렇죠!! 저는 캐릭터를 만들 때 천사를 때려눕혔거든요! 그랬더니 바빌론 님을 만나서, 최고였어요!!"

"나는 시리얼 코드를 입력하느라 필사적이어서, 눈앞에 천사가 있던 걸 전혀 못 봤어…… 그래도 때리지는 않았을 것 같아……."

"아니, 기세에 몸을 맡겨버려서……."

"기세는 중요해. 린네는 앞으로도 계속 린네답게 있어줬으면 좋겠어."

"네! 그러니까 그 폐교회를 지금 당장 뭉개버리죠!"

그렇구나, 그렇구나……. 천사가 나오는 폐교회가 있단 말이지. 그런 곳은 반드시 없애 버려야만 해……. 모두 함께 천사를 없애러 가자!!

"아! 감정을 이어서 하죠! 이제 ☆4 말살 범고래의 보상 감정이네요!"

"보스는 벌써 끝이야~? 괜찮은 도끼, 뿐~."

"방패도 강한 건데요?! 이번에는 숫자가 적긴 하지만, 이것만으로도 충분하고도 남을 정도로 질이 좋은 드롭 아이템이 많네요! 맞다, 단검하고 가구, 책이 무지개였죠? 원하시는 건 있으신가요?"

자, 메인 이벤트인 ☆4 말살 범고래의 드롭 아이템 감정이야! 무지개 아이템은 단검, 가구, 책.

"나는 가구가 괜찮을 것 같은데. 돈타가 소시지를 받아버렸으니까, 이거!"

"응, 나도 가구를 가지고 싶어~."

"아, 그, 그럼, 남은 거!"

"그럼, 저는 책이에요. 스킬 책이라면 기쁘겠네요!"

"좋아~. 그럼, 린네는 단검이구나? 괜찮겠어?"

"네, 괜찮아요!"

페르짱이 책, 레나짱이 가구! 그리고 나는 남은 단검을 챙기기로……. 두 사람 중 한 명이 실망스러운 아이템을 뽑으면 단검을 양보해줘야지. 돈타가 소시지를 받았으니까, 왠지 미안해서.

"그럼, 감정할게요!! 단번에 전부 할 거예요!"

『[? 둔기]는 [못 박힌 배트]였습니다.』

『[? 악기]는 [은 하프]였습니다.』

『[? 책]은 [★★보스 카드 바인더]였습니다! 축하드립니다!』

『[? 가구]는 [★★금 미니 고래 장식·암수 세트]였습니다! 축하드립니다!』

『[? 단검]은 [★★미세리코르드 +10]였습니다! 축하드립니다!』

"프, 플러스?!"

"플러스, 10?!"

"와아~. 고래 장식이다~, 귀여워~."

"보스 카드 바인더도 처음 보는 아이템이랍니다!!"

자, 잠깐만, 모두가 신경 쓰이는 아이템을 뽑아버렸는데!! 레나짱의 미니 고래 장식 세트는 뭐야?! 그거 나중에 좀 보여주세요!!

"후후후, 예상하고 있었지……. 금빛 고래 장식, 진짜로 나왔어~……."

"설마 진짜로 나올 줄이야……."

"음~!! 참을 수가 없답니다! 카드, 뽑을게요~!"

"좋은 게 나오면 좋겠다!"

"오~. 좋은 거 나와라~."

『페르세우스가 [★★검은 토끼의 샤르나데 카드]를 뽑았습니다. 축하드립니다!』

"어머! 반지용 카드랍니다! 보셔요!"

"내 고래 장식도 보여줄게~."

"미세리코르드도!"

대단하네, 모두 결과적으로는 잘 나왔어! 아니, 그런데, 레나짱
은 그 고래 장식으로 만족하시나요……? 본인이 납득한다면 상관
이 없긴 하지만…….

[★★검은 토끼의 샤르나데 카드] (미스틱·등록 부위 [반지])

·레벨에 따라 AGI가 극적으로 상승한다.

·[시공 방해 계열 전반·랭크 6]까지 무효.

──────있지, 있지, 같이 놀자~!!

[★★금 미니 고래 장식·암수 세트] (미스틱·가구)

·[수컷] 길드 하우스에 설치할 경우, 설치자와 파티 멤버 모두의 금
전운을 상승시키며 골든 박스 이상에서 [코인 주머니] 계열 아이템
이 출현하게 된다.

·[암컷] 자신이 소유하고 있는 집에 설치할 경우, 자신의 금전운을
극적으로 상승시키며 골든 박스 이상에서 [코인 주머니] 계열 아이
템이 출현하게 된다.

·[세트] 양쪽의 조건이 실버 박스 이상으로 완화되며, 수컷의 효과
의 대상이 길드 멤버 전원으로 확대된다. 설치자는 약간의 마진을 획
득할 수 있다.

[★★미세리코르드 +10] (극상·미스틱·자돌 단검·빈 슬롯 없음)

·직접 공격시, 1% + 10% 확률로 상대방에게 [즉사·랭크 3]가 발동.

·크리티컬 발생시, 0% + 10% 확률로 상대방에게 추가로 [즉사·랭크 3]가 발동.

·직접 공격시, 반사 대미지를 무효화한다.

──────목숨을 빼앗는 것도 일격에. 그것이 신조. by 대괴도 아르센

강화 가능·장비 등록자 [◆◆◆◆◆]·파괴 불가·중량 0.3kg.

우와……. 전부 말도 안 될 정도로 정신 나간 성능이네……! 내 황금의 그 녀석 카드도 장난이 아니긴 한데, 샤르나데 카드도 정신이 나갔다고. 시공 방해 효과 전반, 그것도 랭크 6까지 무효라니……!! 이거, 보스 속성이 랭크 2까지 전부 막아주는 것도 대단한 것 같았는데, 랭크 3 이상은……, 이대로는 힘들려나? 뭐, 힘들어진 뒤에 생각해도 되겠지!

"그건 그렇고, 강화 수치가 10으로 나올 수도 있구나……."

"강화된 아이템이 가끔 나오긴 하죠. 하지만 10씩이나 강화된 아이템이 나오는 건 정말 드문 경우일 거예요."

"이거, 이 방에 두어야지. 린네 일행이랑 같이 논 추억으로."

『07XB785Y가 [★★금 미니 고래 장식·암수 세트]를 [로레이·길드 하우스·3호실]에 설치하였습니다. 소유자 등록이 완료되었습니다.』

『길드 안내 : 길드에 [07XB785Y]가 소속되어 있기에 실버 박스 이상에서 [대량의 금 코인 주머니], [소량의 금 코인 주머니], [미

량의 금 코인 주머니], [저주받은 코인 주머니] 중 하나가 출현하게 되었습니다.』

『Tips : [금 코인]은 환금 아이템입니다. 사용하면 1개당 1만 실버로 변환됩니다.』

"흐에?"

"어?! 그렇게 높은 가치를 지닌 게 나오는 건가요?!"

"어, 대단하네……."

와우~, 금 미니 고래 장식의 효과가 엄청나네. 길드 멤버 모두에게 추가로 돈을 얻을 수 있는 효과가 부여되어 버렸는데? 모두에게는 저주받은 코인이 꽝이겠지만, 그쪽은 내가 써먹을 수 있으니 기쁘고! 이건 좋은 거야!

"금빛 고래 장식, 최강 아이템."

"이제부터는 레나 님이라고 부를게요!!"

"하~지~마~. 공유재산, 모두 함께 얻은 거니까."

"레나짱은 마진을 조금 받을 수 있게 되었네요!"

"맞아. 그러니까 나만 손해를 보는 건 아니야!"

대단하네, ☆4 희귀도의 보스 몬스터가 드롭할 만도 하겠어. 터무니없이 희귀한 가구, 그것도 영원히 효과가 지속되는 가구라니, 최고야……. 좀 전까지는 뽑기 운이 안 좋은 줄 알았는데, 이번에는 꽤 좋은 걸 뽑았구나!!

"……아. 10시, 간식 시간."

"가, 간식?!"

"간식 타임을 가지는 문화가 있군요, 레나 씨!"

"응……. 일단 나가서 간식 먹고 온 다음에, 폐교회에 갈까?"

"가시죠!! 저도 잠깐 이것저것 용건을 처리하고 싶으니……."

"저도 일단 자리를 비우겠답니다! 10시 30분에 여기에 집합하는 건 어떨까요?"

"열 시 반, 알았어. 그럼, 이따 봐."

"다녀오세요~."

"다녀오셔요!"

『[07XB785Y]가 로그아웃하였습니다.』

이렇게 잔뜩 놀았는데 아직 10시구나~……. 오늘은 이른 아침부터 플레이했으니까 왠지 한참 놀았는데도 시간이 더 남은 것 같아서 기쁘네! 어디 보자, 나도 할 일을 하러 일단 로그아웃해야지. 잠깐, 그 왜, 응? 아무래도 이건 가상 현실의 세계에서는 처리할 수가 없으니까…….

"아짱, 꽃을 따러 가시나요?"

"빙 둘러서 표현하면서도 돌직구를 날리는구나?!"

"저도 다녀오겠답니다~!! 오~호호호호!!"

"크게 웃으면서 선언할 말이야?!"

"그럼, 평안하시길!"

『[페르세우스]가 로그아웃하였습니다.』

좀 본받고 싶네, 저 정신……. 나도 언젠가 크게 웃으며 화장실에 갈 수 있게끔……, 될 필요는 없잖아! 원래 이런 건 조용히 다녀오는 법이라고! 페르짱, 나 말고 다른 사람에게 그러진 않는 거지?! 당신은 초일류 아가씨거든요?! 아, 돈타하고 리아짱에게 잠깐 다녀올게~라고 말한 다음에 가야지…….

스텔라벨체의 새로운 왕, 카슈파 스텔라벨체는 아무래도 그릇이 작은 남자다. 이렇게 아무것도 없는 사막의 나라를 지배하면서 만족한다고 하니.

하지만, 이런 왕이기에 이용하기가 쉽다. 그리고 스텔라벨체 왕국 근처에 있는 거대한 동굴, 그곳에서는 유용한 광석이 출토된다. 앞으로 나의 수족이 될 죽음의 군단을 무장시키기 위해서는 대량의 광석이 필요하니 채굴을 해야 한다.

그런 이유로 내가 죽은 자를 되살려서 영원히 일을 하는 노동력을 제공하는 대신 파낸 광석의 일부를 가지고 싶다고 제안하자 딱히 앞날을 생각해보는 것 같은 낌새도 보이지 않고 채굴 허가를 내주었다. 조금 더 부추길 수 있을 것 같았기에 다른 제안도 제시했다.

반항적인 자, 뭔가 꿍꿍이가 있을 것 같은 자, 위협이 될 수 있는 자, 그 모두를 죽여 버리고 사신님께 기원하여 노동력으로 바꿔 버리자고. 이번에는 카슈파도 한순간 고민했지만, 곧바로 밝은 표정을 지으며 그 제안에 찬성했다.

카슈파에게 맞서는 자는 모두 죽인다, 저항하는 자도 모두 죽인다, 뭔가 마음에 들지 않으면 모두 죽인다. 스텔라벨체에서 소란스러운 기적이 사라지고 사신님께서 원하시는 조용한 세계로 한 발짝 나아갔다는 느낌이 들었다.

오르비스도 내가 알지 못하는 사이에 행동하고 있는 모양이다. 보아하니 나를 위해 세계 각 나라에서 강력한 죽은 자를 부활시켜서 나에게 헌상하려는 모양이다.

그리고 보니 오르비스가 만나줬으면 하는 남자가 있다고 했지……. 나의 부활을 위해 함께 생명의 연구를 하고 있다고, 이름이……, 세료거라고 했던가. 멜티스가 금기로 지정하여 봉인한 고대의 기술과 기계 무장, 생명의 연구 부산물로 생겨난 악마의 융합 기술…….본인의 전투 능력은 기대할 수 없겠지만, 그 이상을 만들어내 줄지도 모른다. 우선은 만나서 확인해 볼까.

모든 것은 사신님을 위하여, 세상에 정적을 가져다 주기 위하여. 나의 발걸음이 멈출 일은 없다.

제 2 부

격 진

『멍!! 아우!! (어서 와!! 배불러!!)』

"이놈, 돈타, 입을 닦아줄 테니까 이쪽으로 오렴."

『끄으응~…….』

"끄으응~……은 무슨, 이리 와."

"어라, 어라? 안녕~, 처음으로 잠에 빠진 감상은 어땠어~?"

"낮잠 씨?! 아, 안녕하세요……, 음……. 다, 다음부터는 제대로, 현실로 돌아가서, 잘게요……. 부끄럽기 짝이 없네요……. 자, 돈타, 움직이지 마!"

『끄으응~………….』

"아하하, 돈타의 엄마 같네."

열 시 반보다 조금 일찍 돌아와 보니 돈타는 입 주위가 끈적끈적하고, 낮잠 씨가 싱글거리며 내가 잠에 빠진 것에 태클을 걸고, 정말~ 부끄러워……!!

끄으으!

"그러고 보니까, 3호실에 있던 고래 장식, 그건 뭐야?!"

"그건, 레어 보스를 토벌하고 얻은……, 희귀한, 보수예요……."

"레어 보스?! 어어어어, 어떤 건데……?! 설마 그 장식품처럼, 생김새가 똑같은 금빛 범고래가 나타났다는 거야?!"

"맞아요, 금빛 말살 범고래가, 드롭했어요……."?

"흐에에에에에에에에에~! 보스도 레어 몬스터가 되는구나?!"

"그리고, 저기……. 보스, 쓰러뜨리고 왔어요."

"저기, 어떤 보스를……?"

"바다의 동굴 던전의, 최심부에 있는 보스요. 공략, 끝냈어요."

"…………어~?? 대단해!! 쓰러뜨렸구나!!"

『멍멍!! (쓰러뜨렸어~!!)』

낮잠 씨는 항상 졸린 것 같은 상태라 신이 난 모습이 신기하게 보인다. 아마 이건 ☆4 낮잠 씨만큼 희귀할 것이다.

"그, 그래서? 보스는, 마지막은 어떤 녀석이야? 몇 층까지 있는데?!"

"8층까지였어요. 보스는 말이죠……."

『멍! (고래야!)』

"…………꿀꺽."

"고래였어요!"

"아, 역시나. 범고래가 나왔으니 고래겠구나~, 싶긴 했는데, 진짜로 고래였구나. 뭐야~, 맥빠지네~."

"이름하여, 폭주한 그레이트 웨일호, 예요."

"그레이트, 웨일…………, 호?! 호는 뭔데?!"

"거대한 잠수함 형태의……, 기계 몬스터였어요. 기계 계열 종족 몬스터라고 도감 정보에 등록되었고요."

"기, 기계?! 잠수함?! 흐에, 에에에에에……?! 그걸 쓰러뜨렸구나?!"

"쓰러뜨렸어요."

"으햐아~!"

오······. 뭐지? 이, 우월감? 먼저 공략하고 나서 누군가에게 내용을 스포일러해 버리는 배덕감? 아니, 그래도, 길드의 방침으로 스포일러 오케이, 던전의 정보는 공유합시다, 이런 느낌이니까. 이건 합법적인 스포일러야! 이런 이야기를 하고 있으니 조금 즐거워지네. 낮잠 씨의 반응이 좋아서 그렇기도 하지만!

"엄청나게 큰 거지? 대미지 같은 건 어떻게 입혀?"

"아직 한 번밖에 못 싸워서, 확정인지는 모르겠지만요———."

그 이후에는 낮잠 씨에게 폭주한 그레이트 웨일호의 정보를 마구 이야기했다. 전투 시작 직후에 처음 싸우는 상대에게 매우 불리한 크림슨 블래스터라거나, 열배기 모드로 들어가서 그로기 상태가 되지만, 그때 수속성 마술을 날리면 회복되는 데다 냉각이 끝나버렸다는 이야기나, 적의 공격에 적절한 행동을 취하면 오히려 대미지를 입힐 수 있다거나.

"저는, 전혀 도움이 안 됐지만요······."

『아우! (있어주기만 해도 기뻐! 쓰다듬어 주니까!)』

"돈타가 변명해주는데, 이유가 뭘까······. 괴로워······."

"돈짱하고 이야기할 수 있는 거, 그것도 부럽네~."

"나중에 머리가 더 좋아지면 의사소통도 할 수 있을지 모르죠. 이야기하는 내용을 알게 되면 후회할지도 몰라요."

"으음~~······. 배고프다는 말만 할 것 같네······."

"아, 정답이에요."

"못 알아듣더라도 그건 알 수 있거든~!"

『아우? (뭐야, 뭐야? 간식 이야기?)』

"좀 전에 낮잠 씨가 먹여준 지 얼마 안 지났잖아, 너무 많이 먹는다고!"

"더 먹을 생각이었구나아."

내가 제일 도움이 되지 않았다는 것도 확실하게 말해두었다. 버프 담당, 본 실드 담당이나 마찬가지였다. 레나짱의 화력이 너무 강해……. 내 시종 중에도 화력을 팍팍 발휘할 수 있는 아이가 있었으면 좋겠는데~. 리아짱은 범위 서포트 어태커 같은 느낌이니까.

"그건 그렇고, 기믹 타입 보스라~……. 밀어붙이는 것도 가능하고, 확실하게 타격이 약점이고, 핫게도 데리고 가볼까?"

"핫게 씨는 그 커다란 프라이팬으로 때리려나요……?"

"그러겠지! 오늘 한가해 보이는 멤버가 있으면 한 번 제안해 볼게~."

"좋네요……, 앗! 오늘은 경매를 하는 날이었죠?"

"맞아~! 오늘 21시, 기대된다……."

"맞다, 잠깐만 기다려 주세요……. 돈타, 가자."

『아우? (뭐할 건데~?)』

맞다, 맞다. 오늘이 경매를 진행하는 날이라면 이것도 만들어서 출품해 버려야지. 살육 범고래 10마리와 말살 범고래 2마리, 그리고 비장의 ☆4 말살 범고래로 애니메이트 페티슈를 쓰는 거야~!

음~, 길드 창고에는~……. 반지하고 이어링밖에 없네. 팔찌하고 넥클리스는 누가 꺼내간 거지……, 밋첼 씨? 아, 리아짱하고 항상 마술을 공부하는 언니구나. 꺼내간 이유는 '초보에게 나눠주기 위해서'라고 적혀 있네. 그 사람도 나눠주고 다니는구나. 다들 대단하네. 나는 그러니까~, 음~~~……. '역시 쓰고 싶어져서'라고 적어두어야지. 그것 말고는 생각이 안 나니까.

"자, 몇 개 정도는 성공해줘~."

『멍! (아, 질척질척! 성공하면 좋겠다!)』

어디, 이번에는 페르짱하고 레나짱이 돌아오기 전에 질척질척, 애니메이트 페티슈를 해버려야지. 가자~!

"바쳐라!"

『철제 이어링이 저주받았습니다!』

『철제 이어링이 변질되었습니다!』

『흑철 이어링이 변질되었습니다!』

『다크 이어링이 주물화하였습니다!』

『★다크 이어링이 완성되었습니다! 축하드립니다!』

오, 됐다. 이것의 효과는…………. 참·타·돌 내성 10% 상승, HP 자연 회복량 -30%라~. 튼튼해지기는 하지만 장기전에서는 밀릴 것 같네. 빈 슬롯도 있으니까 괜찮은 느낌이야! 자, 꽉꽉 해보자!

"바쳐라!"

『진주 이어링이————, 소멸하였습니다…….』

그래. 다음!

"바쳐라!"

『아이언 이어링이————, 소멸하였습니다…….』

어……? 그래……. 다음!

"바쳐라!!"

『아이언 이어링이————, 소멸하였습니다…….』

끄어어어어어, 고통스럽네, 연속으로 실패하다니……! 흐름이 좀 안 좋아지기 시작했는데!

"바~쳐~어~라~!"

『아이언 링이 저주받았습니다!』

『아이언 링이 변질되었습니다!』

『흑철의 고리가 변질되었습니다!』

『흑철의 고리가 주물화하였습니다!』

『★흑철의 고리가 완성되었습니다! 축하드립니다!』

좋았어~!! 이건 어떤 효과가 있지?! 반지 장비고, 참·타·돌 내성이 반대로 -10%지만, 물리 공격력이 +15%구나! 이것도 빈 슬롯이 있고, 좋은데! 팔아야지! 그럼, 다음!

"바쳐라!!"

『아이언 링이————, 소멸하였습니다…….』

『아이언 피어스가————, 소멸하였습니다…….』

『아이언 링이————, 소멸하였습니다…….』

『아이언 피어스가————, 소멸하였습니다…….』

안 돼애~……. 리아짱……, 아니, 아니, 그러면 안 되지. 마음을 굳게 먹어야 해. 이럴 때마다 리아짱에게 의지했다가는 조만간 질려서 가출해 버릴지도 몰라! 다음!

"바쳐라!!"

『골드 링이 저주받았습니다!』

『골드 링이 변질되었습니다!』

『심연의 황금 반지가 변질되었습니다!』

『심연의 황금 반지가 주물화하였습니다!』

『★살육회전·심연의 황금 반지가 완성되었습니다! 축하드립니다!』

오오오오!! 드디어 성공했다, 다행이야~……. 간단히 손에 넣을 수 있는 살육 범고래 따위에게 작성 보호 티켓을 쓰고 싶진 않고, 그래도 숫자가 너무 적다고 생각했는데 완성되어서 정말 다행이야! 자, 성능은?

[☆살육회전·심연의 황금 반지] (최상급·레전더리·반지·빈 슬롯 없음 [●])

·[저주] 자신이 상태이상에 걸렸을 때, 효과 시간이 5초 추가된다.

·상태이상 성공시, 효과 시간을 5초 추가한다.

·[살육 범고래] 카드

카드 스킬 [스크류 어택] 사용 가능.

최종 피 대미지 5% 경감.

─────황금에 홀려서는 아니 된다. 욕망의 바닥에 가라앉을 게다.

강화 불가·중량 0.01kg.

좋은데. 우선 살육 범고래는 10마리 중 3번 성공했어. 자, 말살 범고래 2마리하고 비장의 ☆4 말살 범고래 차례다.

아무래도 레어 몬스터는 아까우니까 작성 보호 티켓을 쓰기로 하고, 전자는……, 응! 비싸, 너무 비싸다고! 회귀 몬스터에게만 작성 보호 티켓을 쓰자. 보물상자를 열었을 때 자동으로 손에 넣는 실버로 몇 장은 살 수 있으니까, 그러는 게 낫겠지!

이번에야말로 무기를 만들고 싶어! 음, 길드 창고에~……, 어라라, 마음대로 쓸 수 있는 것 같은 지팡이가 두 개밖에 없어? 그리고 유니크 장비인 무딘 칼날 블레이드만 있구나~……. 일단 지팡이 두 개는 일반적인 말살 범고래로!

"바쳐라!!"

『마술사의 지팡이가————, 소멸하였습니다…….』

『마술사의 지팡이가————, 소멸하였습니다…….』

어째서……? 어째서……? 어째서, 지팡이, 못 만들어?

『멍!! (정신차려!!)』

"웅……. 대신 들이마시게 해줄래?"

『아, 아우! (나라도 괜찮다면, 좋아!)』

돈타, 너는 착한 아이구나……. 음……, 스으으으으으으읍……
……, 푹신푹신한 이불 향기가 나네. 낮잠 씨가 돈타를 끌어안고 자버린 것도 이해가 된다.

"돈타~……? 이제 지팡이가 없어, 희귀한 범고래는 그냥 아껴두는 게 나을까? 아니면 써버릴까?"

『아우~? 멍멍!! (그러니까 말이지? 신선할 때가 제일 맛있어!!)』

"주물도 신선도가 생명인가~?"

『멍! 아우아우? (이대로 고민하다가 계속 안 쓰게 되겠지?)』

"일리가 있는 말이네. 무딘 칼날 블레이드로 만들어 버리자!"

『멍멍!! (마음대로 써도 괜찮을 것 같아!!)』

돈타 선생님의 말을 믿고 투입해 버릴까~, 무딘 칼날 블레이드! 지금 쓰지 않으면 '아니, 이쪽이, 아니 저쪽이……'라며 계속 고민할 테니까. 분위기와 기세를 살리며 살아가자고, 멜티스 온라인! 작성 보호 티켓은 소재들과 함께 투입하면 되는 건가? 아마 그러면 되겠지! 으랴압!

"바쳐라!!"

『경고 : 성공할 확률이 매우 낮은 조작입니다. 지금이라면 취소할 수————, 실행이 선택되었습니다. 애니메이트 페티슈를 개시합니다.』

흐흥~. 이런 경고는 처음 뜨긴 했는데, 지금 나는 아무리 확률이 낮더라도 돌진해 버리는, 분위기와 기세만으로 살아가고 있는 사령술사! 누구도 나를 막지 못해!

『무딘 칼날 블레이드가 저주받았습니다!』

『무딘 칼날 블레이드가 변질되었습니다!』

『붉은 카타나가 변질되었습니다!』

『붉은 거품이 변질되었습니다!』

『말살·홍련이 변질되었습니다!』

『붉은 범고래 한일자가 변질되었습니다!』

『히카게고젠이 주물화하였습니다!』

『★★참수 히카게고젠이 완성되었습니다! 축하드립니다!!』

『어머? 대단하잖아♡ 방금 성공 확률은~……, 6퍼센트 정도였구나! by 사랑스러운 바빌론』

6, 퍼……, 센트……? 흐냐……? 흐에……? 말도 안 돼……?!

[★★참수 히카게고젠] (극상·미스틱·요도·빈 슬롯 없음 [●●])

·[저주] 인간족은 다룰 수가 없다.

·[저주] 카르마 수치가 -500 이상일 경우, 장비할 수 없다.

·[저주] 패시브 스킬 [요도] 필수.

·[저주] 절대로 카드를 떼어낼 수가 없다.

·장비 고유 스킬 [무쌍비영] 사용 가능.

·참, 돌속성 공격 +50%.

·절대로 파괴되지 않는다.

·사이즈 페널티를 받지 않는다.

·반사당하지 않는다.

·[진 살육자 카드]

참, 돌속성 공격 +100%.

·[진 말살자 카드]

참, 돌내성 무시. TEC에 의존한다.

—————베고 싶어……. 나는 지금 당장 피를 보고 싶어…….

by 히카게고젠

강화 가능·장비 등록자 [—————]·중량 1.2kg.

못 본 척하고 아이템 인벤토리 깊숙한 곳에 넣어두어야지. 이건 세상에 내놓으면 안 되는 녀석이다, 틀림없어.

"좋아, 돌아가자, 돈타……. 방금 그건 못 본 척해."

『아, 아우! (알았어! 알았어!!!)』

돈타는 착한 아이구나. 이 카타나가 위험한 물건이라는 사실을 본능적으로 이해한 모양이야. 그럼 낮잠 씨가 있는 곳으로 돌아가서 히카게고젠을 제외한 아이템을 넘겨야지. 경매 상품으로 내놓을 거야…….

"안녕하세요, 낮잠 씨, 다녀왔습니다."

"으, 응……. 무슨 일 있었어……?"

"아뇨……! 이거, 경매에, 같이 내놓고 싶거든요……. 부작용이, 좀 있는 장비이긴 한데요……."

"어? 어?? 어?! 헉……?! 내성 이어링하고, 공격력을 올려주는 반지, 상태이상 반지?! 게다가 카드가 딸려 있는데?!"

"아, 받으세요, 받으세요……. 경매에……."

"어, 어어……?! 어디서, 아니, 이거 방금 만들어 온 거지?! 그래서 그렇게 수상쩍은 행동을 하는 거지?!"

『아우아우~…….』

낮잠 씨, 이것 때문에 이러는 게 아니에요. 이것보다 훨씬 엄청난 게 제 인벤토리 깊숙한 곳에 잠들어 있거든요……. 이거, 정말 어떻게 하지…….

"다녀왔어."

"오? 레나짱, 안녕~."

"어서 오세요!"

"낮잠, 안녕~."

『멍! (어서 와!)』

"다녀왔답니다~!"

"어라, 어라, 페르짱도 안녕~."

"어서 와~."

"어솨~."

"평안하신가요, 낮잠 씨! 오늘은 폐교회에 갈 거랍니다!"

"오~. 아, 그런데 지금 내 상태로는 기생하게 될 테니까 동행은 사양할게. 나중에 멤버를 모아서 바다의 동굴 던전에 갈 거니까."

오, 다들 돌아왔네. 낮잠 씨는 레벨 차이가 너무 커서 사양하는구나~……. 나는 전혀 신경 쓰지 않지만, 낮잠 씨가 신경 쓴다면 어쩔 수 없지.

응? 어떻게 레벨 차이가 많이 난다는 걸 알고 있는 거지? 바다의 동글을 클리어했다는 정보만으로는 아직 레벨이 50 정도라고 생각해도 이상할 게 없을 텐데……?

"알겠답니다! 그럼, 준비가 다 되었다면 출발하시죠!"

"출발~, 에이, 에이, 오~."

"오케이예요! 그럼, 낮잠 씨, 다녀오겠습니다~!!"

"조심히 다녀와~."

페르짱하고 레나짱에게 물어보면 알 수 있으려나? 뭐, 모른다 해도 나중에 돌아와서 낮잠 씨에게 직접 물어보면 되니까.

우선 저주받은 액세서리는 낮잠 씨에게 넘겼으니까 오케이! 경매에서 얼마에 팔릴지 기대되네~! 비싸게 팔리면 페르짱, 레나짱하고 나눠야지~! 그럼, 바로 폐교회라는 곳을 박살 내러 가자! 아, 이미 박살이 나긴 했겠구나. 완전히 파괴하러 가자!!

"아, 어서 오세요! 책을 읽고 있었어요, 지금 갈게요!"

『아우아우? (뭐 읽고 있었어?)』

"달이 뜬 밤에라는 책이에요~. 마침 다 읽었거든요."

"호오~. 어떤 책이었는지 가면서 가르쳐 줘~."

"네!"

리아짱도 책을 다 읽었고, 돈타도 배가 부르다. 레나짱의 간식도 오케이, 페르짱하고 나도 준비 오케이! 좋아, 떠나자! 폐교회를 파괴하는 여행!!

"폐교회는 로레이 서쪽에 있답니다. 인기 스폿이라 사람들도 많을 거예요. 동쪽과는 달리 모래사장은 없고 깎아지른 절벽, 아래로 떨어지면 목숨을 건질 수가 없어요!"

"초보 사냥꾼이 많이 있는 모양이야~. 조심하자~."

"초보 사냥꾼, 말인가요?"

"레벨만 쓸데 없이 높고 악행을 저지르고 다니는 플레이어가 있답니다!"

"PK를 당하면 소유권이 없는 아이템을 뭔가 떨어뜨리게 돼. 돈도 떨어뜨리고. 과금해서 아바타를 산 초보가 거금을 지니고 있을 때 노리는 나쁜 녀석이 있어."

"그러니까, 자비를 베풀어 줄 필요가 없는 플레이어가 있다는 뜻인가?"

"맞아. 린네는 똑똑해."

"그렇지요! 무자비하게 두들겨 패줘도 상관없답니다!!"

그렇구나, 초보 사냥꾼이라……. 중간에 잠복하고 있다는 건 막무가내로 습격한다는 뜻이고, 사전 정보가 없으니 상대방의 역량을 잘못 판단하면……, 그런 뜻이겠구나. 재미있네, 덤벼들려나~? 반드시 두들겨 패줄 테니까!

"와아~!! 저기, 혹시 그 유명한, 돈타 군인가요……?!"

"귀엽다~!!"

"어, 아……?"

"아, 죄송해요! 실례했습니다! 저희는 복슬복슬을 사랑하는 모임의 멤버인데요."

"폐를 끼칠 생각은 없었어요!"

곧바로 초보 사냥꾼하고 마주쳤나 싶었더니 설마했던 돈타의 팬이었네. 돈타는 복슬복슬하니까, 만지고 싶을 텐데 용케도 만지지 않고 참았어. 사육주에게 허락을 받지 않은 상태에서 만지지 않은 걸 보니 아마 좋은 사람들인 것 같은데……. 아마도?

"돈타, 이 사람들이 돈타가 귀엽대. 만지고 싶대."

『아우? 멍!! (만지고 싶어? 괜찮아!!)』

"…………어, 으…….."

"린네 양이 만져도 된다고 하네요!"

"정말인가요?! 죄송합니다, 금방 끝낼 테니까요……!! 우와, 으하, 아아아~……!! 폭신폭신하고, 복슬복슬해……!!"

『멍!! (바이바이 터치!!)』

"하으윽?!"

"어, 어어~?! 발바닥을 얼굴에 한가득?! 나도, 나도……!!"

『아우? (너도? 바이바이 터치!)』

"하으으에헤헤……."

아, 틀림없이 복슬복슬을 사랑하는 사람들이군요. 그렇지 않다면 돈타가 발바닥으로 터치한 것만으로 이렇게 흐느적거리는 미소를 지을 리가 없을 테니까.

"감사, 합니다……."

"이, 이거, 별것 아니지만……! 받아주세요!!"

"저, 저기……?"

『크레나티에게서 [아바타 뽑기 티켓]을 3장 받았습니다.』

"자, 가자!!"

"흐에에~……."

어……. 아바타 뽑기 티켓이라는 걸 받아버렸는데, 이거, 과금 아이템 아닌가……? 그렇게 귀중한 건 받을 수가……, 아, 가버렸네.

"저기, 아바타 뽑기 티켓을 받아버렸어……."

"어머, 잘 됐네요!"

"응, 나도 가끔 사진을 찍게 해주는 보답으로 받을 때가 있어."

"그런 사람들이 보답하는 형태, 인 걸까요……?"

"아마 그럴 거야. 현실에 대해 캐묻는 이상한 사람이 아니면 기본적으로는 상대해줘도 괜찮을 거야. 기본적으로는 나쁜 사람들이 아니야."

"레나 씨는 외모가 이러니까, 인기가 많답니다!"

"아, 그렇구나……."

세상에는 다양한 사람들이 있구나……. 너무 팍팍 들이대는 사람만 아니면 나도 상대를……, 할 수 있으려나. 조금씩 사람들에게 익숙해져야 하겠지…….

"정말, 다른 플레이어들하고 꽤 많이 마주치네……."

"사람들이 많을 때는 초보 사냥꾼도 함부로 덤비지 않으니, 최대한 항상 사람들이 있는 쪽으로 가면 안심하고 갈 수 있답니다!"

"페르페르는, 덤벼들어도 곧바로 쓰러뜨릴 것 같아."

"아하하, 그렇긴 하네요."

"전부 쓰러뜨려 주겠어요! 하지만, 평화롭게 가는 게 이야기도 나눌 수 있으니, 그게 더 낫지 않나요?"

"그렇긴 하지. 평화로운 길이 더 좋을지도 모르겠어."

폐교회로 가던 도중, 벌써 열시 반이 지나서 그런지 로그인해서 늘어나기 시작한 플레이어들과 마주치며, 가끔 돈타에게 흥미진

진한 사람들이 뜨거운 눈빛을 보내는 것을 흘려넘기고, 리아짱에게 읽은 책 이야기를 들었다.

좀 전에 읽던 책은 저번 감정 대회 때 나왔던 [달이 뜬 밤에]라는 제목이 붙은 일기였던 모양이다. 리아짱에게 듣기로는 로레이로 향하던 상선을 탔던 어떤 기사의 일기였고, 로레이에서 남서쪽으로 가면 나오는 섬나라로 갔다거나, 그곳에는 예전 동료가 쓰던 카타나가 있었다거나, 그 섬 사람들은 독특한 옷을 입고 있었다거나, 쌀을 쪄서 그것을 뭉쳐 만든 주먹밥이라는 게 맛있다거나…… . 그거 분명히 과거의 일본을 모티브로 삼은 섬나라지?

"━━━그래서, 그 사람이 탄 배는 해적에게 습격당해 침몰해 버린 모양이에요. 표류한 다음에 목숨만 겨우 건져서 절벽 아래에 있던 동굴을 발견하고 그곳에서 쉰 것 같은데요……. 그곳에는 아름다운 여자가 있었고……, 그 내용을 마지막으로 끊겼어요."

"그거, 무조건 거기서 죽었겠네……."

"죽었겠네요."

"숙청."

『아우~? 아우! (절벽 아래에 있는 동굴? 여기 아래에도 있는데!)』

뭐라고? 이 깎아지른 절벽 아래에도 동굴이 있어?! 돈타, 대체 언제 발견한 거야? 아니, 나한테는 전혀 안 보여서 모르겠는데…… .

"돈타가 이 절벽 아래에 동굴이 있다는데…… ."

"네? 설마 이 일기의 동굴이……? 이 근처는 표류물이 많답니다. 의외로 흘러온 곳이 이 근처일지도 모르겠네요?"

"높아~. 고저차가 너무 심해."

『멍!! (신경 쓰여, 신경 쓰여!!)』

아~, 찾아내긴 했는데, 고저차가 너무 심하잖아. 만약에 그 동굴에 가고 싶다면 일단 로레이로 돌아가서 거의 길이라고 할 수 없는 절벽 아래의 공간을 걸어가야 하거든? 아무리 그래도 그건 좀~.

『아우우우~!! (돌격~!!)』

"어? 아?! 이 바보!!"

"어어?! 돈짱?! 저를 두고 가지 말아주세요~?!"

"와~."

"어?! 돈타 씨!! 등에 다들 타고 계신데요?!"

돈타아아아아아아아아아! 우리가 등에 타고 있는데, 갑자기 절벽을 타고 내려가지 말라고오오오오오오오!! 으아아아, 으아아아아아아아아, 무서워무서워무서워, 무서워어어어!! 죽는다, 죽어버린다고!! 아니, 나는 불사속성이니까 이미 죽었지! 그게 아니라?!

『멍! (도착했어!)』

"도착했어는 무슨, 이 바보! 떨어져서 죽는 줄 알았다고!"

『페르세우스가 대미지를 무효화하였습니다. 페네트레이트 감소·9』

"아얏! 뛰어내려 왔답니다, 어떻게든 되긴 하네요!"

"재미있었어."

"레나짱, 이런 걸 좋아하는 타입이었어요……?!"

"정말 좋아해. 놀이공원에 가면 일단은 롤러코스터."

"페네트레이트로 대미지를 무효화하면서 자유낙하하는 것도 꽤 재미있답니다!"

"흐에엑……."

"위쪽으로 돌아갈 때는 제가 한 분씩 태워다 드릴게요."

"그래……. 고마워, 리아짱……. 내려올 때도 그러고 싶었어……
…."

돈타가 막무가내로 내려온 절벽, 낙차가 20미터는 된다고, 이
거……. 진짜로 죽는 줄 알았네. 그래도 뭐, 표류물이 군데군데 떨
어져 있는 곳까지는 왔다고. 그리고 동굴은, 여기구나. 파도에 침
식되어 생긴 건가? 안에는, 앗! 의외로 넓네. 그런데 아무것도 없
는 것 같은 느낌이………….

"……이건?"

"아~……."

"아, 퀘스트가 떴답니다!"

앗, 이 느낌은, 저번에도 경험했던————!

((●

————해적선에게 습격당한 상선에는 미래가 없다. 바다
의 싸움에 익숙한 그들과는 달리 바다가 지나가는 길일 뿐인 상인
이 당해낼 리가 없다. 전투에 익숙한 사람이라 하더라도 파도의
거품으로 젖고 흔들리는 발치, 익숙하지 않은 환경에서는 힘을 충
분히 발휘할 수 없다. 이곳에 잠든 기사 또한 해적선의 먹잇감이
된 사람들 중 한 명이다.

그는 운이 좋았다. 가라앉기 시작한 상선에서 탈출한 다음, 배

의 잔해를 붙잡고 해안에 도착해서 이 동굴로 들어왔다. 하지만, 운이 좋았던 것은 거기까지, 동굴에는 먼저 온 손님이 있었다.

이곳에 있는 것은 기사의 유해. 목이 일격에 날아가 죽은 기사는 대체 누구에게 살해당한 것일까. 당신은 이 기묘한 기사의 유해를 발견했다. 신경이 쓰인다면 그 죽음의 수수께끼를 해명해도 좋고, 그를 안쓰럽게 여긴다면 매장해 주어도 좋다. 그럴 경우에는 그가 쓰던 이 풀 플레이트 아머를 가져간다 하더라도 그의 원한을 사지 않을지도 모른다.

((●

"이거, 횟수 제한 퀘스트라는 거야?"

"네임드 NPC의 시체일지도 모르겠네요. 풀 플레이트 아머는 성능이 꽤 좋은 것 같고, 매장해 주면 저주를 받지 않는 것 아닐까요?"

무비와 함께 서브 퀘스트에 [달이 뜬 밤에]라는 것이 추가되었다. 아~, 이거, 리아쨩이 백골 사체였을 때와 마찬가지구나. 그런데 이쪽은 기사를 매장해주거나 장비를 빼앗는 등, 다양한 조건에 따라 퀘스트가 완료되는 타입이고~.

왠지 매장해주면 카르마 수치가 올라갈 것 같아서 싫은데~?? 나는 딱히 저주 따위는 두렵지 않다고요! 아니 그냥 일어나게 할까?! 장비만 가져가면 저주한다는 건 아직 혼이 남아있다는 뜻이잖아? 일으킬 수 있는 거 아니야?

"이쪽, 한 명 더 죽었어."

"어……? 아, 정말이네……."

어, 정말이네. 이쪽은 무녀복 같은 걸 입은 백골 사체! 어~, 이 무녀복 같은 전통 의상, 좋은데~……. 디자인이 꼼꼼해~……. 아, 카타나를 들고 있네. 어? 혹시 이 기사의 목을 친 게 이 사람 아니야? 상황으로 보아 이 사람밖에 없지? 그런데 왜 이 사람도 죽은 거지……, 동귀어진? 무녀 씨 쪽은 두개골이 깨졌고……. 동귀어진한 건지도 모르겠네.

"이거, 왜 죽은지 신경 쓰이는데. 일으켜도 될까?"

"네? 아, 그러고 보니……!"

"내가 사령술사라는 걸 잊고 있었구나?"

"이, 잊지는 않았답니다————?! 암마술사라고 생각하지도 않았거든요~?!"

"응! 일으키는 거, 보고 싶어, 보고 싶어."

"좋았어~, 가끔은 사령술사다운 모습을 보여드리지요. 일어나라!!"

벌떡.

"우와, 움직였답니다!"

"움직였어~."

『★목이 없는 기사가 당신의 시종이 되었습니다. 이름을————————, 이름은 [프리오닐]입니다.』

오오, 목이 없는 기사가 움직였어! 이름은 프리오닐이구나, 오렐리아하고 마찬가지로 일으킨 순간부터 이름이 있고! 네임드 몬스터? 아, 원래는 NPC니까 네임드 NPC인가? 좋은데~……. 앞으로는 마구 부려먹어주마~.

"프리오닐이라고 하는구나. 오늘부터 내가 당신의 주인이야, 명령을 따라줘야겠어."

『…………!』

"말을 안 하네요……."

"목이 없어. 그래서 이야기 못 해?"

아, 그렇구나~……. 목이 없으니까 이야기를 못하잖아……. 일으켜서 손해본 것 같기도 한데……. 그래도 진화하면 리아짱처럼 말을 할 수 있게 될지도 모르니까.

"앗! 맞아요. 저 같은 언데드 씨가 있을지도 모르겠다 싶어서 서고에서 이런 걸 베껴두었거든요!"

오? 리아짱, 언젠가 생길 후배를 위해 뭔가 준비했구나? 역시 리아 님, 능력 있는 소녀는 달라! 음~, 뭐야……, 저기, 이게 뭔데?

"이모티콘, 습득서군요……."

"아~. 얼굴처럼 생긴 글자를 채팅창에 입력하는 거~."

"이런 것도 있구나……. 음, 쓸 수 있으려나? 프리오닐, 이거 쓸 수 있어? 아니, 읽을 수 있어?"

『…………? 윽!!』

"아, 일단 읽을 수는 있는 것 같네……."

"말을 할 수는 없지만 볼 수는 있고, 알 수 없는 원리네요……."

"이미 움직임부터 감정이 드러나고 있어. 리액션이 재미있네."

『프리오닐이 [이모티콘 습득서]를 학습하고 있습니다……. 시간이 조금 걸립니다…….』

좋아, 읽을 수 있다면 그걸 읽고 커뮤니케이션을 할 수 있게 만들어! 최악의 경우에는 예쓰나 노 정도는 대답할 수 있겠지. 어째서 여기서 죽은 건지, 그 진상을 알고 싶다고!

"시간이 걸린대."

"그럼, 이쪽 분도 일으키시는 건 어때요?"

"무녀~. 좋은 디자인."

"그렇죠? 디자인이 이런 느낌인 무녀복은 좋잖아요!"

"좋아. 무녀복에 카타나. 그것만으로도 센스가 참 잘했어요급."

"그럼, 일으켜 버릴게요! 일어나라!"

『경고 : 위험한 조작입니다! 대상이 폭주할 가능성이 있습니다!』

에엑……. 내 레벨은 80인데? 혹시 나보다 더 강한 거야? 이 사람……?! 말도 안 돼……?!

"포, 폭주할지도 모른다는데……."

"네?!":

"그런 것도, 있구나~."

『경고 : 정말로 대상 언데드를 부활시키시겠습니까? 매우 위험한 조작입—————, 간섭……—————, 일으켜 버려, 일으켜 버려~♡ 이번에는 특별히 그것의 폭주를 도·와·줄·게♡ 한 번더 해보렴~?』

"바빌론 님께서 폭주를 도와주시겠대!!"

"어머나! 그럼—————, 폭주를 도와주신다고요?!"

"재미있을 것 같아~. 강한 NPC, 싸워 보고 싶어~."

『멍!! (나도 해볼 거야!!)』

"그럼, 해볼까요!"

"해보죠!"

"하자~, 하자~."

어쩌지, 일으키면 위험하다는 걸 알고 있는데……. 일으키고 싶어졌다고! 바빌론 님께서도 부추기고 계시고, 이제 할 수밖에 없겠네!

"가라앉아라, 네거티브 오라."

『[네거티브 오라]를 발동, 5분 동안 파티 전원이 강화 상태가 됩니다.』

"가로막아라, 본 실드!"

『[본 실드]를 발동, 단 한 번, 직접 공격을 무효화합니다.』

"아이기스!"

"준비 됐어~. 언제든 괜찮아~."

『크아아아아아!! (해보자~!!)』

"아무래도 이런 곳에서 용마술을 쓰면 위험하겠죠……?"

"리아짱은 물러나 있어! 최악의 경우에는 리아짱이 있는 곳으로 어비스 워커를 써서 도망칠 테니까! 프리오닐도 데리고 가!"

"네, 네! 프리오닐 씨, 이곳은 위험해요! 밖으로 나가죠!"

"……!!"

좋아, 준비는 최대한 했어! 프리오닐은 우선, 리아짱하고 함께 이 동굴에서 대피. 아마 이 사람에게 목이 날아갔을 테니까, 승산은 없을 거고! 이제 한 번 더, 애니메이트 데드를……, 쓰면……!

"간다!"

"좋답니다!"

"오케이~."

『크르릉!!』

"일어나라!!"

자, 덤벼라, 폭주 언데드!!

『[애니메이트 데드]를 발동하여 대상 언데드를 부활시킴————
————, 간섭.』

『여신 멜티스가 직접 개입————그 자의 소생은 허락하지
않겠습니다————걸리적 거려, 빠져 있으라고♡ 자, 리컨스
트럭션♡』

『[알 수 없는 스킬]이 파괴되었습니다. 검술무쌍의 전투 무녀공
주, 히메치요의 성박이 풀립니다!』

방금, 이 히메치요라는 사람에게 걸려 있던 수수께끼의 스킬이
파괴되었기 때문인지, 유리가 깨진 듯한 소리가……! 성박이 풀렸
다는 표시가 뜨고 자유로워졌어……! 온다……!!

『히메치요 (Lv. 125)를 나·야·나♡ (Lv. ????)의 [리컨스트럭션]
으로 복원시켰어~♡ 열심히 해보렴~♡』

"————……? 고기이이이이이이!!"

『아우우우?!』

고기?! 거기라는 뜻인가?! 레벨, 125?! 돈타 쪽을 향해 일직선으
로 돌진하네, 왜 그렇게 빠른 거야?! 위험해, 위험해, 돈타, 피해,
피해!

"가오!!"

『아우우우우우우우우우우우우우우우우————!!』

『돈타가 [초포효]를 발동하였습니다.』

이런, 동굴 안에서 초포효는……!! 나까지 머리가 어질어질하
네……. 상태이상에 걸리진 않았지만, 시끄러운 건 시끄럽단 말이
야……!!

『페르세우스가 공격을 무효화하였습니다.』

『07XB785Y가 [기절] 상태가 되었습니다.』

『히메치요가 [기절] 상태. [극기]를 발동, 상태이상이 전부 회복되었습니다.』

어, 이건 너무하지!! 레나짱만 기절하고, 상대방은 기절 상태에서 단숨에 회복되다니! 아니, 그래도, 한순간이나마 멈춘 건 잘했어, 돈타!

"뚫어라, 커스 스피어!"

『[커스 스피어]를 발동, MISS……. 히메치요가 공격을 회피하였습니다.』

어……? 말도 안 돼, 피했어……?!

"나를 방해하는가!"

"이런……."

『아우우우우웅!! (등을 돌렸어! 기회야!!)』

『07XB785Y가 [기절] 상태에서 회복되었습니다.』

"야아아압~!!"

"느리다!!"

『페르세우스가 [하이퍼 슬래시]를 발동, 히메치요가 [멸귀참]을 발동, 열세! 페르세우스의 공격이 튕겨져 나갔습니다.』

잠깐만, 히메치요 씨, 강한데?! 우리가 하는 걸 전부 무효화하다니, 장난이 아니네. 상쇄 같은 건 처음 봤다고! 어떻게 해야 하지?!

『돈타가 [마랑신탄]을 발동하였습니다.』

"헉……?! 아, 잘 살펴보니 사랑스럽……, 허나, 용서하진 않겠다!!"

『히메치요가 [수월]을 발동하여 [마랑신탄]을 회피하였습니다.』

사라졌어?! 회피 스킬까지 갖추고 있는 거야? 이 사람?! 어, 말도 안 돼, 어디————?!

"위야!"

『아우우?! (어, 위에 있어?!)』

"나의 양분이 되거라!!"

『히메치요가 [일도단철]을 발동……, 취소하였습니다.』

『07XB785Y가 [퀵 드로우 샷]을 발사하였습니다.』

『히메치요가 [수월]을 발동하여 [퀵 드로우 샷]을 회피하였습니다.』

"이국의 포인가!"

"거짓말……."

이 사람, 워프 스킬 같은 것으로 이리저리 움직이는 데다 전투 능력이 너무 강해! 돈타의 머리 위로 워프해서 목을 따려 하나 싶더니, 레나짱이 공격하기 전에 반응을 보이며 회피한 다음에 다시 어디론가 사라졌어! 어디에 있는지는 모르겠지만, 멀리 떨어져 있는 레나짱이 위험할 것 같은 예감이 들어! 본 실드를 언제든 쏠 수 있게끔 준비해 둬야지!

"수호 결계가 있는 것 같군! 간다!"

"어, 말도————."

『히메치요가 [난화검무], [일도단철]을 발동, 07XB785Y가 합계 대미지를 42994 입고 사망하였습니다.』

"하나!!"

일격에?! 아니야, 한 번 벤 것처럼 보이지만 여러 번 맞았어, 본 실드로 한 번 막았는데 이런 대미지가 들어가는구나. 다시 발동시키지도 못했고! 위험해, 진짜로 위험해, 이 사람! 바빌론 님이 부추겨서 일으켜 버렸는데, 사실은 일으키면 안 되는 타입이었잖아!

"이렇게 된 이상, 이판사판이랍니다! 더블 하이퍼 슬래시!!"

『페르세우스가 [더블 하이퍼 슬래시]를 발동.』

우와, 페르쨩, 앞쪽에 아무도 없게 되자마자 마검 작성으로 커다란 쌍검을 만들어내서 마구 공격하네! 그래도 저렇게 커다란 마검으로 범위 공격을 가하면 맞겠지, 아무리 그래도 맞을 거라고!

『히메치요가 [수월]을 발동하여 [더블 하이퍼 슬래시]를 회피하였습니다.』

그 수월이라는 스킬, 편리하네요!! 정말이지!!

"끝인가?"

"아앗~?!"

『브리오닐이 이모티콘을 습득하였습니다.』

느긋한 녀석이구나, 브리오닐!! 지금은 그럴 때가 아니라고!!

『히메치요가 [난화검무]를 발동하였습니다.』

『페르세우스의 [페네트레이트], [본 실드] 상태가 해제되었고, 합계 대미지를 21990 입었습니다.』

"아이기————."

『히메치요가 [일도단철]을 발동, 즉사! 페르세우스가 사망하였습니다.』

페르쨩이, 이렇게 쉽사리……? 말도 안 돼……! 스킬의 발동이 너무 빨라, 공격 빈도가 너무 높아, 회피 성능이 너무 엄청나, 이런 건, 못 이기지 않나……?! 다음은, 나구나! 이렇게 된 이상, 이판사

판으로 비장의 수, 별로 쓰고 싶진 않았지만!

"살아있는 시체가 되거라, 좀비 파우더!"

"나를 방해하지 마라!!"

이쪽으로 온다! 이렇게 된 이상, 이제 운이야! 운겜이라고! 상대방의 스킬 위력이 엄청나긴 하지만, 단 한 번, 막을 수 있다면!

『히메치요가 [백화난무]를 발동하였습니다.』

왔다, 후회하게 해주지! 그 연속 공격 스킬을 발동시킨 걸 말이야!!

『주 무기를 [★동그란 성게]로 변경합니다.』

『[본 실드] 상태가 해제되었습니다.』

『가드! 히메치요로부터 합계 대미지를 4442 입고, 대미지를 2221 반사하였습니다.』

"자애의 어둠이여, 다크니스 에너지!!"

『[다크니스 에너지]를 발동, 자신의 HP를 완전히 회복하였습니다.』

『히메치요로부터 합계 대미지를 4446 입고, 대미지를 2223 반사하였습니다.』

"으윽?! 요사스러운……!!"

『히메치요가 [백화난무]를 취소하였습니다.』

이게 개그 장비인 줄 알았더니 성능이 꽤 쓸만했던 방패, [★동그란 성게]의 반사 효과야! 지팡이를 장비하지 않으면 마술의 위력이 떨어지지, 하지만 맞지 않는다면 장비할 필요도 없어! 나는 왼손에 방패를 장비할 수 없으니까 오른손에 장비하면 되겠지! 맞지 않는 마술과 지팡이 따위는 안 써도 돼! 주춤거리네, 한순간이

나마 빈틈을 보였어!!

　"돈타아!!"

　『크아아아아아아아아아!!』

　『돈타가 [도플 마랑신탄]을 발동, 가드! 히메치요에게 합계 대미지를 4442 입혔습니다. 스턴 상태가 되었습니다.』

　"커……, 헉……?!"

　『2 COMBO! 돈타가 [폭멸이단장]을 발동, 황금의 오른발이 작렬! 크리티컬! 히메치요에게 합계 대미지를 34442 입혔습니다. 스턴 상태가 되었습니다.』

　『3 COMBO! 돈타가 [참멸]을 발동, 황금의 오른발이 작렬! 크리티컬! 히메치요가 합계 대미지를 15587 입고 사망하였습니다.』

　이겼다……. 이겼어…………? 이겼다아~…………. 이렇게까지 고전한 건 처음이야……. 레나짱도, 페르짱도 죽었고, 이런 건 처음이라고~~……!! 내가 공격을 반사해서 당황하며 검술 스킬을 취소한 직후라면 돈타의 공격이 맞을지도 모른다. 그것 하나만 노린 나와 돈타의 승리라고!!

　"휴, 휴우우……, 이겼다……."

　『아우우우…….』

　『──────대단하잖아♡ 이길 줄은 몰랐는데~! 이번에 부활시키면, 엄청 얌전할 거야~♡』

　저기…………. 부활, 시켜도 되는 건가? 그래도 이번에는 얌전할 거라고 하니까…….

　"이, 일어나라……."

　『아우우우우우우우우?! (또 일으키려고?!)』

『[애니메이트 데드]를 발동하여 대상 언데드를 부활시킴――――
――, 간섭.』

『여신 멜티스가 직접 개입――――――그 자의 소생은 허락하지
않겠습니다――――진짜로 짜증나네♡ 자, 리인카네이션♡』

『히메치요 (Lv. 125)가 나·야·나♡ (Lv. ????)의 [리인카네이션]
으로 환생했어~♡』

아, 또 멜티스가 가로막는 연출이 떴네. 하지만 바빌론 님께서
간섭하셔서 이번에는 환생해 버렸는데……? 어? 환생?! 아, 바빌
론 님도 쓰실 수 있구나!! 그리고 보니 그렇겠지, 바빌론 님도 사
령술사일 테니까……. 나, 나도 언젠가 쓸 수 있게 되려나?

『★★전투무녀공주가 당신의 시종이 되었습니다. 이름을――――
――, 이름은 [히메치요]입니다.』

"헉……?!"

"아, 일어났다……."

『아, 아우……, 우·우·우·우…….』

아, 일어났다……. 아니, 히메치요라는 건 연달아 마구 베였으
니까 알고 있긴 한데……. 클래스 이름이 전투무녀공주구나……!

"아……. 히, 힘을, 줄 수가 없습니다……."

"아, 잠깐만?! 땅바닥에 쓰러지면서 얼굴을 부딪혔는데?!"

"아, 아파……."

일어나긴 일어났는데, 히메치요 씨……? 이번에는 덤벼들지 않
게 된 대신, 땅바닥에 쓰러지면서 얼굴을 부딪혀 버렸어. 엄청 아
플 것 같네…….

"괘, 괜찮아?"

"조, 좀 전에는, 무례한 짓을……. 저는, 히메치요라고 합니다……. 움직일 힘도, 전혀 남아있지 않습니다……."

『아우아우~……? (저기, 저기, 배……, 고파?)』

"예, 부끄럽게도……. 어어……?! 개의 목소리가 들리다니, 치요는 이제 끝장입니다……."

"아, 아마 정상일 거예요. 저도 들리니까요……."

그렇구나……, 배가 고프구나……. 아까 굶은 것치고 기운이 넘쳤던 건 바빌론 님께서 전성기 상태로 복원해주셨기 때문인가? 이번에는 환생시킨 거라 배가 고파서 움직이지 못하는 상태고……? 아마도 말이지, 내가 멋대로 상상한 거지만.

"자. 일단 먹어."

"이, 이건……?"

"타르타르 피시버거인데……. 내키면 먹어, 더 있으니까."

"머, 먹겠습니다! 잘 먹겠습니다!!"

오~. 내 손까지 통째로 먹는 줄 알았네. 일단 배가 고프면 움직일 수가 없을 테고, 레벨 1 상태라면 이번에는 쓰러뜨릴 수 있을 것 같기도 하니까, 먹어도 괜찮겠지. 핫게 씨가 만들어둔 음식은 마음대로 가지고 가도 된다고 하길래 몇 개 가지고 왔는데, 괜찮으려나? 부족하진 않으려나? 20개 정도는 있는데…….

"……하나 더, 있거든?"

"잘 먹겠습니다!! 정말 맛이 좋군요!! 저는 이렇게 맛있는 것을 먹어 본 적이 없습니다!!"

『아우우우~…… (나도 배고파……)』

"그래, 그래, 돈타 몫도 있으니까 먹어."

"돈타, 공? 이라고 부르면 됩니까……? 좀 전에는, 고기라고 하면서 먹으려 하여 면목이 없습니다……, 와구…………."

어————, 히메치요 씨, 처음에 일어나자마자 한 말, 설마 '고기'였어?! 거기라고 한 게 아니라?! 돈타가 통통하고 맛있어 보여서 덤벼들었다는 뜻이야?!

『멍! (괜찮아! 이겼으니까!)』

"…………아."

"자, 더 있어."

"잘 먹겠습니다, 잘 먹겠습니다……, 와구……! 돈타 공은, 강하, 시군요……!"

아니, 4대1로……. 그것도 꽤 강한 페르쨩하고 레나쨩을 일격에 쓰러뜨린 사람이 할 말이 아닌데요……. 강한 건 당신이거든요? 그때, 반사 방패로 움찔거리게 만들지 못했다면 우리에게 승산이 전혀 없었을 것 같거든? 움찔거린 순간에 돈타가 망설임 없이 마랑신탄을 때려넣은 그 연계, 아마 100번 해도 1번 성공할까 말까 한 공격을 성공시켰을 뿐이니까, 우연히 이긴 거죠…….

"……언니! 이제 괜찮으세요?"

"아, 리아쨩! 괜찮아~."

『멍! (괜찮아!)』

오, 리아쨩하고……. 어————, 그러니까, 프리오닐! 프리오닐이 돌아왔네. 페르쨩하고 레나쨩은~……, 돈타에게 데리고 와달라고 할까?

"돈타, 페르쨩하고 레나쨩을 데리고 와줄래?"

『멍멍! (그래, 알겠어!)』

음, 페르짱에게 일단 전언! '쓰러뜨렸어. 돈타가 배고프다고 하니까 밥을 가져다 주면 좋겠어요'라고. 이제 돈타에게 데리러 가 달라고 하면 배가 부른 상태로 돌아오겠지!

"……………두 명이나, 죽여버렸습니다. 그런데도 정을 베풀어 주시다니……."

"괜찮아. 그 두 사람은 되살아나서 돌아올 테니까."

"네……?"

"히메치요 씨도 두 번 되살아났는데?"

"앗……, 네?"

히메치요 씨, 혹시 자기가 죽은 것도, 되살아난 것도 눈치채지……, 못했어?!

"나는 말이지, 사령술사야. 당신의 시체를 소생시켰더니 덤벼들었고, 그래서 때려눕히고……, 다시 일으킨 거야."

"저는……. 머리를 세게 부딪혀서, 기절했던 게, 아닙니까?!"

"죽었는데요."

"주, 죽었……?! 아, 그, 그러고 보니! 거기 계신 갑옷분은 제가 옷을 갈아입던 모습을 엿보던 변태!! 서, 설마, 귀, 귀신……? 저는 귀신이, 무섭—————."

『히메치요가 [공포], [기절] 상태가 되었습니다.』

"아, 잠깐만?! 말도 안 돼, 기절했어?!"

『히메치요가 [극기]를 발동, [공포], [기절] 상태에서 회복되었습니다.』

"—————귀, 귀신 따위! 무섭지 않습니다!!"

정말 바쁜 사람이구나, 히메치요 씨……. 배고픈 상태가 아니면 유쾌하고 귀여운 언니네……. 그리고 프리오닐, 엿본 거야……?
죽는 게 당연하지, 그야…….

『(´・ω・`)』

장난치는 거야? 프리오닐. 그 이모티콘은 뭔데.

[프리오닐]

전 세계를 여행하던 수수께끼의 기사. 육체는 남지 않았고, 갑옷
속에는 그의 혼만 남아있었다.

생전 마지막 순간에 목이 날아간 것 때문인지 말을 할 수가 없고,
방심하면 투구가 떨어져 버린다. 이런 해변의 동굴에 오랫동안 방치
되어 있었음에도 불구하고 전혀 녹슬지 않고 원래 형태를 유지하고
있을 정도로 대단한 갑옷을 걸치고 있던 것을 보아 어떤 나라의 이름
난 기사였던 것이 아닐까 추측된다.

"좀 전에는 정말로, 제가 폭주하여 그런 짓을 저질러 버려 면목
이 없습니다……. 사죄드립니다…….."

"응, 괜찮아. 강한 사람하고 싸울 수 있어서 즐거웠어. 또 싸우
고 싶어."

"괜찮답니다! 죽음을 각오하고 싸운 거니까요! 그리고 위에는
더 위가 있다는 사실을 깨달았네요……. 다음에 또 대결을 부탁드
리겠어요!"

"저라도 괜찮다면, 언제든 상대해 드리겠습니다!"

"응!"

"네, 그때는 지지 않을 거랍니다!"

페르짱, 레나짱하고 합류했고, 히메치요 씨하고도 화해했고, 좋아, 좋아……, 잘 됐군, 잘 됐어.

하지만, 히메치요 씨는 레벨이 1로 돌아가 버려서 스테이터스가 그렇게 높지 않을 거란 말이지. 아, 맞다. 스테이터스를 확인해 볼까?

[이름] 프리오닐

[레벨] 1   [성별] 남성

[속성] 보스속성·불사속성·무형 계열·중형

[직업] 목이 없는 기사

[카르마 수치] -500 (대죄인)

[HP] 50000	[SP] 400
[NP] 5	[STR] 110
[AGI] 50	[TEC] 44
[VIT] 288	[MAG] 4
[MND] 199	

[기사·액티브 스킬]

슬래시
  └ 기본적인 참격 스킬.

실드 배시
  └ 방패를 이용한 타격, 스턴이나 기절 추가 효과가 발생.

카운터 스트라이크
  └ 카운터 공격, 스턴이나 기절 추가 효과가 발생.

하이 가드

  └ 방패를 이용한 방어, 대미지 경감률이 약간 높다.

갑옷 완전 수복

  ├ [NP 5] 소비.

  └ 갑옷을 완전히 수복한다.

영체화

  ├ [NP 3] 소비.

  └ 갑옷을 영체화하여 사념속성으로 바뀌어 부유할 수 있다.

처형

  ├ 장비 스킬 [적 HP가 10% 이하]일 때 발동 가능.

  ├ 상대방을 일격에 해치운다.

  └ 보스에게는 무효.

[장비]

오른손 : 처형 전투 도끼 +12

왼손 : ★가·리비 [아바타 : 중기사의 대형 방패·청동색]

머리 : 청동색 풀 플레이트 아머 [해제 불가]

몸 1 : 청동색 풀 플레이트 아머 [해제 불가]

몸 2 : 프리오닐의 혼 [불사속성]

발 : 청동색 풀 플레이트 아머 [해제 불가]

액세서리 [손가락] : 불가

액세서리 [팔] : 불가

액세서리 [목] : 불가

액세서리 [기타] : 불가

[이름] 히메치요

[레벨] 1   [속성] 보스속성·암속성·악마 계열·중형

[성별] 여성   [직업] ★★전투무녀공주·요호

[카르마 수치] -700 (국가 붕괴자) [HP] 9999

[MP] 500   [인] 10

[STR] 50+200   [AGI] 50+400

[TEC] 50+400   [VIT] 50+200

[MAG] 4+200   [MND] 4+200

[전투무녀공주·검술 액티브 스킬]

멸귀참
  └ 불사·악마 특효, 사념속성 특효.

난화검무
  └ 연속 공격, 다수 히트.

진원참
  └ 자신의 주위에 범위 공격.

일도단철
  ├ 매우 강력한 일격.
  └ 장비 파괴, 즉사.

무쌍비영
  ├ 장비 고유 스킬.
  └ 공격 시, 붉은색의 참격파가 날아간다.

[전투무녀공주·패시브 스킬]

괴력 [STR +200]

강체 [VIT +200]

검술무쌍 [AGI +400, TEC +400]

국가 붕괴자 [카르마 수치 -500]

요력 [MAG +200, MND +200]

무병식재 [장비·상태이상 회복 속도 +1000%]

[전투무녀공주·인술 액티브 스킬]

수월 [인 1] [회피·순간이동]

극기 [인 1] [자동·회복·상태이상]

명경지수 [인 1] [회복·MP 50% 회복]

[장비]

주 무장 : ★★참수 히카게고젠　　부 무장 : 없음

머리 : 전투무녀의 머리장식　　몸 1 : 전투무녀공주의 의상

몸 2 : 무명 천　　　　　　　　발 : 전투무녀의 짚신

액세서리 [반지] : ★★어머니 요호의 유품

액세서리 [팔] : ★★전귀의 토시

액세서리 [목] : ★★무병식재·종이학 부적

액세서리 [반지] : ★★흑호의 가면 [요호화]

돈타가 어떻게 이런 괴물을 이긴 거죠?

돈타가, 어떻게 이런 괴물을, 이긴 거죠??

바빌론 님도 놀랄 만 했네. 보통은 이런 건 못 이기잖아! 게다가 처음에는 레벨이 125나 되었거든?! 이게 레벨 1이라고?! 말도 안 되잖아, 아니, 복슬복슬한 귀와 꼬리가 달려 있네~ 싶었는데, 요호

라니!! 그리고 이야기가 나온 김에 묻겠는데, 어떤 나라를 멸망시키셨나요? 멸망시키셨죠?

어? 프리오닐? 이쪽도 정체가 뭐야? 레벨 1치고는 이쪽도 너무 강한데. 그런 것치고는 스킬이 별로 없고, 대죄인이라고 적혀 있는데…… . 무슨 짓을 저지른 거야?

혹시 당신도 천사를 두들겨 팼어?

"말할 방법은 찾았어?"

『(´ ; ω ; `)』

"아, 못 찾았구나…… ."

프리오닐은 이런 느낌으로 이모티콘으로만 말할 수 있다. 몸 주위에 말풍선이 뜨고, 거기에 애니메이션으로 이모티콘이 뜨니까 무슨 생각을 하고 있는지 정도는 대충 알겠다. 그런데 좀 귀여운 이모티콘을 고르는 게 왠지 열받아…… !

엿보다가 죽은 주제에…… !

프리오닐은 안에 육체가 없지만, 잠자코 있으면 풀 플레이트 아머를 장착한 기사처럼 보이긴 하니까, 뭐, 어떻게든 둘러댈 수 있겠지. 방심하면 머리가 떨어져 버리는 것 같으니 온 힘을 다해서 떨어지지 않게끔 신경 써줘.

"그런데, 히메치요 씨. 나라를 멸망시키셨나?"

"무, 무무무무무, 무슨 말씀이십니까아————————?!"

"우와, 알아보기 쉽네…… ."

"이쪽도, 방심하면, 허당이라는 게 드러나…… ."

"아아아아아아아, 제 비밀을, 들키다니…… , 자해하겠습니다."

"이미 죽었으니까, 죽지 말아줘…… ."

"흑흑흑흑흑……."

히메치요 씨도 방심하면 숨길 수 없는 허당 같은 부분이 드러나버린다. 터무니없는 짓을 한 과거가 있다는 걸 멜티스 교회 녀석들에게 들키면 골치아플 것 같으니 이쪽도 열심히 비밀을 지켜줬으면 좋겠다. 정말 둘 다 방심할 수가 없네…….

아, 참고로 무기는 둘 다 적당히 줬다. 프리오닐에게는 페르짱이 '첫 패배 기념'이라며 예전에 쓰던 처형 전투 도끼 +12를 선물해줬다……. 정말 받아도 되는 건가 싶었는데, 페르짱도 그 도끼를 처리하기가 곤란했던 참이라 내가 써준다면 선물로 주겠다고했다.

히메치요 씨에게는, 네……, 맞아요. 그 요도를 선물로 줬어요. 예전에 쓰던 요도, 쿠루이자쿠라 다이나곤이 진정한 힘을 잃어버린 모양이라 엄청 풀죽었고, 그래서 대신 히카게고젠을 줬더니 볼을 비벼댈 정도로 기뻐해 주었다. 쌀쌀맞을 것 같은 외모와는 달리 의외로 귀여운 분이거든요, 우리 히메치요 씨.

"결정했어. 오늘부터 프리오닐의 애칭은, 오니짱."

어, 뭔가요, 레나짱. 그 애칭은……. 오, 오니짱(오빠)이라니…….

『Σ(´ Ｖ ` ;)』

"프리오닐에서 오니를 따와서 오니짱. 오늘부터 오니짱."

『Σ(´ Ｖ ` ;)?!』

"그럼 저도 오니짱이라고 부르도록 하겠답니다!"

"엿보던 변태였는데?! 진짜로 오니짱이라고 불러도 돼?!"

"남자는 다들 변태. 그러니까 괜찮아."

"저도 오니짱이라고 부를게요! 꽤 재미있는 사람이거든요!"

"리아쨩, 수상쩍은 변태라고 불러도 되거든? 그래도 되거든?"

"어, 그래도 언니처럼 끌어안지는 않으니까……."

『(*´∀`*)?!』

"혹시, 내가 더 변태라는 거야……?"

『(´；ω；`)』

『멍멍! (너무 상심하지 마! 복슬복슬하면서 기운 내!)』

"응, 응. 돈타, 착한 아이구나……. 이제 오니쨩이라고 불러도 돼……."

『(*´∀`*)b』

그렇게 된 관계로, 프리오닐의 애칭이 결정되었습니다. 오니쨩입니다……. 이 녀석, 말을 한 마디도 안 하는데 표정이 제일 다양한 것 같아서 왠지 열받네……! 그런데?! 히메치요 씨……, 왜 그렇게 안절부절못하고 있는 거야~? 네, 저도 알아요! 정말 알아보기 쉽네, 이 사람!!

"치요치요."

"치요치요?! 저는, 치요치요입니까?!"

"치요 씨, 라고 불러도 될까요?"

"주위 사람들은 저를 오치요라고 부르곤 했습니다!"

"그럼 치요 씨네!"

"치요치요."

"저는 치요 씨라고 부를게요!! 치요치요는 좀, 부를 용기가 안 나네요!"

『멍!! (치요쨩!!)』

"좋아, 나는 치요쨩이라고 부를게. 자, 내가 당신의 주인이 된 린네야. 잘 부탁해, 치요쨩.”

“네, 네! 부족한 몸입니다만, 부디 잘 부탁드리겠습니다!”

히메치요 씨는 치요쨩. 오치요니까, 왠—————지 내 마술이 예상치 못하게 폭발해버릴 것 같은 발음이란 말이지! ‘오치요(떨어져라)’라는 말로 뭔가 기동될 것 같지 않아? 아, 오니쨩이 어떻게 부를까 고민하고 있네. 이쪽으로 와서 생각에 잠긴 듯한 시늉을 하고 있는데……. 어떻게 할 생각일까?

“오니쨩은? 어떻게 할 거야?”

『(*´ω`)ノ』

“히익?! 귀신!!”

『히메치요가 프리오닐에게 대미지를 1500 입혔습니다.』

『으아아아아▉▉▉▉▦\\\\(´ω`)\\\\▉▉▉▉—아아아아아』

오니쨩……. 치요쨩이 겁을 먹고 발로 차서 머리가 날아가 버렸네. 파워형 요호가 혼신의 힘을 다해 날린 킥, 대단해…….

『(` ;ω; ´)』

“오……. 신경 쓰지 마……. 치요쨩에게 접촉 금지.”

『(´ ・ω・ `)』

“며, 면목이 없습니다! 하지만 역시, 귀신은……!”

“죽지 않을 만큼만 해줘…….”

『끄으응~…… (복슬복슬하면서 기운 내……)』

『(*´∀`*)』

모처럼 되살아났는데, 또 몇 번은 살해당할 것 같네……. 엿본 것도 좀 그렇긴 하지만, 그 이유만으로 베어버린 것도 정말 대단하지. 굳이 목을 날릴 필요는 없었을 텐데.

"그러고 보니까, 엿본 걸 눈치채고 죽인 거야? 그런 다음에 치요 짱은 굶어죽고?"

"시집을 가기 전에 남성분께 알몸을 보이는 것은 공주로서 수치! 저는 죽이고 나서 없었던 일로 하기 위해 필사적이었습니다! 하지만 벤 것까지는 좋았으나, 너무나도 당황했고, 배가 고프기도 했기에 넘어져 버렸습니다만, 머리를 부딪혀서……."

"…………어, 그런 이유 때문에 죽었어?!"

"아, 아마도 그럴 겁니다……, 그때 넘어진 것이 치명상이었습니다……."

"정말, 가엾군요……."

『(′・ω・`)』

"배가 고프지만 않았어도 넘어지지는……."

"그건, 뭐라고 해야 하나……."

"마을이 코앞에 있는데요……."

"네……?"

"운이 없을 때는, 보통 그런 법이야~. 한계가 가까울 때는, 시야도 좁아지고."

"근처에, 마을이……?"

『멍! (있어!)』

"으음~, 있지. 조금만 걸어가면 로레이라는 도시가 있어."

"이곳에서 물고기를 잡지 않고 동쪽으로 갔다면……. 이럴 수가, 이럴 수가……."

뭐라고 해야 하나. 치요 씨의 엄청난 능력을 허당속성이 전부 망

치고 있어……. 배가 고파서 쓰러지다가 머리를 부딪히고 그대로 죽어버리다니……. 완전히 허당 먹보 요호 전투무녀공주구나…….

옹? 그러고 보니 방금 치요쨩이 자기가 공주라고 했지? 역시 공주구나. 자기 나라가 다른 나라 때문에 멸망하기라도 했나? 멸망시킨 거 맞지? 스테이터스에 그렇게 적혀 있는데요. 뭐, 그건 또 다음에 이야기해줄 것 같을 때 들어볼까.

"뭐, 뭐……. 우선 지금은 배도 부르지? 타르타르 피시 버거를 20개 전부 먹어 버렸으니까."

"20개를 전부 먹었다고요?!"

"어……."

『Σ(´ ∀ ` ;)』

『멍! (그거 맛있지! 잔뜩 먹고 싶어! 무슨 마음인지는 알겠어!!)』

"네! 저는 이제 드디어 움직일 수 있게 되었습니다! 아직 더 먹고 싶을 정도입니다!"

아니, 그런데, 이 사람하고 돈타가 있으면 핫게 씨가 만든 요리를 전부 먹어 치우지 않을까? 다음에 핫게 씨에게 요리를 잔뜩 만들어달라고 해야지. 타르타르 피시 버거가 마음에 든 모양이니 분명히 다른 것도 마음에 들 거야.

"레나 씨, 가지고 온 요리는 충분한가요……?"

"혹시, 부족할지도 몰라……."

"괘, 괜찮겠죠……?"

"그렇게 믿자……, 부족할지도 모른다는 건 비밀."

"그, 그럼! 원래 목적지로 가자! 이번에야말로 폐교회로!"

"어떻게 하시겠어요? 누구부터 위쪽으로 데려다 드리면 되나요?"

"아……. 나는 어비스 워커로 리아짱이 있는 곳을 향해 날아가도 되고, 돈타는 절벽 위까지 혼자 올라갈 수 있어?"

『아우!! (여유롭지!!)』

"그럼, 혼자서도 괜찮을 것 같은 치요짱하고 돈타가 먼저 절벽 위로 돌아가고, 나머지는 차례대로 리아짱에게 태워달라고 할까?"

"신세 좀 질게요, 리아짱!"

"합법 끌어안기, 기회가 온 거야?"

"레나 씨?!"

"농담, 경계하지 마~."

좋아, 그럼 원래 목적지로 이동하자! 우선 절벽 위로 올라가야지, 리아짱에게 한 명씩 위로 태워다달라고 하고…….

『프리오닐이 영체화하였습니다.』

『(` ·ω·´)』

"……귀신!!"

"자, 잠깐만, 치요 씨!! 오니짱이니까! 칼을 뽑지 말아줘?!"

『Σ(´Ⅴ`;)』

오니짱은 영체화 스킬을 발동하면 반투명해져서 하늘을 둥실둥실 날아다닐 수 있게 되는구나~! 편리하겠네~! 아, 나도 날 수 있지……. 오니짱은 무거울 것 같으니까, 운반할 인원이 줄어들어서 좋네!

"어라, 이 정도라면 저도 올라갈 수 있습니다."

"어?"

『멍멍! (경쟁!)』

"돈타 공, 경쟁입니까? 좋습니다!"

우와, 우와. 돈타하고 치요짱, 이 깎아지른 절벽을 슬쩍슬쩍 올라가는데. 괴물이냐고……. 괴물이었네. 아, 돈타가 이겼어. 역시네 발을 이길 수는 없나……. 아니, 저 사람은 아직 레벨이 1이잖아……, 충분히 장난이 아니네.

"그럼, 꽉 잡아주세요."

"우후후후후……, 스으으으읍~……."

"히익?!"

"방심했어. 아까 한 말은, 농담이 아니야."

"정말, 레나 씨까지! 변태 씨는 싫어요!"

"싫어하지 말아줘~."

"이번만 용서해드릴 거예요!"

"앗싸~."

이 사람들은 왜 절벽을 올라가는 것뿐인데 이렇게 들뜰 수 있는 거야……. 아, 나도 날 수 있으니까 페르짱을 끌어안고 날면 되지 않나?

"페르짱?"

"어머? 네!"

"안을게."

"아, 아아아, 안아달라고요?! 좋답니다!"

"아니, 나를 안아달라는 게 아니라. 내가 페르짱을 안아줄 거야."

"……반대가 더 좋아요!! 제가, 안아드리고 싶답니다!!"

"고집 부리지 말고. 자, 비상!"

"꺄악! 어머, 그러고 보니 나실 수 있었죠!!"

『카드 스킬 [비상]을 발동합니다.』

페르짱, 외모와는 달리 꽤 가볍네⋯⋯. 밥은 제대로 먹고 다니나? 이 사람 몸은 솜으로 이루어진 거 아닐까? 아, 그렇구나, 판타지 세계니까 신체능력도 올라갔겠지⋯⋯. STR이 4라도 현실 세계의 나보다 힘이 더 세구나. 무시무시한 판타지 파워⋯⋯.

"⋯⋯⋯⋯좋아."

"어?"

"얼굴이 말이죠? 정말 좋답니다. 린네 양의 얼굴! 가까이에서 보니 역시 좋네요."

"좀 변태 같아."

"죄, 죄송해요?! 그래도, 좋아서, 저도 모르게⋯⋯."

"페르짱이 더 귀엽고, 좋아해."

"좋아해⋯⋯⋯⋯라고요?!"

"정말 좋아해."

"정말 좋아해⋯⋯⋯⋯, 앗⋯⋯⋯⋯!!"

영차. 절벽 위에 도착~⋯⋯. 페르짱이 좀 멍하니 있긴 한데, 일단 가자고, 폐교회. 어라? 오니짱이 반대쪽으로 가고 있잖아, 혹시 방향치인가~? 페르짱 일행은 먼저 가고 있는데, 어쩔 수 없네~, 데리러 가줘야지.

"돈타~. 오니짱이 방향치 발동했어~."

『아우? (미아?)』

"맞아, 맞아. 페르짱 일행은 먼저 보내자."

『멍! (알겠어! 데리러 가자!)』

정말, 돈타가 돌봐주게 만들다니……. 뭐, 오니짱은 어디로 가는지 모르고 올라왔으니 반대쪽으로 가도 어쩔 수 없긴 하겠지만 말이지~?

어라? 역시 레벨링으로 인기가 많은 던전이네, 폐교회로 가는 길목이라 그런지 마주치는 플레이어도 역시 많다니까~. 맞은편에서 누군가가 오네. 그런데 힘들단 말이지~, 갈 때도 그렇고, 올 때도 말이야. 특히 길드에 가입하지 않으면 돌아올 때가 귀찮을 것 같아. 열심히 싸운 다음에 로레이로 걸어서 돌아가야 하니까. 우리는 돈타를 타면 갈 때도 편하고, 올 때는 길드 포탈로 단숨에 올 수 있으니 최고라니까.

『프리오닐이 [하이 가드]를 발동, 미르니다(Lv. 49)로부터 대미지를 1 입었습니다.』

아, 오니짱이 플레이어에게 공격당하고 있네. 실례합니다~, 그거 우리 일행이니까 공격하지 말아주실래요~? 아니, 용케도 오니짱이 몬스터라는 걸 단번에 알아봤구나. 척 보기에는 평범한 플레이어나 NPC하고 별 차이가 없거든? 풀 플레이트 아머를 걸친 기사거든?

"실례합니다……. 그거, 우리 파티 멤버인데요~……."

"치잇! 파티인가!"

"둘러싸고 해치워버려!"

아? 이 녀석들, 혹시 초보 사냥꾼? 아, 초보 사냥꾼이구나! 음~, 인원은~~……, 네 명인가?

"돈타~……, 절대로 자비를 베풀지 마."

『크아아아아아아아아아! 아우우우우우우우우——————!!』

『돈타가 [초포효]를 발동하였습니다.』

『미르니다(Lv. 49)가 [기절]하였습니다.』

『녹스(Lv. 49)가 [기절]하였습니다.』

『사리아(Lv. 49)가 [기절]하였습니다.』

『모이모이(Lv. 49)가 [기절]하였습니다.』

『알트라(Lv. 49)의 [투명화]가 해제되었습니다. [기절]하였습니다.』

아, 숨어 있던 녀석까지 합쳐서 다섯 명이었네. 그런데 레벨이 꽤 높네~. 그리고 장비도 꽤 괜찮은 걸 가지고 있는 것 같은데~?

"오니짱~, 그 녀석들은 초보 사냥꾼이라고 하거든? 범죄자 집단이라고 해야 하나, 집단 살인마 같은 녀석들. 사정없이 쓰러뜨려도 되는 녀석들이야."

『…………』

『아우! (맞아!)』

"린네 공~!"

아, 이런. 치요 씨가 전투의 기척을 감지하고 이쪽으로 오네. 그야 돈타가 초포효를 썼으니 눈치채겠지. 살기를 엄청 뿜어내고 있잖아~, 무서워~……!!

"불한당입니까!!"

"네. 맞아요……."

"베어버리겠습니다!!"

"앗……."

돈타가 돌진하기도 전에 치요 씨가 갔어~!! 돈타는, 돈타?! 앉아 있네?!

이제 치요 씨에게 맡겨두면 된다는 듯한 느낌으로 앉아서 구경하고 있어~!

"진원참!"

『히메치요가 [진원참]을 발동하였습니다.』

『크리티컬! 미르니다가 대미지를 44250 입고 사망하였습니다.』

『녹스에게 대미지를 34411 입혔습니다. 기절 상태에서 회복되었습니다.』

『사리아가 대미지를 44477 입고 사망하였습니다.』

『모이모이가 대미지를 44321 입고 사망하였습니다.』

『알트라가 [잔영]으로 대미지를 무효화하였습니다. 기절 상태에서 회복되었습니다.』

『전리품으로 [플래티넘 소드 +6]를 획득하였습니다.』

『전리품으로 [염뢰술사의 로브 +5]를 획득하였습니다.』

『전리품으로 [하이 레더 부츠 +5]를 획득하였습니다.』

와우……. 일격에 세 명이나 죽었어. 아~, 이제 대형 방패를 든 사람하고 도적 같은 사람밖에 안 남았네. 미르니다가 소드맨이고, 사리아와 모이모이가 술사 계열 같던데, 아쉽지만 이 세 명은 이미 끝났습니다~.

"이런! 도망치자!"

"이제 도망칠 곳 따위는 없다!"

『히메치요가 [일도단철]을 발동, 즉사! 장비 파괴! 녹스가 사망하였습니다.』

『[★성벽의 대형 방패]를 획득하였습니다.』

어이쿠, 안타깝네, HP가 많을 것 같았지만, 그 스킬을 제대로 맞으면 일격사한단 말이지. 즉사는 무섭다니까…….

"적어도, 네놈만이라도!!"

『Σ(´∀｀;)』

"음……? 실력을 한 번 보지."

아, 남아 있던 도적 계열 녀석이 오니짱 쪽으로 갔네. 치요 씨는 이미 칼을 집어넣어 버렸어! 관전 모드에 들어갔는데……?! 어, 오니짱은 괜찮으려나~……. 일단은 언제든 지원할 준비를 해둬야 지…….

"죽어라!!"

『알트라가 [어쌔신 슬래시]를 발동하였습니다.』

『프리오닐이 [카운터 스트라이크]를 발동, 카운터! 알트라에게 대미지를 9900 입혔습니다. [기절] 상태가 되었습니다.』

『(ˋ・ω・ˊ)』

오~. 카운터로 내려친 도끼가 깔끔하게 머리에 들어갔어! 오니 짱, 꽤 하네! 저 으스대는 표정은 용서해줄 수 있는 표정이야.

『프리오닐이 [실드 배시]를 발동, 알트라에게 대미지를 6079 입혔습니다. [기절] 상태에서 회복되었습니다. 스턴 상태가 되었습니다.』

『프리오닐이 [슬래시]를 발동, 알트라에게 대미지를 19072 입혔습니다. 스턴 상태에서 회복되었습니다.』

기절시키고 대형 방패로 돌진해서 추가로 스턴, 그리고 도끼로 슬래시를 날려서 추격타. 도적 계열이라면 이제 HP가 거의 남지 않았을 것 같은데?

"제, 젠장! 죽어!!"

『알트라가 [토네이도 슬래시]를 발동하였습니다.』

『프리오닐이 [카운터 스트라이크]를 발동, 카운터! 알트라에게 대미지를 9693 입혔습니다. [기절] 상태가 되었습니다.』

『(＼ ・ω・´)』

아, 이거 시프 쪽은 오니짱하고 상성이 절망적이네. 뭘 해도 오니짱에게 카운터를 맞고 기절, 스턴, 카운터 루프에서 벗어나지 못한다고. 그 으스대는 표정도 용서해줄 수 있는 표정이야.

『프리오닐이 [실드 배시]를 발동, 알트라에게 대미지를 5079 입혔습니다. [기절] 상태에서 회복되었습니다. 스턴 상태가 되었습니다.』

『프리오닐이 [처형]을 발동, 즉사! 알트라가 처형당했습니다. 집단 PK 실패 페널티, 처형 페널티 발동! 리더인 알트라는 다수의 아이템을 잃게 됩니다!』

『[★어쌔신 대거 +7]를 획득하였습니다.』

『[★카오스 대거 +7]를 획득하였습니다.』

『[암살자의 외투 +7]를 획득하였습니다.』

오오~! 두 손에 들고 있던 무기를 둘 다 떨어뜨렸네! 엄청 운이 좋잖아! 게다가 둘 다 레전더리, 그것도 +7이야!! 이건 기쁜 수확이라고!

"오니짱, 대단하구나! 혹시 이렇게 거친 일은 익숙한 거야? 치요 씨도 대단하네~, 꽤 멀리 떨어져 있었는데도 눈 깜짝할 새에 와서 해치워버렸으니까."

『(＼ ・ω・´)b』

"린네 공께서 위기에 처하셨다면 저는 곧바로 달려가겠습니다!"

"……쓰다듬어도 돼?"

"흐에? 아, 어, 흐아……?"

『아우아우! (좋은 일을 하면 쓰다듬어 주거든!)』

헤헤헤……. 쓰다듬는 감촉이 좋은 여우귀로구나…….

그리고 인기 스폿으로 가는 길목에서 초보자 사냥꾼을 사냥하는 건 정말 기분이 좋은데……! 만약에 되찾으러 오면 다시 쓰러뜨려 줘야지.

"어머, 어머! 방금 그 로그, 설마 초보 사냥꾼인가요?"

"역시 나타났네, 위험했어?"

"아, 미안. 오니짱이 반대쪽으로 가버려서 쫓아갔는데 초보 사냥꾼이 덤벼들었어. 그래도 여유롭게 쓰러뜨렸다고!"

"무사해서 다행이랍니다! 오니짱도 멀쩡하네요."

『(*´ ∀ `*)b』

"치요치요는, 질 거라는 상상이 안 돼. 안심."

"어떤 상대라 해도 방심해선 안 됩니다. 싸운다면 온 힘을 다해 베어야지요!"

"……강자라고 해도 대충 싸우지 않는 것이 강한 비결인가?"

"하늘에서 보아하니 이쪽으로 다가오는 사람은 없는 것 같아요!"

"아, 리아짱이 정찰해줬구나. 미안해~, 고마워."

"아뇨, 아뇨!"

자, 이번에야말로 모두 모였고, 오니짱도 모두와 함께 걸어가면 따로 떨어지진 않겠지. 이번에야말로!! 폐교회를 파괴하러, 가자~!!

이제 누구에게도 폐를 끼치고 싶지 않았다.

나 때문에 또 누군가가 죽을지도 모른다. 그래서 떠나려 했다.

하지만, 생각을 바꾸었다. 혹시나 그녀라면……, 린네라면. 죽음을 초월한 힘을 준 마스터라면. 이건 혹시나 운명의 만남일지도 모른다.

마스터의 여행을 따라가 보자. 혹시나 이 피로 물든 운명을 바꿔줄 만한, 놀라운 기적을 일으켜 줄지도 모르니까.

"……하나~, 둘!!"

"으으~!!"

"밀어~!"

"힘내~."

『꺄우우우우우우우우우우우우웅~!!』

음, 지금 뭐하고 있냐……고요? 보시면 아시겠지만, 교회 입구에 엉덩이가 낀 돈타를 밀고 있어요!! 그것도 지나가던 플레이어 분들에게도 도움을 받으면서요!!

"안 되겠네요~!! 돈짱의 돈 부분까지는 들어갔는데~~!"

"돈짱의 타 부분이 안 들어가네."

"안 들어가네요, 타 부분이…….."

"돈타 공의 탱글탱글한 몸이……."

『(´・ω・`)』

『끄으으응~…… (들어갈 거야……)』

내가 제일 먼저 폐교회로 들어간 다음에 돈타가 따라서 들어오려 했단 말이지. 머리가 들어온 시점에서 이미 '아, 절대로 못 들어오겠네'라는 생각이 들긴 했어요. 그래도 뭐, 일단 돈타의 앞발까지는 들어왔다고, '돈' 부분까지는. 그런데 말이지, 배 뒤쪽, '타' 부분이 안 들어와! '타' 부분이!!

폐교회는 말 그대로 너덜너덜했고, 측면의 벽이 무너져서 그곳을 통해 바깥 상황을 살펴보니 폐교회 입구에 돈타의 꼬리가 돋아나 있는 것 같은 상태였고, 멋지게 걸려 있었다. 모두 함께 밀어도 들어오지 못하고, 나중에는 우연히 지나가던 플레이어분들까지 도와줬지만, 그래도 못 들어왔단 말이지……. 게다가 돈타가 알 수 없는 자존심을 발휘하면서 어떻게 해서든 입구로 들어오겠다고 오기를 부리고 있고.

"돈타, 포기해."

『끄으웅~…… (들어갈 거야……)』

"못 들어오니까, 벽을 부수고 들어와."

『크르르르르르르룽!! (들어갈 거야!!)』

아무리 애를 써도 못 들어온다니까, 돈타 군. 포기하고 말이지, 이제 입구 근처의 벽을 부숴버려. 다른 플레이어들이 지금 돈타의 상황을 스샷으로 찍어도 되냐고 물어보니까, 뭐 어쩔 수 없지. 특별히 괜찮다고 말해줬어. 게다가 몇 명은 공식 게시판의 '훈훈한 게시판'하고 '종합 게시판'에 올리고 싶다고 해서 거기만 올리는 거면 괜찮다고 허가에 체크하고 사인을 해줬다고. 정말, 몸집이 이렇게 크니까 언젠가는 어디에 낄 것 같다고 생각하긴 했는데, 이런 곳에서 끼는 거야?!

끼긴 하겠지, 우리 돈타는!

"돈타 공, 이제 여기까지입니다! 각오하시길!"

『아우우우우~?! (잠깐만, 마음의 준비를 할 필요가 있는데?!)』

아, 기어코 치요쨩이 사형 선고를 내렸네. 5분이 지나도 들어가지 못하면 돈타의 엉덩이를 걷어 차서 들여보내도 된다고 했으니까……

"이얍~!"

『돈타가 [금강]을 발동, 히메치요가 돈타에게 대미지를 51 입혔습니다.』

『꺄우우우우우우우웅!!』

『((((; ﾟДﾟ))))』

"아, 들어갔다!"

"하지만 입구가 부서졌답니다!!"

"넓어졌어. 돈쨩의 엉덩이 모양으로 벽이 뚫렸어."

음~, 히메치요 씨, 나이스 드롭킥. 이제 돈타의 타 부분도 들어왔네! 여러분, 소란을 피워 죄송합니다……. 무너진 벽으로 우회해 주시길 부탁드립니다. 그리고, 정말 죄송합니다…….

"돈쨩의 엉덩이, 괜찮아~?"

"푹신푹신하니까 괜찮겠지."

"그럼, 무사히 들어왔으니까! 그쪽도 열심히 레벨링 하세요!"

"바이바이, 돈쨩~."

"좋겠다~, 복슬복슬……. 바이바이~."

『꺄우우우웅…… (고마워~……, 바이바이터치……)』

"와아~, 풀죽어서 귀여워~!"

"귀가 납작해~."

"저도 힘을 조절하였으니 괜찮을 겁니다!"

"아마 돈타는 엉덩이보다 자존심에 상처를 입은 것 같아……."

『꺄우우우웅~…… (들어올 수 있었는데……, 들어올 수 있었는데……)』

패배를 인정하렴, 돈타. 들어오지 못하는 건 어쩔 수 없어. 그건 그렇고, 착한 사람들이었네……. 일부러 돈타를 미는 걸 도와주다니……. 이게 모험자들끼리 곤란할 때 서로 돕는 건가? 다음에 저 사람들이 PK라도 당하는 걸 보게 되면 구해줘야지. 얼굴은 기억해 두었으니까.

"자, 가자, 돈타. 폐교회에 들어오는 게 목적이 아니니까."

『멍!! (맞다! 가자~!!)』

전환이 빠르네. 하지만 그게 돈타의 장점이지.

"자, 이런저런 일이 있긴 했지만, 모두 모였군요! 그럼, 포탈을 기동시킬게요!"

"없애버려야 해!!"

"천사 사냥이다~."

『아우! (적은 해치우자!)』

『와(°Д°)우!』

이제야 목적지인 포탈에 도착했네. 그럼 전송 포탈을 기동시킬 겸, 이번 던전의 정보를 봐야겠다.

[봉인된 교회] (추천 레벨 40~)

·메모리얼 던전. [발견 길드 : 화서의 꿈], [발견자 : 레이지]

·첫 클리어 파티 : 없음.

·최대 8명까지 파티 입장 가능.

·페널티 : 없음.

·하루에 한 번 도전 가능. (매일 5:59에 횟수 제한 리셋)

·파티 멤버는 모두 포탈 안으로 들어가 대기하여 주십시오.

·30초 카운트다운 이후, 포탈 안에 있는 멤버들이 던전 안으로 전
송됩니다.

호오, 발견자가 레이지 씨구나. 뭐, 금방 발견할 수 있는 위치
고, 여기 정보를 흘린 것도 혹시 레이지 씨인가? 바다의 동굴 던전
은 반대 방향이니까 그쪽에서도 멀고……. 정보를 흘리는 게 이익
일지도 모르겠어.

그래서? 바다의 동굴 던전과는 달리 랜덤 생성 던전이 아니라
메모리얼 던전……. 어떤 타입 던전이지? 무언가가 기억되어 있
다는 뜻이잖아. 레벨이 50 정도인 몬스터가 나온다고 들었는데,
아직 클리어한 파티가 없단 말이지.

『파티 리더의 신청을 수락……. 전송 카운트다운을 개시합니다.』

"사실 오는 순서가 바다의 동굴보다 여기가 먼저 아니야……?"

"그러……게요……?"

"응, 그랬던 것 같아."

찾아내기 쉬우니까, 폐교회를 먼저 와줬으면 했던 것 같은 느낌
이 든단 말이지……. 바다의 동굴 던전은 여기에 온 다음에 들어
가야 하는 곳 아닐까요……? 아니, 바다의 동굴 난이도는 분명히
이상하잖아! 골치 아픈 게 너무 많아!

『카운트다운, 5초 전. 3……, 2……, 1……, 전송.』

오오, 그런 생각을 하다 보니 전송되었네. 자, 없애버리자~, 천사~!!

"오, 전송되었어……? 어라??"

"여기는, 돈짱의 엉덩이가 끼었던, 입구……? 맞죠……?"

"의자에 앉아 있는 사람이 꽤 많아~."

"음……!"

『(´・ω・`)!』

어라라? 여기, 혹시, 방금 들어온 교회하고 같은 곳인가? 아직 깔끔한 상태인 걸 보니 과거……? 아! 메모리얼 던전이라는 게 그런 거였구나! 과거의 정보를 기억하고 있는 던전이라는 뜻이었어!

그런데, 천사가 나온다고 하던데, 참배하러 온 사람만 보이네……. 정말로 천사가 나오는 거야? 전혀 그럴 낌새가 없는데…….

"평범한 사람밖에 없는 것처럼 보이는데……, 앗?"

『아아아아아아아아………….』

『으아아아아아아아………….』

아, 인간이 아니야! 좀비였어!! 어, 사령 계열하고 불사 계열이 적이야? 들었던 사전 정보와는 정반대————————?!

『소드 케루빔 (Lv. 45)이 구울 (Lv. 10)에게 대미지를 7071 입히고 없앴습니다.』

『랜스 케루빔 (Lv. 45)이 구울 (Lv. 10)에게 대미지를 7049 입히고 없앴습니다.』

"뚫어라."

『Weak! 소드 케루빔 (Lv. 45)에게 대미지를 20779 입히고 격파하였습니다.』

빛기둥과 함께 천사가 내려왔어! 와~, 완전히 천사다, 천사~!! 하얀 갑옷과 하얀 날개, 천계에서 온 병사다~! 거슬려, 사라져.

"우와, 아무런 말도 없이 해치우셨네요?!"

"빠앙~."

『Resist……. 07XB785Y가 [화염의 마탄·퀵 드로우 샷]을 발사, 소드 케루빔 (Lv. 45)에게 대미지를 20215 입히고 격파하였습니다.』

그야 해치워야지. 그건 그렇고, 성속성인 건 확정일 것 같은데, 불사속성인 커스 스피어로 약점을 찔러서 2만 정도, 레나짱은 내성이 있는 화속성으로 공격했는데 비슷한 대미지. 이게 말이야, 순수한 화력 직업과 서포트 직업의 차이구나 싶어서 슬퍼진다고요.

어라, 아니, 경험치는? 혹시 레벨 차이가 너무 많이 나면 경험치를 못 얻는 건가? 그러고 보니 바다의 동굴에서도 레벨 차이가 너무 많이 나는 졸개들에게서는 경험치를 얻지 못했던 것 같아!!

"약해~……."

"경험치도 없다니……."

"음~. 이렇게 말하긴 좀 그렇지만, 공략할 의미가 느껴지지 않네요."

"약하네요~……."

"저는 이렇게 허약한 천사를 본 적이 없습니다……."

『^^;』

아~. 오니짱조차 어이없어하고 있잖아…….

『아우~……? (전부 돌진해서 해치울까?)』

"다음 계층부터는 돈타에게 해치워달라고 할까?"

"그렇게 할까요? 이 계층의 몬스터가 전부 별것 아니라면 다음부터는 돈짱에게 섬멸을 부탁해도 되나요?"

"찬성~……."

"그럼, 그렇게 하자고……, 돈타, 다음 계층부터는 전부 해치워버려."

음……. 이 정도인가……. 그렇긴 하겠지, 바다의 동굴 던전도 페널티 몬스터인 범고래 계열이 매우 강할 뿐이고, 졸개 몬스터들은 상대도 안 되는 상황이었으니까.

『멍! (그럼, 다음부터는 내 차례구나!)』

경험치가 들어오지도 않는 로그는 안 봐도 돼. 하나하나 무의미한 로그가 뜨는 것도 거슬리니까. 그건 그렇고, 다음 계층으로 가려면 어떻게 해야 하지?

"————————키에에에에에엑!! 네놈!!"

『타락한 신관 도겔이 도망칩니다!』

아, 보스 같은 게 있잖아!! 제일 안쪽 제단 근처에!

"놓치지 않아."

『07XB785Y가 [암흑의 마탄·퀵 드로우 샷]을 발사, MISS……. 타락한 신관 도겔 (Lv. 70)에게는 암속성 대미지의 효과가 없습니다.』

"아, 신관인데 암속성이야? 그렇구나."

『07XB785Y가 [화염의 마탄·스나이핑 샷]을 발사, Weak! 타락한 신관 도겔에게 대미지를 440475 입혔습니다.』

"캬아아아아아아아아아악~~?!"

"으응?"

오~? 화속성 공격이 잘 통하다니, 혹시 저 신관은 불사속성 아닐까? 왠지 얼굴에도 뻑 드러나 있고, 불사속성이잖아, 이거! 혹시 같은 업계 사람 아니야?

"불타 죽어라!! 절멸하라!! 절멸소이탄!!"

『오렐리아가 [절멸소이탄]을 발동하였습니다.』

아, 저번에 봤던 인공 태양처럼 장난이 아닌 빛을 날린 용마술이다……!! 압축된 화염 구체에서 발사된 소이탄은, 이제 소이탄이라기보다는 화염 빔처럼 생겼지만! 엄청난 열기, 우리까지 불타버릴 것 같은데요!

『Weak! 타락한 신관 도겔에게 대미지를 660704 입혔습니다.』

"캬아아아아아아아아아아아아아악!!"

아, 도망치다가 멈춰섰네. 우와, 불덩이가 되었어……. 저런 상태로는 아무래도 움직일 수 없겠지. 움직이지 못한다는 건, 그런 거지! 그럼, 선생님, 잘 부탁드립니다!

"끝이야."

『07XB785Y가 [화염의 마탄·데드 엔드 샷]을 발사, Weak! 크리티컬! 타락한 신관 도겔에게 대미지를 1210557 입히고 격파하였습니다.』

대단하네, 드디어 100만이 넘는 대미지가 떴어! 역시 레나쨩이야! 이제 드디어 경험치가……, 경험치, 어라……?

『MVP는 오렐리아였습니다. [☆4 마정석 상자]를 획득.』

잠깐만 기다려 봐?! 어째서?! 대미지를 160만 넘게 입힌 레나짱이 아니라 대미지를 66만 정도 입힌 리아짱이 MVP를 획득했다니, 어떻게 된 거야?! 설마, 불덩이가 되었을 때 지속 대미지가 들어갔나? 그렇게 짧은 시간만에 100만이 넘는 지속 대미지가 들어갔거나, 아니면 보이지도 않은 채 쓰러진 구울이나 천사에게 입힌 대미지까지 계산된 건지, 둘 중 하나겠네.

"하으으……!! 너무 심하게 타잖아요! 꺼져, 꺼지라고!"

『((((; ﾟДﾟ))))』

『아우우……! (다들, 타버렸어!)』

"마치 용의 숨결과도 같군요……."

그야 리아짱도 위력이 이렇게 강하니 놀랐겠지. 그런데 '하으으'라고 귀여운 목소리를 내고 있긴 하지만, 입이 말이야? 씨이익……, 웃고 있거든요? 완전히 숨기지 못한 나쁜 아이 오라가 새어나오고 있거든? 새 장난감을 받은 아이 같아서 귀엽네……. 아, 꺼지라고 하니까 소화되었네. 불바다를 제대로 없애고, 기특하구나~.

"리아짱, 강해~. 보스, 약해~."

"나설 차례가 없었네요."

"이거, 사실은 도망치는 보스를 쫓아가고, 난입하는 천사를 해치우며 나아가게끔 설계된 던전 아니었을까?"

"아마 그럴 거예요. 자, 보세요. 제단 건너편에 2계층으로 이어지는 것 같은 포탈이 있답니다."

"어……? 이 던전, 끝났어……?"

"말도 안 돼……."

"제, 제가, 나쁜 짓을 해버린 건가요……?!"

"금방 죽어버린 보스에게 문제가 있는 거니까, 리아짱은 잘못한 거 없어."

"하으, 하으……."

그런데……. 보스를 쓰러뜨렸으니 보물상자를 챙겨야 해. 당연히 있겠지? 보물상자. 어차피 이런 보스니까 나무 보물상자 아닐까~?

『클리어 조건을 달성하였습니다. 보수를 받으실 경우에는 입구 기준으로 중앙 교차로의 왼쪽 포탈로 가 주십시오.』

"보수, 저쪽."

"가죠……. 왠지 맥이 빠지네요~……."

"천사를 더, 없애버리고 싶었어……."

『아우아우~…… (모처럼 열심히 들어왔는데~)』

『(´・ω・`)』

"하으~……."

"기대에 미치지 못하였습니다."

보수가 나오는 방은 건너편인가? 이런 걸 아무도 클리어하지 못했다고? 아~, 혹시 일부러 아까 그 보스를 도망가게 한 다음에 최대한 천사 사냥을 하면서 몇 층 정도 나아가고~, 그걸 반복하면 경험치가 짭짤하려나~?

"그럼, 보수를 받으러……, 응?"

『1계층에서의 보스 토벌 확인. 숨겨진 클리어 조건을 달성하였습니다. 보수를 포기하고 금지된 낙원 던전으로 진행할 경우, 보수 플로어의 반대쪽 포탈로 가 주십시오.』

이건……!! 빠른 격파에 대한 보상이 제대로 마련되어 있었네
~!!

"오오오오~! 이면 던전~!"

"숨겨진 클리어 조건……?!"

"이건 갈 수밖에 없지! 금지된 낙원!"

『아우~~~!! (열심히 들어오길 잘했네!!)』

『(＼・ω・＼)』

"그쪽에는 강적이 있을까요? 기대되네요, 네! 가고 싶어요!"

"어떻게 할까, 바로 포기하고 갈까?!"

"어차피 일반 보수는 초라할 거야. 그레이트 웨일호를 통해 깨
달았다고."

"그렇죠. 그쪽 보수보다 더 조촐할 거예요……."

"저는 강적이 있다면 가고 싶습니다!"

"저도, 이래선 불완전 연소니까요……."

『(*´∀`*)b』

『멍! (가자~!)』

만장일치로 결정되었구나! 일반 보스의 보수는 포기하고 가볼
까! 교회의 이면 던전! 금지된 낙원으로!! 자, 바로 정보를 확인하
자고!

[이면 던전·금지된 낙원] (추천 레벨 70~)

·[발견 길드 : 화서의 꿈], [발견자 : 린네, 페르세우스, 07XB785Y]

·첫 클리어 파티 : 없음.

·최대 8명까지 파티 입장 가능.

·메모리얼 던전.

·페널티 : 봉인된 교회의 보수 전부 포기.

·페널티 : 제한 시간 20분.

·페널티 : 던전 입장시, 해제 가능한 상태를 전부 해제.

·하루에 한 번 도전 가능. (매일 5:59에 횟수 제한 리셋)

·파티 멤버는 모두 포탈 안으로 들어가 대기하여 주십시오.

·30초 카운트다운 이후, 포탈 안에 있는 멤버들이 던전 안으로 전송됩니다.

　　그렇구나, 미리 준비를 하지 못하는 규칙이야. 그리고 봉인된 교회의 클리어 보수를 받지 못하는 대신, 제한 시간이 20분인 이면 던전에 도전할 수 있는 시스템이고. 얼마나 깊은 던전인지는 모르겠지만, 추천 레벨로 봐서 쉽지는 않을 것 같은 느낌이 드네. 혹시 보스 플로어만 있는 건가? 설마~.

　　"언제든지 준비 오케이~."

　　"저도 괜찮아요!"

　　"소모된 건 레나짱하고 리아짱뿐이니까."

　　"그럼, 기동시킵니다! 자, 돈짱, 붙어요!"

　　『아우우우~ (좁아~)』

　　『)ヽ´ω｀(』

　　"리아 공은 저와 린네 공 사이에 들어오시는 게 좋겠군요."

　　"앗……, 으앗?!"

　　"와……. 행복한 공간, 부러워. 나도 들어가고 싶어."

　　"저도 들어가고 싶답니다!!"

그건 그렇고, 이 포탈은 정말 작네. 돈타가 공간을 대부분 차지했기 때문이기도 하지만, 좀 더 크게 만들어줘도 좋을 것 같다. 오니짱이 돈타에게 깔리듯이 포탈에 들어와 있는 것도 꽤 불쌍하고. 그리고 리아짱은 나와 치요 씨 사이에 끼어서 샌드위치, 레나짱은 페르짱이 끌어안아서 모두가 무사히 들어왔다. 돈타, 역시 살이 너무 찐 거 아니야?

　『카운트다운, 5……, 4……, 3……, 2……, 1……, 전송.』

　자, 숨겨진 던전! 금지된 낙원이라고 할 정도니까 천사가 나오겠지!

　뭐, 안 나와도 상관없긴 하지만, 아무튼 뭐든지 덤비라고~!!

☾　●　●

　──────어째서 나를 방해하는 거지? 나는 그녀를 보고 싶다, 그녀의 목소리를 듣고 싶다, 그녀와 다시 한 번 같은 시간을 지내고 싶은 것뿐인데.

　멜티나에 자리잡은 그 이름뿐인 늙은이 마이스터들이 나에게서 마이스터의 칭호를 빼앗은 것처럼, 이번에는 너희가 나에게서 나탈리아를 빼앗으려 하는 건가? 그러진 못할 거다, 그러진 못해! 나탈리아는 나의 전부다. 나탈리아를 너희에게 넘길 것 같으냐? 모든 것을 잃는다 하더라도 나는 그녀를 되살려낼 거다.

　천사를 끌어들여서 손에 넣은 이 천사들의 심장, 피, 살! 그리고 내가 지금까지 바친 인생 전부! 자, 움직여라, 너희의 주인은 나다! 나를 지켜라! 나에게서 나탈리아를 빼앗으려 하는 저 끔찍한 녀석들을 이곳으로 다가오게 하지 마라!! 이제 곧, 이제 곧 나탈리아는━━━━━재림한다━━━━━!!!!

((●

제한 시간, 그런 거였구나……. 좀 전에 쓰러뜨렸던 타락한 신관 도겔이라는 녀석의 내레이션이 전송 중에 떴다. 이 사람, 아니 이제 사람이 아닐지도 모르겠는데? 도겔은 나탈리아라는 사람을 되살리고 싶은 마음에 이 교회에 온 사람들을 언데드로 만들고, 그 언데드를 처치하기 위해 나타난 천사를 사냥해서 되살리는 데 필요한 소재를 모았던 건가?

뭐, 내가 돈타나 리아짱을 진화시키기 위해서 이런저런 것들을 사냥했던 거하고 마찬가지겠지. 마음에 드는 언데드를 강화시키고 싶어하는 심정, 이해가 안 되는 건 아니야!

그리고 여기는……. 지하 묘지인가? 넓네. 그 교회의 내부보다는 좁지만, 돈타가 마음대로 움직일 수 있을 정도로는 넓다. 그리고 대체 뭘까, 완전 미래적인 느낌이라 주위에 전혀 어울리지 않는 이 유리 케이스 두 개……. 혹시 저건……, 관……?

"자, 움직여라, 실험체 101호! 102호!! 이 방을 돌파하게 두지 마라!!"

『마이스터 도겔이 폭주하였습니다…….』

『Mission start. Destroy! Destroy! Destroy! Destroy! :D』

『Mission start. Destroy! Destroy! Destroy! Destroy! :D』

"우와!! 가로막아라, 본 실드!"

『파티 멤버 전원이 [본 실드] 상태가 되었습니다.』

─────우와……. 이 메시지, 비슷한 걸 최근에 본 기억이 있는데요. 뭐든지 덤비라고 하긴 했지만, 이건……!

"천사 형태의 기계네요!!"

"공격을 가하려는 모양이야!!"

천사의 날개에 기계의 몸, 그리고 인간의 육체가 기계와 어중간하게 융합되어 있는 인간과 기계, 그리고 천사의 하이브리드다! 좀비와 천사, 기계를 전부 이어붙인 거야?! 그 쓰레기 같은 녀석, 나탈리아 말고는 전부 도구라고 생각하는 타입일 거라고, 분명히!!

『실험체 101호·아리스엘 (Lv. 75)가 [엔젤 더스트]를 발동하였습니다.』

『실험체 102호·이바엘 (Lv. 75)가 [엔젤 더스트]를 발동하였습니다.』

"아이기스!!"

"돈타, 앞으로 나가!!"

『아우!!』

『페르세우스가 [마순 아이기스]를 발동, 돈타가 [페네트레이트 10] 상태가 되었습니다.』

『돈타가 모든 공격을 무효화하였습니다.』

우와, 바로 쏘네! 빗발처럼 쏟아지는 총알, 돈타 뒤에 숨어서 피하는 동안에는 괜찮지만, 그레이트 웨일처럼 폭발물 같은 걸 날리면 큰일이야……!

『Destroy! Destroy! Destroy! Destroy! :D』

『Destroy! Destroy! Destroy! Destroy! :D』

"인간, 그리고 천사, 철기병을 합친 것이로군요. 소용이 없다는 걸 알면서도 쏘는 것을 보니 머리는 좋지 않은 모양입니다."

"머리가 좋지 않더라도, 이렇게 쏴대면 반동으로 밀려나버릴 거랍니다!!"

"가라앉아라, 네거티브 오라!"

『[네거티브 오라]를 발동, 5분 동안 파티 전원이 강화 상태가 됩니다.』

"차폐물은 많아. 총알이 바닥나는 걸 노리고 돌진할까?"

"제한 시간이 있으니까 느긋하게 있을 수는 없어!"

"시간이 아깝다면, 망설일 시간은 없습니다!"

『히메치요가 [수월]을 발동, 공격을 회피하였습니다.』

『프리오닐이 [실드 부메랑]을 발동, Weak! 실험체 101호·아리스엘에게 대미지를 12500 입히고 스턴 상태로 만들었습니다.』

히메치요짱, 설마 저 빗발처럼 쏟아지는 총알 사이를 뚫고 가려는 거야?!

『히메치요가 [일도단철]을 발동, 실험체 102호·이바엘에게 대미지를 574000 입히고 쇳덩이로 만들었습니다.』

『히메치요가 [멸귀참]을 발동, 특효! 실험체 101호·아리스에게 대미지를 352500 입히고 쇳덩이로 만들었습니다.』

『Destr————.』

『Des————.』

대단해, 수월을 발동해서 상대방의 뒤쪽으로 순간이동한 다음에 단숨에 두 대 모두 베어버렸어……. 치요짱, HP가 적다는 것 빼고 약점이 거의 없는 거 아니야……?

"정말 악취미랍니다!"

"응, 생김새부터 시작해서 전부 최악이야."

『끄으응~…… (무섭게 생겼어~)』

"더 있으려나요……."

"안쪽 방에 기척이 있습니다. 더 있는 모양이로군요."

『(´・ω・`)……』

"가시죠! 제한 시간이 있으니까요! 남은 시간은 18분!"

아무튼, 서둘러 가자. 사람의 뼈나 천사의 깃털 같은 게 여기저기 떨어져 있는 것을 무시하고 실험체가 나온 유리 케이스 안쪽에 있던 포탈, 다음 플로어로 가는 그 포탈을 기동시켰다. 곧바로 다음 플로어로 전송되었고, 또……, 차폐물이 될 것 같은 기둥이 여러 개 있었다.

이곳은 그 도겔이라는 녀석이 카타콤베를 개조해서 만든 실험실인가? 불사자에 이끌려 온 천사와 교회에 온 사람들을 이용하여 이곳에서 기계와 이어붙이고 합쳐서 병기로 운용하고 있구나……. 운영 쪽도 왜 이렇게 설정이 사악한 던전을 만든 거야? 완전히 호러 던전이잖아.

"아! 이미 기동되었네!"

『H-A-L-L-O? Good bye! :D』

『Destroy! Destroy! Destroy! Destroy! :D』

『H-A-L-L-O? Good bye! :D』

『Destroy! Destroy! Destroy! Destroy! :D』

『실험체 103호·울드엘 (Lv. 80)이 [엔젤릭 바주카]를 발사하였습니다.』

『실험체 104호·에러엘 (Lv. 80)이 [어설트 슬래시] 자세를 취했습니다.』

『실험체 105호·오거엘 (Lv. 80)이 [레드 블래스터]를 발사하였습니다.』

『실험체 106호·카샤엘 (Lv. 80)이 [울트라 해머 스매셔] 자세를 취했습니다.』

『돈타가 [엔젤릭 바주카]를 맞았습니다. [본 실드]가 파괴되었습니다. 페네트레이트 감소·9』

『돈타가 [레드 블래스터]를 맞았습니다. 페네트레이트 감소·8』

이런, 이런, 무작정 죽이려고 덤벼드네! 바주카, 대검, 빔, 엄청나게 커다란 해머를 든 녀석도 있어!! 이번에는 좀 전보다 완성도가 높고, 맨몸 부분에 장갑판이 달려 있어서 약점이 줄어들었어!

말살 범고래의 크림슨 블래스터보다는 약한 것 같지만 그래도 페네트레이트가 깎이는 걸 보니 직접 공격 속성을 지니고 있어. 여러 번 맞다 보면 눈 깜짝할 새에 페네트레이트가 없어져 버릴 거야. 사격 담당이 장전 중이라 대기하는 대신, 이번에는 전위가 덤벼드네!

"전위가 덤벼든다!"

『Ⅲ(ﾟДﾟⅢ)컴온~』

『프리오닐이 [카운터 스트라이크]를 발동, 카운터! 실험체 104호·에러엘에게 대미지를 20900 입혔습니다. [기절] 상태가 되었습니다.』

『(`・ω・´)』

『프리오닐이 [카운터 스트라이크]를 발동, 카운터! 실험체 106

호·카샤엘에게 대미지를 20800 입혔습니다. [기절] 상태가 되었습니다.』

『(﹒ω﹒́)』

오니짱, 꽤 하네! 어, 혹시 프리오닐은 치요짱의 공격도 마음만 먹으면 막을 수 있는 거 아닌가……?

"돈타 공! 그쪽은 맡기겠습니다!"

『크아아아아아우! (좋아! 상대해주겠어!)』

『돈타가 [마랑신탄]을 발동, 다수의 적에게 평균 대미지를 40700 입혔습니다.』

『2 COMBO! 돈타가 [폭멸이단장]을 발동, 황금의 오른발이 작렬! 크리티컬! 실험체 104호·에러엘에게 합계 대미지를 440400 입히고 쇳덩이로 만들었습니다.』

"거기랍니다!!"

『페르세우스가 [메테오르]를 발동, 크리티컬! 실험체 106호·카샤엘에게 대미지를 220200 입히고 쇳덩이로 만들었습니다.』

역시 돈타야! 엉덩이가 끼지만 않으면 듬직한 멍멍이라니까! 인간인지 천사인지 기계 계열인지는 모르겠지만 기계가 들어가 있으녀 자폭을 조심해야지. 자, 후위가 남았는데요……. 치요짱이 두 번째 사격을 용납하지 않겠다는 듯이 뛰어들었네. 여전히 레벨이 1 같지 않은 신체 능력이야.

"타앙~."

『07XB785Y가 [암흑의 마탄·스나이핑 샷]을 발사, Weak! 크리티컬! 실험체 103호·울드엘에게 대미지를 640000 입히고 쇳덩이로 만들었습니다.』

한쪽은 레나쨩 선배가 해치웠네. 아~, 여전히 대미지가 너무 잘 나오는데요. 마탄은 MP 소비량이 꽤 많다고 들었는데, 그래도 멀리 떨어진 위치에서 누구보다 강한 공격력을 발휘할 수 있다는 건 위협적이지.

『Destr————.』

"이미 늦었다!!"

『히메치요가 [일도단철]을 발동, 실험체 105호· 오거니엘에게 대미지를 550500 입히고 쇳덩이로 만들었습니다.』

좋아, 돌파했다. 어라? 방금 든 생각인데, 치요쨩은 약점도 아니고 크리티컬도 아닌데 저런 대미지를 입혀……? 애초에 능력이 엄청난 데다 카타나의 성능까지 엄청나니까 대미지가 장난이 아닌데……?!

"치요쨩도, 대단하네……."

"움직임이 아직 애매하군요, 칼에 의존한 힘입니다……."

"어……?"

그, 그 대미지가 애매하다고요? 그런가요……. 향상심 덩어리인가……?

"다음이랍니다!!"

"무장, 점점 강화되고 있어."

"마술을 쓸 타이밍이……."

"리아쨩은 마지막까지 아껴둬! 그 보스를 다시 태워주렴!"

"네!"

"이제 15분 남았답니다!"

"가라앉아라, 네거티브 오라."

『[네거티브 오라]를 발동, 5분 동안 파티 전원이 강화 상태가 됩니다.』

두 번째 방도 제압했다. 여기까지 5분만에 제압했으니 꽤 괜찮은 페이스 아닌가?! 방이 몇 개나 있는지는 모르겠지만, 빠르게 돌파하는 게 제일이겠지!

"세 번째 방, 가죠!!"

자, 다음에는 뭐가 나올까? 와라, 상대해주마! 나 말고 다른 멤버들이 말이지!!

"다섯 마리……, 아니, 여섯 마리……?!"

『아우?!』

"저건……!!"

좀 전보다 중무장을 갖춘 기계 장치 누더기 천사가 다섯 마리, 그리고 계단 아래에 자리잡고 있고 팔이 네 개 달려 있어서 특히 이질적인 덩치……, 저건, 대체……?

"공격이 온다!! 돈타, 부탁해!!"

"아이기스!"

『아우우!!』

『페르세우스가 [마순 아이기스]를 발동, 돈타가 [페네트레이트 10] 상태가 되었습니다.』

『실험체 107호·캐미엘 (Lv. 85)이 [헤비 엔젤 더스트]를 발사하였습니다.』

『실험체 108호·쿠거엘 (Lv. 85)이 [헤비 엔젤 더스트]를 발사하였습니다.』

『실험체 109호·케린엘 (Lv. 85)이 [헤비 엔젤 더스트]를 발사하였습니다.』

『실험체 110호·코디엘 (Lv. 85)이 [헤비 엔젤 더스트]를 발사하였습니다.』

『실험체 111호·사샤엘 (Lv. 85)이 [헤비 엔젤 더스트]를 발사하였습니다.』

『특수변이체·마리엘 (Lv. 99)이 [소드 허리케인] 자세를 취했습니다.』

『자동수리기·고친다 군 (Lv. 55)이 특수변이체·마리엘을 수리 개시, 수리할 필요는 없었습니다.』

『돈타가 모든 공격을 무효화하였습니다.』

『(돈타, 조금씩 거리를 좁혀!)』

페네돈타 방패가 너무 강한데……. 거대한 복슬복슬에 원거리 속성 무효를 부여해서 차폐물로 삼는 안심감, 하지만 계속 돈타를 방패로 내세우고 있으면 앞으로 나아갈 수 없다는 갈등. 여기서 시간을 오래 끌면 보스전을 벌일 때 남은 시간이 걱정된다.

후위 다섯 마리가 중기관포로 가하는 공격은 시간차를 두고 날아들고 있어서 빈틈이 없었고, 지금이라면 갈 수 있겠다는 타이밍에 뛰어들려 하면 이번에는 특수변이체 마리엘이라는 네 팔 달린 기계 덩치 천사병이 소드 허리케인을 날리는 거겠지.

『특수변이체·마리엘이 [소드 허리케인]을 발동, 돈타가 모든 공격을 무효화하였습니다. 페네트레이트 감소·2.』

"아이기스!"

『페르세우스가 [마순 아이기스]를 발동, 돈타가 [페네트레이트 10] 상태가 되었습니다.』

참격을 날리는 검의 폭풍, 역시 페네트레이트를 벗겨내는 직접 공격 속성을 지니고 있구나. 그 공격으로 돈타가 밀려나 버렸다. 밀어붙여서 돌파하려 해도 눈에 보이지도 않는 참격이 날아온다, 팔이 네 개 달린 게 겉치레는 아니구나. 조금씩 깎아내려 해도 수리 담당인 꼬마 로봇이 있고, 꽤 곤란한 상황이다.

"총알이 떨어질 낌새도 없네요……."

"상대방이 약간 높은 곳에 있는 것도, 짜증나……."

"후위를 쓰러뜨리려면 제일 앞에 있는 커다란 네 팔 소드맨을 쓰러뜨려야 해……."

『끄으응~…… (피융피융, 무서워…….)』

『(′ ; ω ; `)』

"저도 전부 다 피할 수 있을지 자신이 없으니……."

"시점을 좀 바꿔보자, 심연이여, 나의 길이 되거라. 어비스 워커."

『[어비스 워커]를 발동, 돈타의 그림자에 잠복합니다.』

시점을 좀 바꿔보자. 한 번 더 거리를 좁히고 소드 허리케인으로 밀려나게 되는 곳까지 전진해 보는 거야.

『(돈타, 다시 조금씩 앞으로 나가)』

『아우!! (알았어!!)』

헤비 엔젤 더스트는 돈타에게 통하지 않는다. 빈틈도 거의 생기지 않는다. 소드 허리케인도 연속으로 맞으면 페네트레이트가 소멸해 버린다. 이제 어떤 타이밍에 공격에 나서야 할지…….

『특수변이체·마리엘이 [소드 허리케인]을 발동, 돈타가 모든 공격을 무효화하였습니다. 페네트레이트 감소·1.』

"아이기스!"

『페르세우스가 [마순 아이기스]를 발동, 돈타가 [페네트레이트 10] 상태가 되었습니다.』

지금 여기서 뛰어들 수 있을 것 같은 타이밍에 반드시 소드 허리케인이 날아온다. 게다가 히트 수가 랜덤인지 8번에서 9번, 최악의 경우에 10번을 넘기면 일격에 전부 사라진다.

하지만, 그와 동시에 돌파구를 찾아낼 수 있었다. 이 길항 상태를 타개할 수 있는 순간을, 적의 전술의 결정적인 약점을!

『[어비스 워커]를 해제합니다.』

"알겠어. 소드 허리케인을 사용할 때, 적 쪽으로도 참격의 파동이 날아가. 그때, 상대방도 일시적으로 차폐물에 몸을 숨기지. 이번에 승부를 내자."

"모두 함께 돌격하는 건가요?!"

"리아짱의 빙결 마술과 동시에 돌격할 거야. 오니짱은 네 팔 달린 녀석을 붙잡아주고, 돈타가 박살 내. 그 틈을 타서 페르짱하고 치요짱은 옆을 지나쳐서 돌격, 레나짱은 곧바로 반격에 나설 것 같은 녀석부터 머리를 꿰뚫어줘. 할 수 있겠어?"

"그렇군, 좋은 작전인 듯 합니다……!"

"우리가 늦으면 벌집이 되어버릴 거예요!"

"그렇다면 늦지 않으면 될 뿐, 저 혼자서라도 다섯 명을 베겠습니다!"

"나는 린네의 제안에 찬성, 그것 말고는 선택의 여지가 거의 없어."

『(^ω^)b』

『아우!! (나도 그렇게 하는 게 좋을 것 같아!!)』

"여기서 망설이고 있어봤자 소용이 없죠! 떨거지들, 닥쳐라! 영원히⋯⋯⋯⋯."

"아, 알겠답니다⋯⋯! 움직이기 전에 먼저, 쓰러뜨리면 되는 거죠⋯⋯!"

작전은 정해졌다. 이제 실행에 나설 타이밍과 주저하지 않고 적을 쓰러뜨릴 용기. 소드 허리케인이 발동될 타이밍을 노려서⋯⋯⋯⋯, 승부!!

『특수변이체·마리엘이 [소드 허리케인]을 발동, 돈타가 모든 공격을 무효화하였습니다. 페네트레이트 감소·1.』

"지금!!"

『──────무음의 백!!』

『오렐리아가 [완전 영창·무음의 백]을 발동하였습니다.』

『Resist⋯⋯. 실험체 107호·캐미엘에게 대미지를 10000 입혔습니다. 공간 동결에 휘말렸습니다.』

『Resist⋯⋯. 실험체 108호·쿠거엘에게 대미지를 10000 입혔습니다. 공간 동결에 휘말렸습니다.』

『Miss⋯⋯. 실험체 109호·케린엘이 회피하여 공간 동결로부터 벗어났습니다.』

『Miss⋯⋯. 실험체 110호·코디엘이 회피하여 공간 동결로부터 벗어났습니다.』

『Resist⋯⋯. 실험체 111호·사샤엘에게 대미지를 10100 입혔습니다. 공간 동결에 휘말렸습니다.』

『Resist⋯⋯. 특수변이체·마리엘에게 대미지를 8800 입혔습니다. 공간 동결에 휘말렸습니다.』

"오른쪽 두 명이 얼지 않았어!! 레나쨩!!"

"알았어, 빗나가진 않아."

『07XB785Y가 [암흑의 마탄·스나이핑 샷]을 발사, Weak! 크리티컬! 실험체 109호·케린엘에게 대미지를 650200 입히고 쇳덩이로 만들었습니다.』

『실험체 110호·코디엘이 [헤비 엔젤 더스트]를 발사.』

"아이기스!!"

『페르세우스가 [마순 아이기스]를 발동, 페르세우스가 [페네트레이트 10] 상태가 되었습니다. 돈타의 [페네트레이트 1]이 해제되었습니다.』

『페르세우스가 모든 공격을 무효화, [메테오르]를 발동.』

"죽어버리시라고요!!"

페르쨩이 재치를 발휘해 자신에게 페네트레이트를 걸고 돌격했다. 이제 동결에서 벗어난 오른쪽 두 명은 정리될 거야! 그리고 네 팔이 움직이기 전에……!!

『특수변이체·마리엘이 공간 동결로부터 탈출하였습니다. [소드 허리케인] 자세를 취하였습니다!』

『프리오닐이 [실드 배시]를 발동, 특수변이체·마리엘에게 대미지를 10100 입혔습니다. 스턴 상태가 되었습니다. [소드 허리케인] 자세가 무너졌습니다.』

『m9(^ Д ^)9m』

『Error. Error. X<』

움직이기 시작했어, 하지만 오니쨩이 잘 대처했어! 페르쨩하고 치요쨩은 후위가 진을 치고 있는 고지대에 도착했고. 지금까지는 대충 순조로워, 이제 돌파만 하면 돼!!

『페르세우스가 실험체 110호·코디엘에게 대미지를 223400 입혔습니다. [하이퍼 슬래시]를 발동, 추가로 대미지를 309000 입히고 쇳덩이로 만들었습니다.』

『히메치요가 [일도단철]을 발동, 즉사! 실험체 108호·쿠거엘이 두 동강 나 기능이 완전히 정지하였습니다.』

『크아아아아아아아아아아아! (납작해져라~!)』

『돈타가 [마랑전신]을 발동, 특수변이체·마리엘에게 대미지를 330700 입혔습니다. 뒤로 크게 밀려났습니다.』

『특수변이체·마리엘이 [카운터 소닉 소드]를 발동, 돈타가 대미지를 47000 입었습니다.』

"돈타?! 자비의 어둠이여, 다크니스 에너지!"

『[다크니스 에너지]를 발동, 돈타의 HP가 완전히 회복되었습니다. 5분 동안, 기초 공격력과 기초 방어력이 약간 상승합니다.』

『아우! (고마워! 작고 걸리적거리는 게 있어!)』

『돈타가 [폭멸이단장]을 발동, 황금의 오른발이 작렬! 크리티컬! 자동 수리기·고친다 군에게 합계 대미지를 510800 입히고 쇳덩이로 만들었습니다.』

좋아, 순조롭게 쓰러뜨리고 있어. 회복 담당을 빠르게 쓰러뜨린 건 크지! 후위는 나머지 2명, 그리고 네 팔을 쓰러뜨리면……?!

"오니짱, 조심해! 돌진해 와!!"

『(´ °Д°`)!』

『특수변이체·마리엘이 [강습]을 발동.』

『프리오닐이 [패리]를 터득하고 공격을 흘려냈습니다! 특수변이체·마리엘의 자세가 크게 무너졌습니다.』

　오오, 오니짱!! 용케 공격을 흘려냈구나! 네 팔의 공격은 위협적이긴 하지만, 잘 살펴보니 꽤 직선적이고 너무 조잡했어. 알 수 없는 역전의 기사 같은 느낌이 드는 오니짱에게는 별 것 아니었을지도 몰라!

　"장전, 늦지 않았어."

　『07XB785Y가 [암흑의 마탄·스나이핑 샷]을 발사, Weak! 크리티컬! 실험체 107호·캐미엘에게 대미지를 750200 입히고 쇳덩이로 만들었습니다.』

　"하아아아앗!!"

　『히메치요가 [아돌일섬]을 터득하였습니다. 크리티컬! 실험체 111호·사샤엘에게 대미지를 1120000 입히고 쇳덩이로 만들었습니다.』

　오오! 치요짱이 페르짱 같은 돌격 스킬을 터득했네! 그렇지 않아도 빠르게 이동할 수 있는데, 그 스킬을 발동시키니 아예 눈에 보이지 않는 속도에 도달하는구나……! 그리고 크리티컬이 떴더니 100만이 넘었고……! 가, 강해. 앞으로 성장할 게 겁나기도 하네. 미움을 사지 않게끔 조심해야겠어, 만에 하나라도 적이 되어버린다면……, 얼마나 무서운지는 정말 잘 알고 있으니까.

　"이제 네 팔만 남았어!!"

　『프리오닐이 [풀파워 슬래시]를 터득하였습니다. 크리티컬! 특수변이체·마리엘에게 대미지를 222000 입혔습니다.』

　『특수변이체·마리엘이 [소드 허리케인] 자세를 취했습니다!』

　『프리오닐이 [실드 배시]를 발동, 특수변이체·마리엘에게 대미지

를 10100 입혔습니다. 스턴 상태가 되었습니다. [소드 허리케인]
자세가 무너졌습니다.』

『（ ` ·ω·´）』

『Error. Error. X<』

그리고 오니짱이 두 번이나 소드 허리케인을 막았어. 카운터나
배시가 통하는 상대에게 다가간 상태면, 당신 혹시 무적 아닌가
요? 그 스턴하고 기절 루프 콤보, 정말 장난이 아닌데?

"끝이야."

『07XB785Y가 [스나이핑 샷·데드 엔드 샷]을 발사, 크리티컬!
특수변이체·마리엘에게 합계 대미지를 1650200 입혔습니다. 특
수변이체·마리엘이 자폭합니다!』

아~, 이런, 자폭하는 녀석이었구나아아!!

『（ °Д°）!』

『프리오닐이 [실드 배시]를 발동, 크리티컬! 특수변이체·마리엘
이 대미지를 20000 입고 스턴 상태가 되었습니다. [자폭]이 정지
되었습니다…….』

『（ ` ·ω·´）』

꽤 하네, 오니짱. 활약이 대단하잖아……. 자, 자, 자?? 자폭하려
던 고철 씨……. 각오는, 되었겠지!!

"그럼, 히메치요 선생님, 잘 부탁드립니다."

"서, 선생님……? 예, 예에! 저에게 맡겨만 주십시오! 자~, 퍽퍽
퍽, 퍼억~!!"

『히메치요가 [난화검무]를 발동, 특수변이체·마리엘에게 합계 대
미지를 440000 입히고 쇳덩어리로 만들었습니다.』

펵퍽퍽, 퍼억……? 어, 그거 뭐야, 너무 귀여운 거 아닌가요? 선생님……?

"이제 10분 남았답니다!"

"가라앉아라, 네거티브 오라!"

『3분 동안, 파티 멤버 전원의 스테이터스가 40 상승합니다.』

"가자, 아마 여기가 마지막 졸개 에리어일 거야."

"네 팔이 여섯 마리 정도 나오면 어쩌죠……."

"그렇게 되면 이번에야말로 제가 모조리 베겠습니다!"

"가라앉아라, 네거티브 오라. 가로막아라, 본 실드."

『[네거티브 오라·본 실드]를 발동, 5분 동안 파티 멤버 전원이 강화 상태가 되며, 추가로 [본 실드] 상태가 되었습니다.』

이런, 이제 10분 남았어. 버프만은 끊기지 않게끔 해야지.

"갑니다! 포탈이 여전히 좁네요!!"

"고~, 고~."

"가자! 돈타, 조그만 더 들어가!"

『아우우우우우~…………….』

『) ヽ´ω`(』

"하악……?!"

"리아 공의 지정석은 저와 린네 공 사이가 되어가고 있군요! 으앗!"

"나도 들어갈래, 행복한 공간…………."

이렇게 좁은 포탈 안에서 알콩달콩한 짓을 시작하지 말아주실래요? 저는 행복한 공간이 바로 눈앞에 있어서 죽을 것 같거든요?! 아, 이왕 이렇게 된 거, 페르짱도 끌어들여야지!

"어, 어어?!"

"자, 페르짱도."

"좋아요! 좁은 공간은 이게 제일 좋죠!"

"하으으으, 세 언니 사이에 둘러싸였어요……!"

"완전, 행복한 공간……."

『멍!! (사이가 좋구나!!)』

『) ω (』

『보스 플로어로 전송합니다. 준비는 되셨나요?』

시스템 메시지 씨, 좀 화난 거 아닌가요? 여기 끼고 싶어요? 안 돼요. 아, 전송은 해주세요. 당신 역할이잖아요. 그리고 오니짱, 미안해……, 엄청나게 짓눌리고 있는 것 같은데.

"역시, 다음이 보스군요! 정신 바짝 차리고 가자고요!"

"으아~……, 아니, 좀 더…….."

"레나짱, 정신차려요! 혼이 빠져나간 듯한 표정인데요?!"

"열심히 태울게요! 아니면 얼릴게요!"

"열심히 쏴서 쓰러뜨릴게~……."

"두 동강 낼 거랍니다~!"

"베어버리겠습니다!"

『멍멍!! (두들겨 팬다~!!)』

『Σ(´ Ⅴ ` ;)』

이 사람들, 너무 소란스럽지 않나? 혹시 모두가 어떤 전투 민족 출신인 거 아니야?

아, 치요짱은 전투 민족 출신이 맞을지도 모르겠지만.

『전송을 개시합니다……, 3……, 2……, 1……, 전송.』

나탈리아……. 악마에게 혼을 팔아 손에 넣은 이 시간을 되돌리는 장치도, 언데드로 되살리기 위해 금술에 손을 댔는데도 되살아나지 않는 너를……. 지금 내가 이 손으로, 이 힘으로!! 멜티스에게 봉인된, 금지된!! 내 기계 생명체를 만들어내는 힘으로!! 다시 생명을 주겠어!!!

　이제 네 고국도, 우리를 배신한 그 악마도, 전부, 전부! 모든 것을 잃었단 말이야! 부디, 너만은……. 다시 네 목소리를 듣고 싶어, 네가 없으면 나는, 나는――――!!!

　그러니까, 되살아나! 되살아나줘! 나탈리아! 이 치천사의 심장으로!!! 되살아나줘!!!

　――――내가 가장 사랑하는 인어공주!!!

『이 준비 시간은 제한 시간에 포함되지 않습니다. 30초 후, 전투가 개시됩니다.』

『마이스터 도겔이 [애니메이트 커프스], [로보틱스]를 발동.』

『엑스 마키나 나탈리아 (Lv. 105)가 되살아났습니다…………. 일부 컨트롤에 실패. 엑스 마키나 나탈리아가 폭주하였습니다.』

『마이스터 도겔이 [자기 개조]를 발동, 완성체·마이스터 도겔 (Lv. 100)으로 파워업하였습니다.』

도겔이 치천사의 심장을 나탈리아에게 바치는 무비가 시작된 다음, 기계 장치의 인어와 온몸이 사이보그인 도겔이 동시에 기동되었다.

『시스템, 전투 모드를 기동. 전, 투, 우……, 모……, 부……, 디, 여러……, 도……, 망……, 쳐……, 주……, 섬멸, 합니다.』

"이것이, 이것이 나의 힘이다아아아아아! 하하, 하하하하하!!"

『완성체·마이스터 도겔이 엑스 마키나 나탈리아의 지배에 실패하였습니다.』

기계 장치의 인어공주 나탈리아는 폭주했다는 로그 내용과는 달리 움직임이 둔했고, 마치 움직이고 싶지 않아서 저항하는 것 같은데……. 아마 불완전한 상태이고, 이 두 사람을 내버려두면 나중에 뭔가 문제가 생겨서 그 폐교회의 모습으로 이어질 것이다. 그게 제한 시간의 정체인 것 같다.

온몸이 사이보그인 도겔은 나탈리아가 기동했다는 사실에 환희하며 계속 웃어대고 있다. 나탈리아의 혼이 남아있다는 사실을 눈치채지 못한 것 같은데…….

준비 시간이 끝나는 모양이다. 포탈에서 나가지 못하는 상태가 해제되고, 움직일 수 있게 되었어!

"나탈리아! 저게 우리를 방해하는 적이다! 같이 죽이자!!"

『엑스 마키나 나탈리아가 전투 모드로 전환되었습니다.』

『──────사살, 합니다.』

『엑스 마키나 나탈리아가 [건 해저드] 자세를 취했습니다.』

"페르짱!! 아이기스!!"

"아, 아이기스!!"

『페르세우스가 [마순 아이기스]를 발동, 돈타가 [페네트레이트 10] 상태가 되었습니다.』

움직일 수 있게 된 순간, 도겔이 우리에게 살의를 드러내며 나탈리아에게 공격 명령을 내렸다. 폭주 상태에서 전투 모드로 전환한 순간, 나탈리아의 움직임이 자연스럽게 바뀌어 버렸다.

그리고 나탈리아의 몸 전체에 달려 있던 무장이 차례차례 전개되고……?! 두 팔에 중기관총, 양쪽 어깨에 바주카포, 허리에는 미사일 포드, 모든 무장을 전개한 채 이쪽을 노리고 있어! 저걸 제대로 맞으면 페네트레이트로도 버틸 수 없을 거야!!

『————발사.』

『돈타가 [더블 헤비 엔젤 더스트]를 무효화하였습니다.』

『아우우우우우우우우우~! (콰앙~이 와!)』

『돈타가 [엔젤릭 바주카]를 무효화하였습니다. 페네트레이트 감소·1』

"돈타, 금강으로 버텨!"

『멍! (해볼게!)』

『돈타가 [금강]을 발동, 방어 상태가 되었습니다. [엔젤릭 미사일]이 명중, 페네트레이트가 해제되었습니다.』

부탁이야, 버텨줘, 힘내, 돈타!!

『Weak! 특효! 돈타가 합계 대미지를 84400 입었습니다! [위독한 출혈·랭크3] 상태가 되었습니다.』

『꺄우우우우우우우웅……!!』

"자애의 어둠이여, 다크니스 에너지!"

『[다크니스 에너지]를 발동, 돈타의 HP가 75000 회복되었습니다. 5분 동안, 기초 공격력과 기초 방어력이 약간 상승합니다.』

우와, 우와우와……! 돈타가 불사속성, 그리고 악마속성이라 그 런지 대미지가 두 배 이상 들어왔다고 뜨네! 엔젤릭 미사일은 성 속성이고, 악마에게 특효까지 있나?! 상성이 최악이야, 이제 공격 당할 수는 없어……. 이 대미지를 마지막으로 하고 앞으로는 안 맞겠다는 각오를 다져야 해! 다음은 아무리 애를 써도 버틸 수가 없어!

"잘 했어! 돈타! 페르짱, 반격! 돌격!!"

"갑니다!!"

"나탈리아를 건드리게 둘 것 같으냐!!"

『완성체·마이스터 도겔이 [배리어 발생장치]를 기동, 완성체·마 이스터 도겔과 엑스 마키나 나탈리아가 [배리어 300K] 상태가 되 었습니다.』

배리어 발생장치 같은 것도 있어요……?! 그 배리어의 숫자와 알파벳, 틀림없이 300킬로라는 뜻이지? 다시 말해서, 앞으로는 30 만 대미지를 공격받을 때마다 무효화한다거나, 그런 배리어야?! 아무리 그래도 그건 너무 비겁한 거 아니야?! 아, 죄송합니다. 저 희 쪽에는 대미지 수치와는 상관없이 공격을 무효화하는 사람이 있었네요…….

『(´ ; ω ;)』

『프리오닐이 회복 스킬 [에너지 라이트]를 터득, 돈타가 10000 회복되었습니다. [위독한 출혈·랭크3]가 해제되었습니다.』

어? 오니짱, 회복 스킬을 터득했어?! 자기 에너지를 다른 사람 에게 나눠주고 회복시키는 스킬이구나……! 회복량은 약간 낮은 느낌이긴 하지만, 상태이상 회복 효과가 크네. 가능하면 한 번 더 발동해줬으면 하지만, 허둥대는 모습을 보니 알겠어……. 나와 마찬가지로 회복 스킬을 연달아 쓰지 못하는구나. 돈타가 전부 회복되진 않았지만, 일단 참아!!

"단기 결전. 밀려나면, 죽어."

『07XB785Y가 각성 스킬 [슈팅 레퀴엠]을 발동 스탠바이. 효과 시간 연장을 위하여 차지 상태로 들어갑니다.』

"오니짱! 돈타 일행을 지켜줘!"

『(` ·ω·)b』

"모래로도 가능했으니까, 돌도 되겠지……!! 차폐물을 늘릴게요! 솟구쳐라, 스톤 월!!"

『오렐리아가 [스톤 월]을 발동하였습니다. 주위에 돌벽이 다수 생성되었습니다.』

리아짱이 새로운 마술을 짜냈어?! 아니, 이건 길드의 마술사 팀 언니들이 훈련장에서 쓰던 [샌드 실드]를 돌로 발동시킨 상위호환 마술인가? 마력량이 올라간 리아짱이라면 모래가 아니라 튼튼한 돌을 조작할 수도 있게 되었다는 뜻이구나! 뭐가 어찌 됐든, 이제 차폐물이 생겼어. 돈타가 표적이 되어 공격당해서 죽는 것만은 피할 수 있……을 거야!

레나짱은 각성 스킬을 사용할 타이밍을 재고 있고. 30초로는 결판을 낼 수 없을 거라 예상하고 한계까지 충전한 다음에 발동시킬 생각이구나……!

『사살……, 사살…….』

『엑스 마키나 나탈리아가 [건 해저드] 자세를 취했습니다.』

그 바보처럼 마구 쏴대는 스킬, 발동 간격이 너무 짧잖아…….
페르짱이 뛰어가서 도달하는 것보다 더 빠를 것 같은데……!

『엑스 마키나 나탈리아가 [더블 엔젤릭 바주카]를 발사.』

진정해……. 나는 서포트 담당이야, 하지만 그렇다고 해서 공격을 못하는 건 아니라고. 냉정하게, 확실하게, 탄도를 예측하고 그루트 위에…………!!

"—————뚫어라, 커스 스피어."

『[커스 스피어]를 발동, 상쇄! [더블 엔젤릭 바주카]를 파괴하였습니다. 히메치요가 [수월]을 발동, 폭풍을 회피하였습니다.』

해냈다. 이제 저 바주카는 한 발도 명중시키지 못하게 만들겠어. 두 번 다시 돈타에게 치명상을 입히는 건 용납하지 않아. 그리고 나는 너희를……, 절대로 용서하지 않겠어.

"히메치요, 간다!!"

"나, 나탈리아에게 다가오지 마라!!"

『완성체·마이스터 도겔이 [샷건]을 발사하였습니다.』

"산탄 따위!!"

『히메치요가 총탄을 튕겨냈습니다.』

흐엑……?! 총알을 칼로 튕겨내는 걸 본 적이 있긴 해, 있긴 한데, 그건 창작이잖아? 산탄을 실전에서 전부 튕겨내는 건 모른다고, 애초에 산탄을 튕겨내는 게 뭔데? 인간의 실력이 아니라고, 그거……, 아, 인간이 아니었구나, 이 사람, 요호였지!

"무쌍, 비영……!!"

『히메치요의 HP가 50% 감소하고, [무쌍비영] 상태가 되었습니다.』

"배, 배리어!!! 최대출력!!"

『완성체·마이스터 도겔이 [배리어 강화장치]를 기동, 완성체·마이스터 도겔과 엑스 마키나 나탈리아 [배리어 300K] 상태가 일시적으로 강화되어 [배리어 2M] 상태가 되었습니다.』

"사정거리 안에, 들어왔답니다!!"

"이, 이 무적의 배리어는 뚫을 수 없다!!"

배리어 2M……, 메가?! 200만 대미지를 매번 무효……, 아니, 그건 있을 수 없는 일이야. 아마 200만 대미지까지 버틸 수 있는 거겠지. 다시 말해 그걸 뛰어넘는 누적 대미지를 입을 경우에는……!!

"——————어머, 혹시 당신……. 겨우 그 정도 배리어로 제 공격을 버틸 수 있을 거라 생각하셨는지?"

——————그 배리어는, 분쇄된다!!

"프린세스, 크라이시스!!"

『페르세우스가 각성 스킬 [프린세스 크라이시스]를 발동, 거대한 마검이 파국을 가져다준다! 상대의 [배리어 2M] 상태가 해제되고, 추가로 대미지를 228400 입혔습니다.』

『가가가——————, 손상, 경미…….』

"으아아아아아아아아아아아아아아!!"

이게, 페르짱의 각성 스킬……! 속공으로 발동하며 특대검으로 강렬한 일격을 때려 넣는 기술!! 오라를 두른 특대검은 마치 빔 소드, 벽, 기둥, 배리어, 모든 것을 마치 버터처럼 간단히 녹이며 분쇄한다!!

『페르세우스가 반동으로 인해 일정 시간 동안 [마단검]만 사용할 수 있게 되었습니다.』

단, 반동으로 일정 시간 동안 마검이 단검으로 바뀌어 버리는구나. 사용할 타이밍이 중요하겠어.

　"각오!!"

　『히메치요가 [비영·일도단철]을 발동, 크리티컬! 완성체·마이스터 도겔에게 합계 대미지를 1140000 입혔습니다. 왼팔을 절단하였습니다.』

　"아, 아아아아아아아아아아아아아아아아!! 배, 배리어를……!!"

　『완성체·마이스터 도겔이 [배리어 발생장치]를 기동, 완성체·마이스터 도겔과 엑스 마키나 나탈리아가 [배리어 300K] 상태가 되었습니다.』

　소용없어. 저 두 사람이 온 힘을 다하면 그런 배리어 따위는 종잇장이나 마찬가지라고. 이제 와서 300K 배리어를 쳐봤자…….

　"어, 언데드들이여!! 일어나라!! 그리고 재로 사라져라, 사령폭발!"

　웅————, 잠깐만? 이 녀석, 뭐하는 거지? 그렇구나, 같은 직업일 가능성을 잊고 있었어!! 이곳은 카타콤베, 시체는 얼마든지 있잖아!! 이 주위의 벽이나, 기둥, 거기에 사용된 것들이 전부 폭발한다는 뜻이야?! 말도 안 돼! 내가 애니메이트 데드로 방해를……!!

　『완성체·마이스터 도겔이 [애니메이트 커프스] 사용에 실패하였습니다. [사령폭발]의 사용에 실패하였습니다.』

　어…………? 어, 실패? 실패하는 것도 있어? 이거?

　"어, 어째서……? 내, 죽음조차도 초월하는 힘이……!!"

　"쓸데없는 발버둥을!!"

『히메치요가 [난화검무]를 발동, 완성체·마이스터 도겔의 [배리어 300K] 상태가 해제되고 합계 대미지를 354000 입혔습니다. 오른팔을 절단하였습니다. 왼쪽 다리를 절단하였습니다. 오른쪽 다리를 절단하였습니다.』

"끄아아아아아아아아아아아아아아아아악!!"

아~, 이제 재기불능 상태겠구나! 사이보그니까 딱히 아프다거나 피가 나는 것도 아닌데, 기계의 몸이 산산조각뿐인데도 호들갑스럽네, 비명까지 지르고.

자? 그럼 돈타를 피투성이로 만든 고철을 쇳덩이로 만들어줄까? 이 녀석은 완전 용서 못해……!!

"각성 스킬을 썼는데도 손상이 경미한가요? 그럼, 레나 씨!!"

"아, 이제 됐어? 그럼, 끝내자."

『07XB785Y가 각성 스킬 [슈팅 레퀴엠]을 발동, 75초 동안, MP와 BP를 소비하지 않고 마탄을 작성할 수 있게 됩니다.』

물론, 심판할 사람은 내가 아니라 레나쨩이지만 말이지! 나에게 쓰러뜨릴 만한 화력이 있을 거라 생각하지 말라고!!

『07XB785Y가 [풍뢰의 마탄·스나이핑 샷]을 발동, Weak! 크리티컬! 엑스 마키나 나탈리아의 [배리어 300K] 상태가 해제되고 추가로 대미지를 58200 입혔습니다.』

『07XB785Y가 [퀵 드로우 샷]을 발동, Weak! 크리티컬! 엑스 마키나 나탈리아에게 합계 대미지를 1537700 입혔습니다.』

『기이————가아————가…………』

"그만해, 그만하라고……, 나탈리아, 나탈리아……!!"

우리를 죽일 생각으로 가득했으면서, 막상 자기들이 죽을 때가 되니까 그만하라고? 너무 뻔뻔하잖아.

『07XB785Y가 [퀵 드로우 샷]을 발동, Weak! 크리티컬! 엑스 마키나 나탈리아에게 합계 대미지를 1559100 입혔습니다.』

『손상————, 중대————.』

『07XB785Y가 [퀵 드로우 샷]을 발동, Weak! 크리티컬! 엑스 마키나 나탈리아에게 합계 대미지를 1629100 입혔습니다.』

『손————상————.』

"그만해애애애애애애애애애애!!"

아니, 나탈리아, 너무 단단하잖아……. HP가 대체 몇 만이냐고……. 그래도 보아하니 슬슬 끝날 것 같네. 처음에는 조금 동정할 만한 여지가 있었다고 해야 하나, 뭐, 심정이 이해가 안 되는 건 아니었지만, 이 녀석은 나와는 달라. 그저 자신에게 취했을 뿐. 가엾은 나탈리아를 부활시켜주는 나는 정말 천재야, 죽음을 초월한 힘을 손에 넣은 나는 최강이야, 그런 타입인 나르시스트라고.

『07XB785Y가 [퀵 드로우 샷]을 발동, Weak! 크리티컬! 엑스 마키나 나탈리아에게 합계 대미지를 1575500 입혔습니다.』

『————…………————………….』

사라져, 이 사악한 실험실과 함께. 여기가 네 무덤이야.

"끝."

『07XB785Y가 [데드 엔드 샷]을 발동, Weak! 크리티컬! 엑스 마키나 나탈리아에게 합계 대미지를 1245100 입히고 쇳덩이로 만들었습니다.』

『완전체·마이스터 도겔이 완전히 전의를 상실하였습니다.』

『금지된 낙원의 모든 에너미를 격파, 또는 무력화에 성공하였습니다. 클리어 타임은 12분 11초입니다. 누계 경험치 15M 획득.』

『레벨이 81로 상승하였습니다. 축하드립니다!』

『페르세우스의 레벨이 81로 상승하였습니다. 축하해 줍시다!』

『07XB785Y의 레벨이 81로 상승하였습니다. 축하해 줍시다!』

『돈타의 레벨이 47로 상승하였습니다.』

『오렐리아의 레벨이 37로 상승하였습니다.』

『프리오닐의 레벨이 18로 상승하였습니다.』

『히메치요의 레벨이 9로 상승하였습니다.』

『07XB785Y의 [슈팅 레퀴엠]이 해제되어 [탈력] 상태가 되었습니다. 일정 시간이 경과할 때까지 스테이터스가 감소하며, BP가 회복되지 않습니다.』

어……? 치요짱, 레벨이 거의 안 오르는데요~?! 어, 어……? 아니, 1500만이나……! 말살 범고래 2마리 이상 분량이나 얻었는데……?!

"나탈리아아아아아아아아……! 아아아아아아아아아아아……!!"

"아, 맞다."

그래, 화풀이로 이 녀석의 나탈리아를 빼앗아 줘야지! 좀 전에 미묘하게 의식이 남아있는 연출이 있었으니까 알아. 나탈리아의 혼은 아직 이 몸에 남아있어! 자, 잘 보라고? 지금부터 너에게 사령술사로서의 격이 다르다는 걸 보여주겠어!

"이봐, 일어나라!"

『[애니메이트 데드]를 발동, ★인어공주의 유령이 당신의 시종이 되었습니다. 이름을————, 이름은 [나탈리아]입니다.』

"어, 린네 양?!"

"어, 린네? 뭐하는 거야?"

"이거 봐, 일어났다고! 어때, 봤냐, 도겔!! 이게 바빌론 님의 위업, 죽음을 초월하는 힘은 네 것이 아니야. 사령술사가 지닌 힘의 근원은 바빌론 님의 것이라고! 이게 나의 힘이다~는 무슨! 자만하지 마!! 바빌론 님을 숭배하라고, 너는 신앙심이 부족하단 말이다!! 보고 있자니 열받네!!"

『아……. 나……! 아아, 도겔!! 미안해, 당신을 외톨이로 만들어버려서.』

"아아, 아아아아아……!! 나탈리아, 나탈리아의 목소리가 들려……! 어째서, 너도, 아니, 당신도 사령술사인가?! 모습이 보이지 않아, 나탈리아! 어디에 있는 거야!! 대답해줘!!"

『도겔, 나는 여기 있어……! 내 모습이 보이지 않는 거야……? 그래도 기뻐……! 다시 당신과 이렇게, 죽은 뒤에도 이야기를 나눌 수 있어서……!』

"나도 마찬가지야, 나탈리아……! 네, 네 목소리를 들은 것만으로도 나는, 가슴이 찢어질 것만 같아……! 부디, 그 모습을 다시 한 번, 아름다운 너를……!!"

"아……. 너도, 영체로 만들어줄까?"

"그, 그래! 이제 육체 따위는, 아깝지도 않아……."

『완성체·마이스터 도겔이 생명활동 기능을 정지……. 완전 정지하였습니다.』

뭐지? 갑자기 러브 로맨스가 시작된 것 같은데. 바빌론 님이 얼마나 멋진지 뇌수까지 때려넣어 주려 했는데, 내 이야기는 완전히 무시하네…….

"일어나라~……."

『[애니메이트 데드]를 발동. ★추방당한 마이스터가 당신의 시종이 되었습니다. 이름을—————, 이름은 [도겔]입니다.』

『아아, 도겔!!』

『나탈리아!!』

뭔가, 뭔가, 내가 생각했던 전개와는 좀 다른데……. 이예이~, 도겔 군, 보고 있어~?? 같은 전개로 해주려 했는데.

"어머……. 왠지 좋은 분위기가 되어버렸네요……?"

"…………흐응~."

"저는 약간……, 아니, 아무것도 아닙니다……."

"저는 폐쇄공간에서는 마술을 쓰기가 힘들어요……. 마지막에는 전혀 도움이 못 되었네요……. 향후 과제가 될 것 같아요."

"리아짱, 차폐물 덕분에 모두가 살았어. 세 번째 방에서도 정말 좋았고."

『(*´ω`*)』

『끄으응~…… (리아짱, 고마워~……)』

마지막에는 돈타가 만신창이, 오니짱하고 리아짱이 지켜줘서 추격타를 맞지 않았지만, 그러지 않았다면 돈타가 벌집이 될뻔했다. 그리고 페르짱은 대활약! 아이기스가 없었다면 간단히 무너졌을 테고, 배리어를 일격에 분쇄한 것도 대단해!! 레나짱은, 뭔가요, 그 각성 스킬. 차지가 가능하고 효과 시간이 늘어난다고요……? 이제 화력이라면 넘버 원, 최강의 파괴신이네요……. 하지만, 접근당했을 때는 주의할 필요가 있겠어요.

"린네 공……."

"왜 그래? 치요쨩? 아, 알겠어⋯⋯, 쓰다듬어줬으면 하는구나!"

"예? 아, 아뇨! 저는 그, 그그, 그런 게⋯⋯."

"착하다, 착해, 치요쨩, 기특해⋯⋯! 대활약이었어, 아돌일섬도 터득하고, 대단해!"

"아, 웅⋯⋯, 후훗⋯⋯."

치요쨩도 대단했지. 돈타가 당했다고 화를 내 준거, 왠지 정말 기뻤어. 그리고 거짓말을 잘 못해! 머리를 쓰다듬기 편하게끔 숙이고, 귀를 쫑긋거리는 것과 동시에 꼬리를 흔들면서 다가오면 쓰다듬어 달라고 말하는 거나 마찬가지잖아. 페르쨩도 쓰다듬어줬으면 하는 것 같네. 조만간 페르쨩도 트윈 테일 드리를 빙글빙글 돌리면서 다가오려나?

『도겔⋯⋯.』

『나탈리아⋯⋯.』

그리고, 이 녀석들은 언제까지 끌어안고 러브 로맨스를 펼칠 거야? 내가 생각했던 전개하고 다르다고, 짜증나네⋯⋯?!

"그런데 말이야, 당신들은 왜 이렇게 된 건데?"

애초에 이 녀석들은 기계병을 만들거나, 천사를 끌어내거나, 사령술을 쓰거나, 왜 이렇게 재주가 많은 거야? 특히 사령술 쪽은 자세히 물어보고 싶은데.

『내가, 말하지⋯⋯.』

오, 말해보라고. 아, 무비가 재생될 것 같은 느낌이 드네⋯⋯. 으엑, 재생되잖아.

◖ ●

마이스터 도겔. 비공도시 멜티나에서 그의 이름을 모르는 사람은 없다.

비공도시 멜티나를 만들어낸 원초의 마이스터 가문, 그들의 후예라고 한다. 초과학과 마도역학을 합친 초문명을 만들어낸 마이스터들의 자손이자 천재. 그는 기계에 생명을 불어넣는 힘을 지니고 있다는 평가를 받았다.

그는 차례차례 기계생명체를 만들어낸다. 처음에는 개와 고양이, 새 같은 동물을. 그리고 점점 기술이 발달하여 인간을 만들어내기까지는 그리 오랜 시간이 걸리지 않았다.

기계인간들은 인간들을 위해 열심히 일했다. 하지만, 기계인간들은 점점 감정을 지니게 되었고, 자신들의 권리를 호소하게 되었다. 그리고 기어코 폭력 사건으로 발전했고, 진압을 위해 기계인간을 사살한 순간부터————, 기계와 인간의 전쟁이 일어났다.

결과부터 말하자면, 인간이 압승했다. 수적 차이가 너무 심했던 것이다. 기계인간은 튼튼하고 강인했지만, 인간이 숫자로 밀어붙이는 힘을 당해내지는 못했다. 그리고 기계인간을 만들어낸 마이스터 도겔은 당연히 멜티나의 중죄인으로 붙잡혔고, 그는 마이스터의 칭호를 박탈당한 뒤 멜티나에서 추방당하게 되었다.

"저기, 괜찮아?"

————멜티나에서 추방당하고 바다로 내던져진 뒤에도 도겔은 살아있었다.

"너, 는……?"

"세이렌이라고 불리고 있어. 정말 좋아하는 노래를 부르고 있었는데 당신이 떨어져서 받아버렸고."

그를 구해준 까만 날개를 지닌 여자는 자신을 세이렌이라고 했다. 그 노래는 모든 것을 매료시키고 모든 것을 미치게 만든다———, 전설에는 그렇게 나와 있다. 호기심이 왕성한 세이렌에게 운좋게 구조된 그는 육지로 옮겨져 목숨을 건질 수 있었다.

그 이후로 세이렌에게 고맙다는 인사를 한 뒤 헤어진 도겔은 바다 근처의 교회에 도착했다. 아무것도 묻지 않고, 따스한 식사를 내주고, 따스한 이불에서 재워주고……, 도겔은 그날밤 어린아이처럼 울었다.

"———당신, 내 노래를 들으러 오는 걸 정말 좋아하는구나."

"딱히 그런 건 아니야. 그냥, 신경이 쓰여서……."

"솔직하지 못하네."

그 이후로……. 도겔은 교회에서 수도사로서 일하기 시작했다. 그리고 가끔 세이렌을 만나러 가서 그녀의 노래에 귀를 기울였다. 멜티나에는 없었던 아름다운 노래에 마음이 이끌렸다…………, 나탈리아를 만나기 전까지는.

"어머? 누군가 떠내려왔는데?"

"뭐라고?!"

세이렌이 해안에 떠내려온 인어공주, 나탈리아를 발견했다. 그것이 도겔과 나탈리아의 만남이었다. 부상당한 나탈리아의 상처를 치유하기 위해 아직 서툴렀던 회복 마술을 몇 번이나 행사하거나, 그녀를 위해 식사를 가져다 주거나, 나탈리아도 점점 도겔에게 마음을 터놓게 되었고, 두 사람의 관계는 단숨에 가까워졌다.

"…………재미없어."

세이렌은 질투했다. 자신의 노래를 들으러 오던 도겔이 다른 여자와 찰싹 붙어서……. 그때 그녀도 비로소 눈치챘다. 아, 나는 도겔을 좋아했구나. 그래서 질투하는구나. 그 순간부터————, 나탈리아가 방해꾼으로만 보이게 되어버렸다.

"큰일이야, 마물들이 바다의 왕국을 습격하고 있어!"

"세상에, 어째서……! 내가 가봐야겠어!"

"안 돼, 나탈리아, 아직 상처가————."

바다의 마물들을 미치게 만든 것은 세이렌의 노랫소리였다고 한다. 세이렌의 노랫소리로 인해 미쳐버린 마물들이 나탈리아의 나라를 습격했고, 나탈리아는 고향을 구하기 위해 바다로 뛰어들었다. 그리고 도겔이 다음에 본 나탈리아의 모습은————, 무참한 꼴로 해변에 떠내려 와서 숨만 겨우 붙어 있던 나탈리아였다.

"————당신을 두고 가는 걸, 부디 용서해줘……."

나탈리아를 잃은 도겔은 미쳐버렸다. 나탈리아의 육체를 수복하기 위해 카타콤베를 실험실로 개조하고, 나탈리아의 부패를 막기 위한 장치와 기계의 몸과의 융합을 시도하고, 나탈리아를 되살리려 했다. 세이렌으로부터 받은 시간을 거슬러 올라가는 장치도 사용했지만, 그것은 가짜였고, 이것저것 시험해 보아도 성공하지는 못한 채로……. 나탈리아가 되살아나지는 못했다.

"————인간이 안 된다면 천사를 쓰면 되잖아요."

"천사……? 정말로 그런 게 존재하는 건가?"

"네, 존재하죠. 교회는 천계와 가까운 곳, 그곳에 불사자들이 모여들면 분명히 천사가 처치하러 나타날 겁니다. 그걸 사냥하면 되겠죠. 천사의 육체는 인간과 비교하면 당연히 튼튼하니 가능성은 충분히 있을 거예요……, 후후후…….”

　“하지만, 만약에 있다고 해도 어떻게…….”

　“죽은 자를 되살릴 수 있는 신이 있다고 하네요……. 그 신에게 도움을 간청하면 자비를 내려줄지도 모르죠.”

　마음이 약해진 도겔에게 세이렌이 한 말은 달콤한 맹독이었다. 이제 다른 방법이 없다면, 어떤 방식이든 상관없다……. 도겔은 기어코 멜티스교에서 금기로 지정한 술법에 손을 뻗었다…….

　“모든 것은 세계에 정적을 가져다 주기 위하여. 후후후…….”

　나탈리아밖에 눈에 들어오지 않았던 도겔은 어떤 사실을 전혀 눈치채지 못했다. 그에게 매력적인 말을 속삭이던 세이렌의 날개는—————, 아름다운 순백의 날개였던 것이다.

◖ ◗ ●

『아, 그래도 이렇게 우리는 다시 만날 수 있었어!』

『고마워. 이보다 더 행복할 수는 없어!』

　세이렌이 너무 불쌍하다. 너무 들러리같다. 도겔이 나탈리아를 포기했으면 해서, 자신을 봐줬으면 해서, 나탈리아가 바다의 나라로 혼자 갔을 때도 분명히 자신을 의지해 줬으면 좋겠다고 생각했을 텐데. 이 녀석은 돌아보지도 않았던 건가? 그래서 도와주지 않았던 건가? ……세이렌은.

　그런데, 위화감이 들어……. 세이렌의 날개는 까만 날개였을 텐데. 어째서 마지막에 나온 세이렌의 날개는 하얀 날개였던 거지? 뭔가 큰 변화가 있었나? 아니면, 설마, 그 세이렌은……, 다른 사람?

『아, 정말 다행이야…….』

『너는 나와 나탈리아를 만나게 해줬어, 너야말로 하늘에서 보내준 사자라고!』

"앗……. 큰일이랍니다……."

"응……? 앗……."

『아우우우~……? (아, 그건 말이지, 안 되거든……?)』

"리, 린네 언니가……."

"린네 공, 왜 그러시는지……?"

『덜덜덜덜((((;ﾟДﾟ))))부들부들』

어……? 아니, 진정해. 잘못 들은 건지도 모르잖아. 나도 참, 냉정함을 잃다니. 일단 진정하자고? 다시 한 번, 뭐라고 말했는지 제대로 물어보자니까?

"방금, 나를, 뭐라고……, 불렀어?"

말해 보라고? 다시 한 번. 뭐라고 불렀는지.

『저, 저기……. 당신은 저와…….』

『나를 만나게 해 준…….』

『『하늘에서 보내준 사자……?』』

────────쳐죽인다아아아아아아아아아!!!!

"용케도 나를 천사라고 불렀겠다아?! 저 세상에 초특급으로 보내주마!! 네가 좀 전에 쓰지 못했던, 이 사령술로!! 재로 사라져라! 사령폭발!!!!"

천사라고 부르는 건 정말 싫다고!!!!

인간계로 진출하는 계획은 천계로 인해 몇 번이나 가로막혔다. 지금까지 마계가 인간계에 세력을 확장하는 것은 단 한 번도 성공하지 못했다, 현재 진행형으로 우리는 불리한 상황에 처해 있다. 이대로 가다가는 과거의 천마대전 때처럼 되지는 못하고 멸망당하는 것도 시간 문제일지도 모른다.

우리가 어째서 이렇게까지 불리한 걸까, 그것은 인간계에 뿌리 깊게 침투해 있는 멜티스교의 존재 때문이다. 몬스터는 마계의 사악한 마나로부터 태어나고, 마족은 몬스터를 인간계에 풀어서 인간을 멸망시키려 하는 악이라는 가르침이 퍼져 있다. 그리고 성역의 존재, 방위의 핵심인 곳에는 멜티스 교회가 건설되어 우리가 인간계로 진출하는 것을 가로막기 위해 지키고 있다. 그 수비는 매우 견고하고, 마계 쪽에서 간섭할 때는 지극히 강력한 방위 능력을 발휘한다…….

너희는 어떻게 해볼 수가 없다, 마계에서 멸망할 때까지 손가락만 빨면서 지켜봐라, 멜티스가 그렇게 말하는 것 같은 이 상황……. 분하지만, 타개할 방법은 현재, 아무것도 없다.

"바빌론 님, 잠깐만 시간……, 응? 괜찮을까? 응?"

"어머, 웬일이야. 물론 괜찮지."

미샤가 나에게 말을 걸다니, 정말 드문 일이네. 무슨 일일까?

"운명의 아이……, 응? 과거의 세계의 기억, 정말 유쾌하게 되었거든."

"이 교회는……, 아, 생각났어! 그 불쾌한 남자하고 인어공주의 사랑의 보금자리구나!"

내가 선택한 운명의 아이를 들여다보다니, 미샤도 참, 나쁜 아이구나……? 뭐, 그건 제쳐두고, 린네는 세계의 기억에 접촉했구나! 뭔가 유쾌한 상황이 되었나 싶어서 보니까, 그 불쾌한 남자하고 인어공주를 사령폭발로 날려버리고 있네~! 아무래도 세계의 기억에 접촉한 세이렌에 대해서도 알게 된 것 같고. 우후후……, 세이렌이 어떻게 되었는지, 그 이후에 대해서도 흥미가 있으려나 ~……?

"엄청나게 순조롭게 강해지고 있잖아~♡"

"기회, 응? 그렇게 생각하지 않아……?"

"기회……?"

"로레이의 멜티스 교회에는 그 아이가 잠들어 있으니까."

기회……? 로레이 교회의 그 아이……? 미샤도 참, 항상 설명이 조금 부족하단 말이지. 이 정보로 뭘 짐작해줬으면 하는 걸까……? 곤란하네, 딱히 감이 안 와……, 아아?! 혹시, 방금 고민하고 있던 인간계로 진출할 기회라는 건가?!

"린네가 세이렌에게 흥미를 가지게끔 이야기를 하면 될까? 하지만, 그 애는 아직 역부족일 것 같은데……."

"성역만 약해지면, 응? 분명히 기회는 있을 거야."

"힘든 역할을 맡기게 되어버리겠네……."

"바빌론 님이 선택한 아이, 응? 괜찮아, 틀림없어."

로레이 멜티스 교회의 방위망을 린네 일행만으로 돌파할 수 있을까…… 아니, 미샤가 말한 대로…… 믿어보자. 내가 선택한 아이니까! 부패하고 약해진 로레이의 이단심문관이나 신관 정도는 흠씬 두들겨 패줄 거라고!

"린네는 아직 과거의 세계에 있지?"

"사령폭발을 마치고 황홀해하고 있네. 우후후후후……, 할 거야? 응?"

"그래, 하겠어! 린네와 동료들을 믿어보자! 카이로스를 불러줘, 그 교회가 멸망한 건 비교적 최근이니까, 이 정도라면 날아갈 수 있어! 린네 일행이 있는 시간으로 전이하겠어!"

"어머……? 저거, 볼래? 바빌론 님이 사랑하는 아이는……, 가지고 있구나."

"그게 무슨 소리야? 린네가 또 뭔가……, 어머, 어머어머어머♡"

미샤가 또 뭔가 눈치챘나 싶었는데, 린네가 보수로 '마신 강림의 서'를 뽑았잖아~♡ 어머~, 정말~, 이렇게 된 이상, 바로……!

"이건, 운명이겠지♡"

"어머어머, 우후후후……. 그렇겠지, 응? 그럼, 운명에 몸을 맡기고……."

"그래, 시작하자. 모두에게 전해줘! 마계가 드디어 인간계로 진출할 때가 왔다고!"

로레이의 멜티스 교회는 해적의 지배에 대해 아무것도 하지 않았고, 로레이의 백성들은 반감과 불신하는 마음을 품고 있다. 아군이 전혀 없고 고립되어 있는 상황. 그리고 린네는 지금, 멜티스에게 감지당하지 않는 과거 시간축에 있다. 원래는 강렬한 부담이 되곤 하는 과거로의 전이도 마신 강림의 서가 있다면 거의 부담 없이 전이해서 린네와 접촉할 수 있다. 공전절후의 기회, 놓칠 수는 없다……!

자, 주사위를 던지러 가자. 나오는 눈은 린네의 운에 달렸고, 부탁할게! 최고의 눈을 내주럼!

히메치요

별명

국가 붕괴자

주인

린네

직업

전투무녀공주·요호 Lv. 9

전투 경향

순수 화력·근접 물리

주요 스킬

멸귀참
일도단철
무쌍비영
수월

스테이터스

HP : 18,899

MP : 5,000

STR : 95+200·평가 D

AGI : 95+400·평가 D

TEC : 95+400·평가 D

VIT : 95+200·평가 E+

MAG : 4+200·평가 E

MND : 4+200·평가 E

프리오닐

별명

럭키 변태……?

숭배

린네

직업

목 없는 기사 Lv. 18

전투 경향

탱커·근접 물리·보조

주요 스킬

실드 배시
카운터 스트라이크
영체화
에너지 라이트

스테이터스

HP : 98,500

SP : 1,800

STR : 192·평가 E

AGI : 78·평가 F+

TEC : 88·평가 E+

VIT : 378+100·평가 D

MAG : 4·평가 E

MND : 301·평가 E+

07XB785Y

레나

별명

마탄의 사수

사육주

마신교·명신의 총애를 받는 아이

직업

마포술사 Lv. 81

전투 경향

순수 화력·마포 사격

주요 스킬

퀵 드로우 샷

스나이핑 샷

데드 엔드 샷

각성·슈팅 레퀴엠

스테이터스

HP : 40,500

MP : 122,550

STR : 8·평가 F

AGI : 8+164·평가 F

TEC : 8+328·평가 D

VIT : 8+10·평가 F

MAG : 328+200 평가 D+

MND : 8·평가 F

후기

『가이드 담당 천사를 때려눕혔더니, 사령술사가 되었습니다 2권』을 읽어주셔서 감사합니다!

이 자리를 빌려 이 작품을 사랑해주시는 독자 여러분, 그리고 이 작품의 일러스트를 담당해 주신 가와코 선생님, 2권의 간행을 지탱해주신 담당 편집자님과 출판사 관계자 여러분께 감사의 말씀 드립니다.

자, 이번 후기 코너는 저 혼자만 있는 게 아닙니다. 특별히 게스트를 모셨습니다! 그럼 등장해 주시죠, 특별 게스트인 돈타 군입니다! 들어오세요, 윽……, 좁아?!

아, 잠깐만, 돈타 군, 밀지 마, 아, 잠깐만! 키보드에 장난치지 마, 안 돼! 이건 일할 때 쓰는 거라 중요한 거라고……, 아!! 마우스는 장난감이 아니야!! 돌려줘, 응? 착하지! 잠깐만~, 잠깐만, 어디로 가지고 가는 거야~?! 쓰레기통! 거기는 쓰레기통이니까, 그건 쓰레기가 아니라고! 어, 쓰다듬는 걸 방해하는 나쁜 녀석이니까 버리겠다고? 마우스를 질투하지 마, 돈타 군~……. 어쩔 수 없지, 놀아줄게! 이리 오렴!

아니, 아니아니, 잠깐만? 온몸 다이빙은 안 되니까, 부탁이야, 네 체중을 좀 생각해. 안 된다고, 안 돼……! 허, 허리가……! 아악 ……!!

『돈타 군에게 짓눌린 작가, (행복한 표정으로) 여기에 잠들다.』

남은 공간은 돈타 군이 꾹꾹이로 없애버렸습니다. 다음에도 잘 부탁드립니다!

3 권 예 고

그대,

마계의

무시무시한

발소리를

듣게 될

것이다!

린네의 대활약을 기대해주세요!

가이드 담당 천사를 때려눕혔더니 2
사령술사가 되었습니다
~비밀 이벤트를 가장 빠르게 발견한 결과, 세계가 종언을 맞이한다네요~

초판 1쇄 인쇄 2025년 10월 10일
초판 1쇄 발행 2025년 10월 15일

저자 : 엘리제
번역 : 천선필

펴낸이 : 이동섭
편집 : 이민규
디자인 : 조세연
영업·마케팅 : 조정훈
기획편집 : 송정환, 박소진
e-BOOK : 홍인표, 김은혜, 정희철, 김미연, 황진영
라이츠 : 서찬웅
관리 : 이윤미

㈜에이케이커뮤니케이션즈
등록 1996년 7월 9일(제302-1996-00026호)
주소 : 08513 서울특별시 금천구 디지털로 178, B동 1805호
TEL : 02-702-7963~5 FAX : 0303-3440-2024
http://www.amusementkorea.co.kr

ISBN 979-11-274-9499-5 04830
ISBN 979-11-274-9110-9 04830 (세트)

*잘못된 책은 구입한 곳에서 무료로 바꿔드립니다.